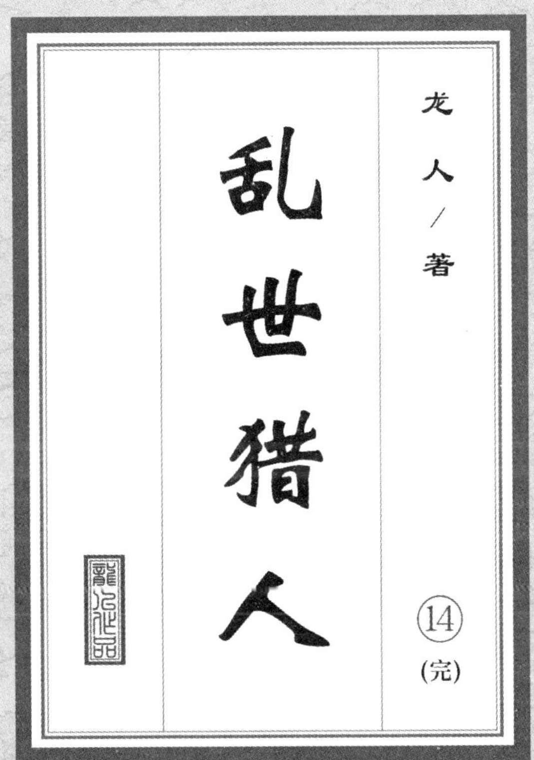

二十一世纪出版社集团
21st Century Publishing Group
全国百佳出版社

图书在版编目（CIP）数据

乱世猎人：全14册 / 龙人著 . -- 南昌：二十一世纪出版社集团，2017.10

ISBN 978-7-5568-3104-3

Ⅰ . ①乱… Ⅱ . ①龙… Ⅲ . ①长篇小说－中国－当代 Ⅳ . ① I247.5

中国版本图书馆 CIP 数据核字 (2017) 第 243763 号

乱世猎人：全14册 龙 人 著

责任编辑 敖登格日乐
出版发行 二十一世纪出版社集团
（江西省南昌市子安路75号 330025）
www.21cccc.com cc21@163.net
出 版 人 张秋林
经　　销 新华书店
印　　刷 北京龙跃印务有限公司
版　　次 2018年2月第1版 2018年2月第1次印刷
开　　本 710mm × 1000mm 1/16
印　　张 224
字　　数 2327千
书　　号 ISBN 978-7-5568-3104-3
定　　价 700.00元（全14册）

赣版权登字—04—2017—746

目录

第一百八十七章　无形剑气 …… 1
第一百八十八章　留容人间 …… 18
第一百八十九章　扰兵之计 …… 34
第一百九十章　易攻难守 …… 51
第一百九十一章　以气御敌 …… 65
第一百九十二章　剑破虚空 …… 83
第一百九十三章　天火疗伤 …… 100
第一百九十四章　无形之敌 …… 116
第一百九十五章　变幻无常 …… 134
第一百九十六章　舍身护主 …… 150
第一百九十七章　自封为王 …… 166
第一百九十八章　刀乱军心 …… 182
第一百九十九章　帝王誓言 …… 199
第二百章　武道无界 …… 215
后记 …… 245

第一百八十七章　无形剑气

那是一种外人无法理解的意境，似乎拥有着千百个轮回的记忆，又似乎在刹那之间经历了千百个轮回，那些神秘莫测、透着紫色霞光的暗影在他们的脑海之中无法控制地制造混乱。

注意到凌通和凌能丽神色有异的，只有剑痴和五台老人及哈不图。

最先奔到凌能丽身边的是哈不图，他是三人中唯一没有受伤的。他想摇醒凌能丽，可手刚一搭上凌能丽的手，便如触了电般被弹了开去，并发出一声闷哼。

剑痴吃了一惊，惊呼道："少会主，凌姑娘。"但是俩人并无任何反应，他不由得伸指一探凌通的鼻息，凌通的呼吸并无太大的异常，只是气息极热，热得让剑痴吃了一惊。

剑痴却不知道该说些什么，只是有些恍然地道："好烫！"说着伸手去把凌通的脉门。

"砰！"剑痴一声闷哼，不可抗拒地被反弹而出，掌指之间更出现了一点焦黑。

"剑气！"剑痴骇然惊呼，他感觉自凌通的脉门之中冲出一股凌厉霸烈且炽热无比的剑气，这缕剑气竟是他无可抗拒的，可是他根本就未曾见到凌通动过一根指头。

五台老人也吃了一惊，有些不敢相信地问道："怎会是剑气呢？怎会这样？"说着也试探性地伸手把向凌能丽的脉门。

"哧……"这次五台老人似乎有所准备，而那缕自凌能丽脉门之中冲出的剑气却将他的额际发丝射断几根。

"好强的剑气！"哈不图心有余悸地望着凌能丽和凌通，后悔地道。

五台老人若有所思地望了望那碎裂的岩壁，脑中再一次闪过那道朦胧却又怪异的紫色霞光，那究竟藏有怎样的秘密呢？先是黄海的突变，后又有凌能丽与凌通的异象，这不得不使五台老人沉思，他只知道烦难、天痴和佛陀在这个地方留存了天道的秘密，或是其他秘密。可是他苦苦参悟了两年，也一无所觉，但在今日却突然变得如此高深莫测和扑朔迷离。

先是那本来极为光滑的岩壁凸出绽现佛光的字迹与那道莫名其妙的紫霞，还将山顶之上除了凌通的那柄屠魔宝剑之外的刀剑全都毁去。凌通屠魔宝剑乃是采自阴山之背的玄铁精铸而成，这才得以幸免。后来，又是那电光准确无比地击碎岩壁，这是一种巧合还是一种必然呢？难道这一切都是上天有意的安排？

黄海似乎在突然之间悟道，却念出那八个字，难道这一切又跟那八个字有什么关系……

没有人解释这一切，也许唯一可以解释的人就是黄海，可是此刻的黄海并不想解释。

蓝日法王静静地立着，对于圣舍利，他已经不再感兴趣，即使拥有了圣舍利，他也依然寂寞。他所需要的，是一个对手，一个可以让他不再寂寞的对手，而这个对手已经在他的眼前出现——那就是黄海！

那与天地融为一体的黄海，无论是站立还是转身，举手投足之间，都是那般自然和协调，就像是最完美的艺术。

区四杀的心头微寒，区金与区阳同时退了两步，与区四杀相并而立。区金的胸口剧烈地起伏着，不可否认，他无法完全御去黄海刚才击出的劲气，他甚至无法想象，世间竟会有如此凌厉的一剑，这是与蔡风的"沧海无量"为两种不同形式的境界。

"沧海无量"并无杀气，唯有以强大的佛心接引天地间的浩然正气化为无上的一刀！但这一刀却是不杀生的，区阳深有感触。蔡风在泰山之顶的那一式"沧海无量"，其力量之强大，完全可以摧毁他的生命，让他尸骨无存，可那博大而浩然的佛心却护住了他的生命，致使他没有死去，只是被那柄冰魄寒光刀冻死了经脉。可黄海刚才的一击，虽暴绽着无穷无尽的浩然正气，却并无佛心相护，绝对具有毁灭性的力量，可以摧毁一切生命。

黄海的手轻轻向那瓣落入血泊中的圣舍利招了一下，那瓣圣舍利立刻射入了黄海的手中。

黄海以两指相钳，如同拈花一般，他极为小心地掏出一块手帕，轻轻擦试着圣舍利表面的血迹。

区四杀动了，他们现在唯一可以做的，就是杀掉黄海冲下山去。那只秃鹫的尸体坠落在谷底，但血水却染红了大片地面，区四杀的身形在血面上滑过，沙石飞起，以比他本身拳速更快的速度袭向黄海。

另一边的区金也同时出掌了，他的掌如同他的身子一般，毫无所踪，已经随着那旋转飞射的沙石向黄海撞去。

他本身就是一片虚无的沙石！

蓝日法王的眸子之中闪过一丝异样，一丝无法捉摸的异样，那也许是因为区四杀和区金的拳与掌。

拳掌结合，天地变色，晴空霹雳，电火虚射，如蛇舞龙腾。

电光在黄海的顶门闪过，照亮了黄海那张似乎透明光亮的脸。那张脸竟散发出犹如皎洁的月色一般朦胧且让人震撼的光润，而那双本来无光的眼睛竟也闪过两道如电般晶亮的光芒，一闪即逝。

云盖雾笼之间，骄阳失色，失色的还有所有的围观之人。

“噗……”一声低沉而短促的轻响，区四杀的拳头竟击在区金两只脚底的涌泉穴上，而区金的两只手掌没有半点花巧地击在黄海的胸膛上。

一切都静止了，似乎在刹那间都被无情的秋风给冻结了。

区金的表情和区四杀的表情也全都被冻结，包括在一旁翘起食指的区阳。区阳的食指之上射出一缕淡如白雾的光柱，直射在黄海的膻中穴上。

叔孙怒雷、忘尘师太诸人的脸色也被冻结，他们似乎没有想到区金、区阳、区四杀三大高手竟会联手对付黄海，而且如此轻易得手。

“托天裂地！”忘尘师太仍清楚地记得区金和区四杀的这种组合乃是冥宗武学中最为强霸的一击，即使不拜天也绝不敢硬接这一击。可是这种最强霸的组合，却由一个血肉之躯承受着——黄海的身体！

更可怕的，还有区阳那一指。

蓝日法王认识这一指，这正是不拜天得以成名的杀招——九冥烈阳指。这一指只能以一道经脉去练习，这就是外人完全无法理解的秘密。蓝日法王更知道这道经脉就是手阳明大肠经，但是他花了十余年去试着修习，却根本不得要旨，这也是他不得不佩服不拜天的主要原因。

烈阳指洞金裂玉，可以抵抗任何邪异的外力所侵，这也就是区阳为什么会被冻死四条经脉而唯有手阳明大肠经可以活动的原因。

所有人都在等待黄海的躯体暴裂成碎肉，他们不相信会有其他的什么结局。

游四的意见让葛荣有些不悦，葛明也很反对，倒是王通极为赞同游四的稳固之中求发展，不能躁进。

葛明的话似乎也不无道理，趁洛阳新乱，人心未定，挥军南渡黄河，一举攻破洛阳，而且季节不等人，若是再过一段时间，天寒地冻，那时若想攻下洛阳，根本是不可能的。如果再过一个漫长的冬天，就让尔朱荣有足够的时间将洛阳城内的动荡平复，反过头来全力对付葛家军，那种后果的确是难以预料的。

葛荣也觉得葛明的道理极合其意，不由得向高傲曹问道："高爱卿有什么意见吗？"

高傲曹思索了半晌，淡淡地道："臣以为游大人所说和二皇子的建议各有道理，但在攻下洛阳城之前，这一段过程我们却不能忽略。如今我们的兵力已达邯郸、武安。武安不用说，很快就可攻下，可邯郸城从古至今都是有名的坚城，并不是想攻就可以攻破的。虽然我们极力劝说元浩，他们很可能会松动口风，决定投降，但自邯郸至洛阳，那并不是一步之遥。尽管我们兵强马壮，可是要想打到黄河之边，没有半年时间是不可能有所成效的。即使花上半年时间，还不一定能攻下安阳、鹤壁、濮阳、新乡这些重镇。当然，我们可以根本就不必去攻破这些重镇，直接驱军逼进洛阳，绕过各个重镇，这也不是不可能。可是，如果我们的战线拉得太长，而这些重镇中的守将再派兵截断我们的后路，那我们岂不首尾失去兼顾，成了孤军作战？这种后果实难预料，是以微臣仍是赞同游大人的说法。”

“是啊，父王，孩儿也觉得游大人所说极有道理。此际我方兵力强盛，兵多将广，但我们的士卒们需要强化训练，这样可更好地增强他们的协调性和作战能力。我们对敌，应该采取循序渐进之法，攻一城，巩固一城，将自己已经取得的成功加强巩固，再图发展。当然，那挥军洛阳却非今日所应该考虑的问题。”葛悠义也出言附和道。

葛荣再望了群臣一眼，见众人都不再言语，心中微微有些不快，但此刻他不是不想再攻洛阳，因为不能给尔朱荣一口缓气的机会。不过，他却必须准备冬日的军用物资。此刻葛家军的人数已近百万，想要让这些人安然过冬也并不是一件容易的事，若非葛荣的确财力雄厚，只怕谁都会为之不安而担忧。但葛荣却有来自漠外的羊皮支援，二十年来从未间断。这就使得葛家军度过这个寒冷的冬天有极大的转机。

黄海并未爆裂，也没有什么东西可以让他爆裂，只是他的眼睛更亮！

黄海的左手两指仍在钳着那瓣已被擦拭干净的圣舍利，显得那般自若，如同根本不知眼前所发生的一切。

区金几乎是肝胆欲裂，那是一种莫名的恐惧和骇异。

此刻的区金，只感到黄海已经不是一个实体，而是一个宽广无垠的空间，他的掌劲毫无保留地灌入黄海体内，但却犹如将花瓣撒入一条奔涌的大河，不知尽头在何方，也不能探清河底的境况，更不用说对这奔涌的大河造成任何损伤了。而此刻的他，就像是花瓣，黄海便是那条奔涌的大河。

“轰！”区阳的脚底下突然炸开，一股狂野无匹的劲气将区阳的躯体冲上了半空。

区阳一声狂号，完全无法自主地被抛上了虚空，让他感到惊骇若死的，却是那自地底袭上来的劲力竟是“托天裂地”组合的劲气，在刹那间他似乎明白了什么。

黄海出指，指如剑，杀意犹如冬日的霜风，区金和区四杀俩人几乎不敢相信这是事实。

蓝日法王清晰地感受到那股由地底向四面八方扩散的气劲，如同在地底游走的蛇群，对于区阳被冲上半空这似乎并未出乎他的意料之外。当他感觉到地底有劲气四泄之时，就已经知道区阳会是怎样一种结局。此刻黄海出指倒有些出乎蓝日法王的意料之外。

黄海的剑指极为缓慢地向区金眉心靠去。

叔孙怒雷和达摩诸人这时似乎微微松了口气，但却看得莫名其妙，有些不明所以。

区阳在虚空中喷出一口鲜血，大喝道："快退！"他呵斥之人当然是区金和区四杀。

区金和区四杀自然不会不明白，无奈此刻一切都已经不再由他们自主了。黄海似乎已与大地融为一体，他们袭入黄海体内的气劲全都被散入大地之中，甚至是那一层莫名的空间。总之，黄海的存在，已经不再是一个实体，因为他们根本就未曾感觉到黄海五脏六腑的存在。

黄海的身体犹如一条宽阔的大河，将所有的水，一刻也不停留地排入大海，更能产生让敌欲罢不能的后果。

区金和区四杀已经到了欲罢不能之境，此刻的黄海已经不再像人，犹如一个魔神，一个不死的魔神！

"噗……"黄海的指头轻触区金的眉心，区金开始颤抖，区四杀也开始颤抖，脸色逐渐转红。

蓝日法王想到区金毕竟是叶虚的师父，他总不能眼睁睁看着俩人就这样死在黄海手中，因此他出手了。

叔孙怒雷再也顾不了这一切，虽然他仍无法肯定黄海的身份，但绝不能让蓝日法王乘人之危而害了黄海。忘尘师太也忍不住惊呼，想要出手却没有叔孙怒雷速度快，毕竟她的功力消耗实在太巨。

蓝日法王出手并无意伤害黄海，是以，他并未全力出击，但叔孙怒雷却是全力击出雷神尺。叔孙怒雷极少动用他的兵器，可今日所遇上的却是他前所未遇的可怕对手。

蓝日法王无法不正视叔孙怒雷的攻击，虽然叔孙怒雷也受了伤，但其功力之高，仍不可小视。

“轰……”叔孙怒雷的雷神尺撞上了蓝日法王的拳头，暴出一股强烈的震响。

叔孙怒雷被震得倒跌而出，蓝日法王并不追击，因为他又迎上了两个新的对手，忘尘师太和叔孙凤。

忘尘师太的拂尘根根如针，直刺蓝日法王眉心，叔孙凤的掌心转暗，直斩向蓝日法王的胸膛。

蓝日法王一声冷哼，根本无视这种攻击，双臂暴伸，直取两名对手的肩头，他丝毫不必防护，这样的攻击对他根本就无法造成任何伤害。

叔孙凤和忘尘师太很快就发现了这一点，而那坠落于地的区阳却惊呼了一声：“意绝九冥！”想必他已认出了叔孙凤的武功路子。

叔孙凤和忘尘师太惊骇之时，蓝日法王的手掌已经无声无息地斩到了她们的手臂上。

“哧……”一道尖锐的劲啸，蓦然之间在蓝日法王与叔孙凤、忘尘师太之间闪出一柄亮得刺眼的剑，犹如自地狱中复活而出的水凤。

蓝日法王惊呼而退，当他立定身形时，却发现他刚才所立之处站着黄海，而区金和区四杀犹如被抽去了所有力气，瘫软在地上大口大口地喘着粗气，脸色像炭火一样通红。

忘尘师太和叔孙凤及叔孙怒雷诸人全都为之怔住了，他们不知道黄海是怎样插入其中的，那就像是一个谜，一个让人无法解开的谜。但，黄海的身形又是那般真实。

蓝日法王也毫不例外地为之大感讶然。

“你废掉了他们的武功?”蓝日法王有些意外地问道。

“不错，拥有一身武功，却沦入歧途，只能祸乱人间。只是上天有好生之德，因此留了他们一条性命。”黄海的声音极为柔和而恬静，如同一阵春风拂遍了每个人的心。

区阳大惊，望着两个徒儿瘫软在地，心中涌起的不知是怒火还是恐惧，他几乎已经无法想象黄海是人还是神，但此刻他对自己的退路几乎已经绝望了。

蓝日法王淡淡地吸了口凉气，他这一刻才感觉到秋风有些凉，他不敢肯定自己能否如此轻爽利落地对付区阳师徒三人，更没有把握能否抗拒三人的合力一击。但是黄海却做到了，这是否就是说，他与黄海之间有着极大的差距呢？

“你刚才所使的是什么武功？”蓝日法王心中存在着极大的疑惑，不由问道，同时也盼望黄海能给他一个满意的答复。

“极尽变生，色空无界！”黄海淡然地念出这八个字来，神色之间显得无比平静。

“极尽变生，色空无界！”蓝日法王忆起岩壁上那八个绽放着紫霞的字，但他却无法明白八字之中究竟包含着什么深意。

五台老人与叔孙怒雷诸人全都开始沉思，沉思这八个字的含义，就连区阳也在思索着。

蓝日法王想不出其中含义，不由淡淡地问道：“这六日来，你为什么一直避开我？”

“因为我并不想与你交手，也打不过你！”黄海的回答很直接，也很干脆。

“你这么肯定不如我？”蓝日法王奇问道。

“也许这是我个人做事的原则所致使，我并不想将自己的精力浪费在一些无聊而空虚的事情上，有许多更重要的事情还等着我花心思花力气。所以，我尽量回避你！”黄海悠然道。

蓝日法王笑了，他觉得有意思，黄海的说法让他觉得有意思，但他并不觉得这话有什么错。

“那现在你仍要回避我们这一战吗？”蓝日法王问道。

“你认为我能够回避这一战吗？”黄海反问道。

蓝日法王悠然一笑，道：“不可能。”

“所以，我也不想再回避，但今日我却有个约定！”黄海缓缓负起手来，望了望天空，平静地道。

天空之中，并没有乌云，骄阳依然洒落着那温和的光彩，只是已经向西方偏移了许多。

“什么约定？”蓝日法王并不在意什么约定，他只在意黄海愿不愿意做他的对手。

所有人全都静静地听着，静静地看着黄海与蓝日法王，他们在想象，这俩人交手将是怎样一种境界？但他们却没曾注意区阳和区金及区四杀将那剩下的三瓣圣舍利分别吞入了腹中。

“今日之战，你若败了，就立刻退回西域，有生之年，不得再踏足中土。”黄海悠然道。

蓝日法王笑了笑，道：“很好，如果我败了，哪还有脸再来中土？我答应你！”

黄海嘴角泛起一丝淡淡的笑意，又道：“如果我败了，也会退出江湖，终身不再过问世事！”

“这很公平！”蓝日法王有些兴奋地道。

“不过，今日你一定会败！”黄海霎时变得无比自信。

蓝日法王讶然地望了黄海一眼，“哦”了一声，道：“但愿你不会让我失望。”

黄海的双手依然负在身后，意态悠闲至极，但目光却渐渐自天空之中的云彩移至蓝日法王的脸庞。

蓝日法王的目光深深射入黄海的眸子之中，心神忍不住一震，他竟似乎看到电闪、云飞——在黄海的眸子深处，居然藏着一个与头顶蓝天完全不同的天空。

蓝日法王强自压住心头的震撼，深深吸了一口气，他竟不知道该如何向黄海下手。

有白云在轻卷轻舒，有风在轻轻地滑过，一切的一切，犹如黄海那恬静的脸，显得清新而自然。

黄海眸子中的色调似乎又在瞬间成了蓝绿色，在那内陷的眼神之中，蓝日法王似乎看到了有成群结队的鱼在游，看到了漂浮的水藻，看到了奔涌的海浪，看到了那永远屹立于海心的孤屿暗礁。

“这是幻觉！这一定是幻觉！”蓝日法王心中暗自告诫自己，强自使自己从黄海那如梦似幻的眼眸中走出来。可是他已经随着外界的光线，一同走入了黄海眼眸深处的世界。

黄海的眼睛，竟成了两个不同世界的窗口——那是一个内陷于心底的世界。那是哪里？究竟是哪里？

蓝日法王的额角冒出了汗珠，冷冷的汗珠，他竟无法自拔地陷入了另一个世界，那是一个只有灵魂和精神才能抵达的空间。

黄海眸子中的色调仍然在变幻，蓝日法王再次看到的却似是五颜六色的山花，凄清的芳草，瑞兽祥鸟，彩凤飞舞，琼楼玉宇，那是哪里？究竟是哪里？

蓝日法王的额角汗水越来越多，身上的蓝袍渐渐浸湿，黄海却依然显得那么悠闲，那般自在。

所有围观的人全都骇异莫名，他们根本就不知道那究竟是怎么回事，他们只是看到蓝日法王的汗水越来越多，到后来竟开始颤抖。可是黄海根本没有出手呀?!

黄海的目光无神，似乎没有半点光线透出，但却是一个吸光的黑洞，没有人能够知道在黄海的身上究竟发生了什么变化。

蓝日法王在颤抖，他似乎看到了一些模糊的人影，在那花间草丛旁，在那琼楼玉宇中，或饮酒，或下棋，或抚琴，或舞剑，更有飞舞如鸟雀般的人影。

时间一分一秒地过去了，黄海和蓝日法王谁也没有动手，只是相视而立。渐渐地，蓝日法王的额角透出一丝淡淡的光润，脸上慢慢绽出了满足而又恬静的微笑，身子也不再颤抖，他似乎有着一种在起伏山峦间自由翱翔的满足，又似是突然悟道。

黄海的脸上也绽出了一丝微笑，一丝欣慰的微笑。

蓝日法王突然发出一声长长的叹息，无悲无喜地道："我败了！"

除黄海对这个结局似乎在意料之中外，其余的所有人全都大惑不解。明明黄海与蓝日法王根本没有交过手，虽然刚开始蓝日法王似乎有些不太对劲，但后来也是如此轻松以对。以蓝日法王那般不可思议的武功又怎会轻易言败呢？

"那究竟是什么地方？"蓝日法王又问出一个让人莫名其妙的奇怪问题。

黄海依然负着双手，只是抬头仰望了一下天空，淡淡地道出两个如同霹雳般让人震撼和惊悚的字——“天道”!

蓝日法王双掌合十，双眸微闭，竟低低诵了几遍经文，这才虔诚地向黄海行了一礼，感激地道：“谢谢!”

黄海也不还礼，只是悠然道：“极尽变生，色空无界，一切尽在其中!”

“蓝日明白，此回吐蕃，将永不涉足中土!”蓝日法王认真地道，同时又向忘情崖上所有人行了一礼，这才缓步向山下踱去。

所有人都能够体会到蓝日法王内心的平和与宁静，再无半点争强好胜之念。

黄海的衣衫有些破乱，但却不减那种飘然出尘的飘逸。

叔孙怒雷诸人望着黄海，竟像傻子一般。

黄海悠悠吸了口气，飘身掠到凌能丽和凌通身边，犹如一阵轻悠的风。

“会主!”剑痴惊喜无比地唤了一声。

黄海只是向剑痴微微一笑，拂袖间，已拍遍凌通和凌能丽身上十四道经络的三百六十一处穴位，手法之快，没有一个人看清究竟是如何完成的。

“哇……”凌通和凌能丽俩人同时吐出一口炽热无比的青烟。

众人竟不住哗然。

“师父!”凌通 见黄海，禁不住喜呼 声。

“黄叔叔，你没事吧?”凌能丽也为之大喜。

黄海慈祥地拍了拍俩人的脑袋，充满怜意地道：“我没事，你们是否已经看到了那些?”

凌通和凌能丽同时一阵讶然，问道：“你怎么知道?”

黄海笑而不答，有些高深莫测地道：“这是千年难逢的机缘，你们要好好把握，不要损失了这一笔无价的财富!”

凌通和凌能丽似乎能够理解黄海所指何事，竟同时点了点头。

“黄师弟，究竟是什么东西?”五台老人忍不住问道。

黄海笑了笑，道：“那就是我师父所留的移岳诀和烦难师伯的无空道!”

“移岳诀?!”五台老人终于惊呼了一声，但他却并不知“无空道”究竟为何物，可他却听说过道宗的绝世神诀“移岳诀”。

“移岳诀”乃是葛洪祖师与魔尊决战之后所创，因他有感于天魔门的“死亡之剑”对正道存在着极大的威胁，所以才创出这绝世剑道“移岳诀”。天下间，数剑之道，唯“移岳诀”方能破除天魔门以“死亡之剑”使出的“不归剑道”！

当年葛洪祖师苦创“移岳诀”只是想对付“死亡之剑”和“不归剑道”的自毁，却没想到这套剑诀之霸道实让人无法想象，也就只传了一名弟子。而这套剑诀的精妙所在更非人人能够领悟的，就连黄海的师祖白云上人也未能悟其奥妙。

葛洪祖师悟出这套剑诀之后不久便登入天道，并未来得及与众弟子细细解说。直到天痴尊者以无上的智慧，在临登天道之前，竟然顿悟出葛洪祖师的心意，终于明白了“移岳诀”之精妙。当时五台老人就守在忘情崖，所以他知道“移岳诀”的存在。

叔孙怒雷也是见多识广之辈，亦听说过“移岳诀”的传说，但却没想到这种神话般的武学竟然在北台顶上再现，更为两个小娃娃所得。但是，他也觉得有些莫名其妙，不知道这两个娃娃是如何得知其中奥秘的。

“剑痴，传会中所有兄弟，从今日起，我将‘破魔门’的掌门之位传给通儿，由他去领导所有弟兄！”黄海悠然道。

“师父！”凌通一惊，呼道。

“你可以的，相信自己，但你必须承袭我破魔门的门规戒律，除魔卫道，惩恶扬善！否则，为师会很失望的。”黄海轻拍凌通的脑袋，慈祥地道。

“徒儿明白！”凌通大为感动，忙跪下磕头。

剑痴却有些呆呆地问道：“那会主你……”

“你只管助通儿打理好会中事务即可，如通儿有不对的地方，你可代我教训他！”黄海打断剑痴的话，又扭头向凌能丽道：“凌姑娘可将今日之事告之风儿，你们也许根本无法领悟‘无空道’，但以风儿之聪慧和对佛性的感悟，相信定可悟出‘无空道’的奥妙。并嘱咐他，让他给我好好地管教通儿，若是通儿将来为非作歹，就帮我清理门户！”说到后来，黄海语气越来越沉重。

“通通不会的，黄叔叔请放心，我一定向阿风转告！”凌能丽似极有信心地道。

“但愿不会！”黄海说完转身踏向区阳师徒三人。

众人的目光全都围着黄海转，此刻黄海面对区阳，这才想起有此三人的存在。

“你们三人偷服了圣舍利，本该将之逼出，但上天有好生之得，我就不为难你们了，但圣舍利乃几位佛门大师所留，不能落入外人手中，因此，你们三人只好投身佛门了。”黄海淡然道。

区阳的眸子中闪过一丝怒火，心中却暗急，忖道：“怎么圣舍利还没有发生反应？”

“阿弥陀佛，三位施主别枉费心机了，圣舍利乃佛门圣物，唯有满身佛意，却非灵丹圣药，并无疗伤之效，用来祛除毒素还可以。”了愿大师宣了声佛号，淡然道。

“什么？”区阳失声惊呼，完全不能掩饰一脸的愤怒和失望。

“了愿大师所说没错，圣舍利可解百毒，开心益智。所以，希望三位今后潜心向佛，也可算赎回前半生的罪孽，望好自为之！”黄海笑了笑道。

“不是说圣舍利藏着天道的秘密和慧远的功力吗？”区阳惊怒无比地问道。

“不错，圣舍利的确藏着天道的秘密，但却并不是圣舍利本身。至于圣舍利藏着慧远祖师的功力，那简直是无稽之谈。”了愿大师认真地道。

区阳的脸色如同死灰，区金和区四杀也全都呆若木鸡，没想到自己拼命抢夺之物最终却犹如废品，那种被欺耍的感觉让他们后悔莫及。

“达摩大师，他们三人就交给你了。”黄海淡然道。

达摩与数月前似乎完全变成了一个人，一身祥和正气，所过之处，人的心中竟一片安详。

“黄施主的吩咐，达摩一定办到，绝不会让他三人再为祸世间。达摩也准备长驻中土，宣扬佛法，禀承佛陀师伯的遗愿，我会住于少林寺，如黄施主有闲，可常来少林做客。”达摩诚恳地道。

“大师有这番心愿，自然是中土之福，至于再逢就要看缘分了。”黄海轻笑道，说完再不理会区阳，只是向五台老人行去。

“我来为你疗伤吧。”黄海淡然道。

叔孙怒雷忍不住望向忘尘师太，忘尘师太一脸祥和，并不作半点回避。叔孙怒雷可感觉到忘尘师太内心平静如一口枯井，心中禁不住微酸，本想唤一声：“琼。”但最终却没有叫出口。

“师太，我想请问你一件事。”叔孙怒雷的心头有些隐痛，但仍忍不住声音有些颤抖。

“施主之事，忘尘知道，昔日的恩恩怨怨，是要作一个了断了。”忘尘师太一眼就看出了叔孙怒雷的心思，不由得悠然道。

叔孙怒雷一呆，忘尘师太的语气平静得让他的心更痛。

五台老人只感一股浩渺虚无的劲气注入体内，立刻通向七经八脉，所过之处，伤势如奇迹般恢复，甚至整个人都变得充满了生机与活力。

黄海只不过在刹那间就替五台老人疗好了内伤，任何人都难以想象这个事实。五台老人更是呆若木鸡，等他清醒过来，黄海已经转了身。

黄海转过身来，目光不经意地扫过叔孙怒雷和忘尘师太，然后望向那苍茫而浩渺的天际。

云淡风轻，叶斗峰之极，直插云霄，乍看之下，原来天是如此的低。

风吹、叶落。秋色，并不是人们想象中的美丽，反而多了一丝淡淡的凄惨。

凄惨，若叔孙怒雷的心，他甚至不明白自己此时究竟是怎样一种心境。

“黄海……”叔孙怒雷终于轻轻唤了一声，但却并未继续说完。

黄海未语，依然昂首苍穹，但显然是在聆听叔孙怒雷的话。

忘尘师太的身子微微一震，似乎明白了一些什么，但也没有言语。

“黄河之中，可是你出手相救？”叔孙怒雷终于问出了口。

“不错！”黄海回答的语气极为平静，犹如湛蓝的天空。

“你为什么要救我？”叔孙怒雷有些希翼地问道，心情更有些激动。

“因为我并不想看到你死去！”黄海的答话，仍是那么轻缓而又平静。

“就只有这些？”叔孙怒雷总希望能再多有一些别的答案，追问道。

“你就是我的孩子？”忘尘师太似乎也知道了叔孙怒雷所要追问的

结果。

“你的小腹之上有三颗梅花痣?”叔孙怒雷再次出言问道。

“那一切已经不再重要，既然当初你们选择了放弃，就不必再去追悔和寻找，这一切都是上天注定!”黄海的声音依然是那般平静而缓和，但其脚步已不再停留，缓步向那块被雷电击为碎块的断岩走去。

众人心头隐隐感觉到了什么，可又说不出个所以然来，但黄海的回答显然证明了忘尘师太和叔孙怒雷的话并没有错。

“你真是我的儿子?”叔孙怒雷激动之情无以复加地问道。

黄海面对崖前的虚空，负手而立，仰天长长叹了口气，悠然而落寞地轻吟道：“夕阳无限好，可惜近黄昏!”

“孩子，你要干什么?”忘尘师太感觉到事情有些不对劲，忍不住惊问道。

凌通也同样感觉到黄海那分脱离众生的气质，似乎他此刻所在之处与芸芸众生并非同一个时空，不由得低呼了一声：“师父，你没事吧?”

“通儿，你记住为师的一句话!”黄海突然以一种让人听了感觉有些冰冷的语调道。那是一种超乎异常的平静。

“弟子谨记!请师父明示!”

“武之道在乎情，唯专丁情方能精道!你记住了吗?”黄海悠然道。

“你刚才与蓝日法王交手，用的是什么武功?”达摩对武学的觉悟始终未灭，听了黄海这句话，便忍不住问道。

“大师慧根深种，定能悟透无空之道。色空本无界，界在情之间!终会有一天，大师会明白其中道理的。”黄海淡然道。

“色空本无界，界在情之间?”达摩有些茫然，却无法将这两句话与黄海、蓝日法王之战联系起来。

区阳却似有所悟地出言道：“那是否唯武之人，需绝情、忘情、灭绝方能破界?”

黄海笑了，笑得悠然，如一片散漫的阳光。在黄海回眸区阳之时，众人只感到一阵暖意，在心底滋生。

“你说得对!”黄海的声音如同来自遥不可及的天边，又似乎在众人耳边响起。

区阳一震，忍不住惊呼出声，讶然问道：“你已经弃情、忘情了吗?”毕竟，他乃一代巨魔，武学见地之深，天下绝无仅有。对于这种禅境的理解和武学的参悟，比之别人更为容易。且他在泰山玉皇顶石洞之中关闭四十余年之久，那分心境体会得更为深切，是以才有此一问。

黄海又笑了一笑，扭头再次注视着湛蓝的天空，悠然道：“没有，破界之法除绝情、忘情、灭情之外仍有两重更高境，那就是专情和博情。情之专者，其界自破，情之博者无界可阻!”

“情之专者，其界自破；情之博者，无界可阻！难道你已经悟出了天痴和烦难的天道之秘?!”区阳的脸色更为难看，骇然问道。

“天本无道，道在心中！道亦无门，唯情可破。可怜世人一心求道，却不知此，枉费一世之修，仍游离于碌碌众生。殊不知，身外一个世界，身内一个世界，每个人自身就是天道之门的钥匙……”说到这里黄海转过头来，向所有人露出一个笑容，恬静、祥和，犹如阳春三月的阳光。

众人的心头如沐春风，古人形容美女回眸一笑百媚生，因此有“一笑倾城”的说法，可黄海这一笑，却没有人可以说出那之中奇异的魔力，就像是刹那间将人引入了一个无限美好的天地，而主宰这个天地的，也就是这个笑容。一个让人永远也无法忘怀、无法捉摸、无法体会却又真实存在的笑容。

这很矛盾，但世界就因为矛盾而存在着。

区阳和区金及区四杀也为这一笑所震撼，灵魂深处那根善良的弦亦被拨动，让他们感觉到生机在体内勃发，感觉到温暖在体内流动，他们有种向这个笑容顶礼膜拜的冲动。

这一笑中，不可忽视的，是黄海那双眼睛，一双渐渐露出紫色雾气的眼睛。本来，所有人都可以看到黄海眸子里一个丰富无比的世界，可在紫色雾气之后，一切都迷茫起来。

紫雾越来越浓，众人忍不住惊呼，黄海的体内似乎散发出一种朦胧的紫色霞光，如同眸子中的雾气。

“轰隆……”一道闪电如狂龙般划破虚空，奇异的是这道闪电似乎来自那西沉的夕阳，狂野无比，但也十分准确地击在黄海的身上。

一道紫色的霞光如同焚烧的剧烈火焰，照亮了所有人的眼睛，也让所有人想起了圣舍利开裂之时，那岩壁上的紫霞。

“师父！”凌通惊呼。

“呼……”那道紫霞如腾飞的火凤凰，顺着那道仍在天空中狂舞如巨龙的闪电向夕阳西沉的方向掠去。

第一百八十八章　留容人间

虚空之中在此时竟泛出一片祥和佛光，天空一片朦胧。

乳白色，圣洁无比的佛光中隐约可见奇鸟瑞兽欢舞，异草灵卉绽放，更有琼楼玉宇——正是那道如火凤凰一般的紫霞掠走的方向。

也不知过了多久，天空恢复了静寂，淡淡的白云，西沉的夕阳，火红的晚霞，悠悠的秋风，蓝蓝的天，一切都是那么实在，但天空之中似乎仍飘荡着一张神奇而又充满魔力的笑脸。

人们久久沉浸在那个奇异的笑容中，久久无法平复心灵深处的震撼，他们再也不可能忘得了那个笑容。其实，黄海的那个笑容和那一段奇异的话语已深深烙在每一个人的心上，而众人心中更烙上了另外两个字，那就是“天道”！

黄海最后留在人世间的是一个笑容，也是一个旷古绝今的笑容。三十年后，有人说他在北台顶上看到了虚空中有一种神秘却又无比祥和的笑容，那人说，正因为这一个神秘的笑容，使他的全身疾病霎时无药自愈。后来，这样的传说多不胜举，一直在两百年后，才没有人再说起看到什么笑容。当然，这都是后话，其真实性使人无法分辨。不过，自此之后，北台顶上的寺院多不胜举，香火盛极一时，那倒不是假的。

“叔孙姑娘，你不必难过，也许叔孙老前辈的选择是对的，这样对他的心灵也是一种弥补。”凌能丽安慰道。

叔孙凤依然无法开怀，叔孙怒雷的决定实在让她难以接受，尽管她的师父忘尘师太是个出家人，可一向疼爱她的爷爷却突然决定出家，这个变故也太不可思议了。

叔孙怒雷的决定对所有人来说是极为突然的，他放弃了荣华富贵而选择出家为僧，确实有些不可思议，唯忘尘师太并不感到惊讶，也许世间之事已经没有什么可以值得她惊讶的。

区阳师徒三人，唯有区阳的武功没有被废，但却受黄海那记借助地面传力的一击，伤势很重，可此刻他心中的魔念似乎为黄海最后一刹那的震撼全部驱除，竟开始反省自己这一生所造成的罪孽，也就甘愿追随达摩和了愿大师返往少林。

五台老人这一生的大部分时间都居于北台顶，也就不再他往，在山腰的禅院中静修，却不做一个落发的头陀。

忘尘师太却不希望叔孙凤与她同伴青山，因此独自返回恒山了。叔孙凤刚好与达摩诸人同返晋城，而凌能丽与凌通则重返故居——蔚县猎村，再取道冀州寻找蔡风，并转告蔡风在北台顶所发生的事情。

叔孙凤与凌能丽倒是一见如故，或许是因为黄海的原因，抑或是极为欣赏凌能丽那种独立而不让须眉的侠气，但此刻仍禁不住叹了口气道："也许这是一个最好的归宿，可是少了爷爷，叔孙家族就像少了主心骨，这会对叔孙家族造成多大的影响啊？"

凌通想了想，道："反正你们叔孙家族人多，谁还敢拿叔孙家族怎么着？我看即使尔朱荣也没有这个胆量！只要你们叔孙家族不去多管闲事，保证会人丁兴旺一万年！"

"通通！"凌能丽叱道。

凌通不由得吐了吐舌头，扮了个鬼脸。对于这个姐姐，他可不敢不放乖些，虽然目前他的武功已经胜过凌能丽，但却无法抗拒这位姐姐的威严。

叔孙凤并不怪凌通的直言直语，事实上，如果叔孙家族不再太多地干涉朝中事宜，是不可能遇到什么攻击的，毕竟叔孙家族乃是一个大家族，即使皇上，也绝对不能不考虑若对付叔孙家族所需付出的代价。但叔孙凤总觉得叔孙怒雷不在叔孙家族，似乎少了一些什么东西。

凌通却并不想为这些不关己的事情烦恼，只是在仔细回想着北台顶上的一番神秘经历。

但北台顶上佛光化舍利这一役，却将天下绝顶高手化去所剩无几。

赫连恩虽然勉力率兵抗击，也只能挡住萧宝寅自南面攻来的大军，可崔延伯的另一路大军却自北华州（指今日的陕西黄陵南面）破入，连夺三城，逼至西峰城下，与高平义军隔江相对。

万俟丑奴也拖着病躯上阵，勉强稳住阵脚，但军心却很明显已经有些涣散，而且崔延伯正在伐木造船，极有直攻之势，更自泾河调来战船，这使得环江之水完全失去了其险要的价值。加之崔延伯连夺三城，其声势和士气几乎已达到巅峰。万俟丑奴所领的义军与之相比，的确不可同日而语。再说如今万俟丑奴身受重伤，往日他总是领着士卒冲在最前方，但现在却一直不曾出现，这对高平义军造成了极大的心理压力。而且，崔延伯更在营造着一种声势，那就是他大力宣扬说万俟丑奴身受重伤不能作战，并说胡琛已死，这使得高平义军人心极度惶恐。

万俟丑奴并没有将胡琛的死讯传扬出去，知道胡琛死亡的人数极为有限，但知道胡琛重伤的人倒是不少。

万俟丑奴一直在等待，等待蔡风赶来，葛荣已飞鸽传书告之蔡风将至的消息。此刻蔡风应该已经快到了，万俟丑奴相信蔡风，虽然他并未真正见过蔡风，但却知道有关蔡风的传说，更清楚葛荣与蔡风的关系。

派蔡风前来相助高平，是万俟丑奴的意料中事，他并没有看错葛荣，葛荣的这种做法的确作出了极大的牺牲。

这也许就是葛荣的聪明所在，在这种年代，往往反映了一个事实——一个不怕吃亏的人，最终他总不会吃亏的。

如果蔡风来了，那高平这支义军应该可以撑下去。在万俟丑奴想来，传说应该不会太过失真，就连尔朱荣和破六韩拔陵那等人物都不得不承认蔡风是个可怕的对手。而他对蔡风破除定州，杀鲜于修礼，以及控制鲜于修礼的大军，再破博野，杀元融，威慑河间、高阳两座重镇等诸般事实知道得并不少，又有蔡风击杀莫折大提这些事件，足以让他完全相信蔡风的能力。单凭蔡风这个名字，就应该可以稳定军心。因此，万俟丑奴准备在那时候向全军公布胡琛的死讯。当然，在这之前，各级重要且可靠的将领有权知道胡琛的死讯，他不能造成一个胡琛被蔡风所害的迹象。

知道胡琛死讯的，还有胡琛的家人。胡琛的儿子今年才十岁，大儿子却战死于沙场，另外全都是女儿，这也就是万俟丑奴为何要请来蔡风的主要原因。赫连恩虽然有些不太情愿，但却对万俟丑奴极为信任，也相信万俟丑奴的眼力。胡琛的家属对万俟丑奴亦如亲兄弟一般，大家权衡利害之下，只好出此策略，这也是没有办法中的办法。但胡琛的小儿子胡亥将会继承父位，任高平王，当然，那只是等蔡风来到之后的事情。

赫连恩的伤势基本已经恢复，与萧宝寅交手，双方也只能勉强战个平手，之后他率兵死守华亭而不出。与萧宝寅耗劲，这是万俟丑奴不得已的策略。攻久必失，所以他只能让赫连恩死守。

华亭对万俟丑奴来说极为重要，那几乎是高平的南大门，所以不能有失。但守而不出，必会磨消士气，在士气本就不激昂之时，若长此这般下去，并不是一个好办法，却没有更好的办法可行。

高平义军的士气本就有些低落，无奈胡琛根本不能现身证实谣言的虚妄，使得许多义军人心思变，可怜的胡琛，连其尸体也不得下葬，只能以冰冻结起来，以防止腐烂发臭。

万俟丑奴此事做得的确利落和保密，处理得也丨分周密，竟木漏出半点风声，可他知道叶虚绝对不会让他死守秘密，定会大肆散布谣言，为的就是挑起崔延伯和萧宝寅不会错失良机对付高平义军。

叶虚是个聪明人，他对高平义军的所作所为，双方只会成为死敌，这将成为他踏入中土的一大绊脚石。所以，他绝对容不下高平义军。其实，他并不想得罪高平义军，吐谷浑与敕勒的高平义军本是有着往来的友军。可叶虚无法阻止区阳的冲动，因为他实在想得到区阳师徒三大可怕高手的相助，他更见过区阳那惊天地、泣鬼神的武功。放眼整个天下，恐怕也只有区阳才有可能对付得了蔡风，至少可以与蔡风一斗。所以，为了能让这个师祖恢复功力，叶虚不惜花费沉重的代价，若真能得到区阳、区金、区四杀相助，那更胜获得千兵万马。他甚至可以不再惧怕蓝日法王，这对他来说是多么重要啊。因此，叶虚顾不了那么多，只能与高平义军决裂。

叶虚的做法当然会引起域外的联军有些不满，不过事情既然已经发生了，也就无可挽回。域外联军欲趁崔延伯、萧宝寅所领官兵与高平义军大战之际，以强大的攻势突破嘉峪关，若能突破嘉峪关，打开进入北魏之门，那一切都好说了。

而事实也的确如此，萧宝寅和崔延伯顾着攻打高平义军，而无法支援嘉峪关的守兵，使得域外联军这一场仗打得并不艰辛。

万俟丑奴知道义军的这种守势很难坚持长久，唯有集中兵力与崔延伯所领的官兵对战，那才有效。否则，将阵线拉得太长，以乌合之众去对付那些士气激昂的官兵，唯有挨打一途。是以，他决定退开环江，让出西峰，稳守彭阳，而泾州城太过破烂，根本就无险可凭，又来不及修补，与其浪费大量的人力去修补泾州城，倒不如弃出空城，带走草粮，让崔延伯等人去修城好了。是以，万俟丑奴极有步骤地撤退。

尔朱荣这几天来一直都有些心绪不宁，他预感到会有什么事情发生，抑或是什么事情已经发生了。

事实上他果然没有猜错，这次前来找他的人是尔朱兆，曾经为葛六的尔朱兆。

尔朱兆的脸色极为难看，且身上还有伤，虽然伤势并不重，但看上去却似乎有些狼狈。

是尔朱仇带他进来的，这间客厅并没有谁能私自进来，除了尔朱荣的亲信。

送进尔朱兆的尔朱仇退了出去，厅中只剩下尔朱荣和尔朱兆俩人。

看到尔朱荣，尔朱兆的神情有些悲凄之色。

“究竟发生了什么事?”尔朱荣心中隐隐蒙上了一层阴影，问道。

尔朱兆吸了口气，调整了一下自己的情绪，有些难过地道：“阿爹动用了‘死亡之剑’!”

“什么?!”尔朱荣吓了一大跳，惊问道。

“其实阿爹早已练成了‘不归剑道’。”尔朱兆有些无可奈何地道。

尔朱荣变得沉默无语了，因为他知道“不归剑道”加上“死亡之剑”

所代表的只有一种可能，那就是毁灭！不可能再会出现第二个结局。

尔朱兆也沉默了，只是望着尔朱荣，心中却没有悲哀，他的父亲并没有给他多少爱，更没有给他多少温情，因此对于亲情，他表现得极为淡薄，也没有多少悲哀。

“对手是谁?”尔朱荣淡淡地问道。

“阿爹在挑起叶虚和区阳这几人前去找万俟丑奴之后，就想顺便把蔡风的心上人凌能丽擒来做人质。谁知道正当他要得手之时，却遇上了田新球。于是俩人交上了手，阿爹重创田新球，以为他死了，而这时候黄海又赶了过来，而此刻侄儿发现叔孙怒雷亦赶到了，我为了引开叔孙怒雷，也就离开了现场。谁知我走后，阿爹竟使出了‘不归剑道’和‘死亡之剑’，我在现场没有找到阿爹和田新球的尸体。”尔朱兆有些无可奈何地道。

尔朱荣的心中倒松了一口气，一阵心痛又一阵轻松，他终于摆脱了影子的危机，但又失去了这样一个得力助手。一得一失，却也不知该高兴还是该痛苦。蓦地，他心头也暗自惊骇，不知道他的影子是何时练成“不归剑道”的。尔朱荣只清楚“死亡之剑”在影子的手中，所以这些年来，他从来不敢想除掉这个影子。但这一刻却有人为他除去了，的确为他省去了很多麻烦。

“那黄海是否也死了?”尔朱荣心中倒有些盼望这个结果真实地存在着。

“不！黄海不仅没有死，反而杀了石中天!”尔朱兆的语气有些怪异地道。

尔朱荣大大吃了一惊，有些不敢相信地道：“不可能?竟有这么回事?”

“这的确是事实。我见过石中天的尸体，是他的两个仆人抱下山的，我仔细问过他们，他们说黄海被魔灵所侵，已经入魔，道魔相融，武功高得可怕，他们是自北台顶上下来的。”尔朱兆极为认真地道。

“黄海由道入魔?”尔朱荣大为惊讶地问道，同时心中涌出一股莫名其妙的感受。另一方面，他听说那位老对手石中天居然也死在黄海的手下，不由心中大感痛快，可是如果黄海坠入了魔道，武功再增，对他来说也不知是福是祸。假如在此之前，他定会感到高兴，可是此时的形势却有所改变了，如今整个北魏基本上在他的控制之下，如果黄海成了魔王，一气乱来，他又怎能不去对付黄海？那时，他将面对比以前更为可怕的黄海，能否取胜连他自己也不知道。

“侄儿后来赶到北台顶，可是黄海并未入魔，不仅没有入魔，反而听说已步入天道，侄儿更发现了一些莫名其妙、玄奇莫测的景象出现在虚空之中，只是再没见黄海下到北台顶。倒是发现了区阳、区四杀和区金三个老魔头。不过，他们的武功似乎尽废，完全如同废人，皆被达摩大师带下山来。叔孙怒雷也在其中，以及蔡风的那个心上人。从他们的谈论中，侄儿知道叔孙怒雷也要出家，及黄海真的步入了天道。只是这一切不知是真是假。”尔朱兆有些迷惑地道。

尔朱荣听得直皱眉头，也被弄得有些迷惑了，暗忖道：“难道黄海真的步入了天道？而且是由魔入道？那岂不是‘道心种魔大法’的最高境界吗？黄海入魔，难道就是练成了‘道心种魔大法’？他又是自哪里得到‘道心种魔大法’的心法呢？”但尔朱荣更为叔孙怒雷出家为僧的消息而费解。对他来说，如果叔孙怒雷真的出家为僧当然最好，那他可以省去许多没有必要的麻烦，即使为叔孙怒雷修寺立庙，他也愿意，但叔孙怒雷怎会想着要出家为僧呢？那似乎不是叔孙怒雷的一贯作风，但尔朱兆应该不会对他说谎。

这个变故，大概正应了尔朱荣心中的不安和烦躁，如果这次有着如此多的高手会聚北台顶，那定然发生了极不寻常的事情，但究竟是什么样的大事发生在北台顶呢？值得劳驾黄海、达摩、叔孙怒雷，还有石中天和田新球，这些人无一不是江湖中的顶级人物，还有区阳、区金和区四杀三魔也凑上了热闹，若说北台顶之上没有发生什么大事的确让人难以置信，而且又有黄海登入天道。

“北台顶上究竟发生了什么事情，你可曾查清？”尔朱荣忍不住问道。

尔朱兆眉头微微皱了皱，道：“好像是为了什么舍利子之类的，侄儿也不太清楚。”

尔朱荣的眸子之中闪过一丝奇光。

凌能丽的功力似乎在北台顶下来之后，激增了许多，整个人都充盈着一种前所未有的活力和生机。往日许多不明白的剑意竟在几天之内尽数贯通融合，而脑子之中经常闪动着一些连她也感到莫名其妙的怪异招式。也许，这正是黄海所说的那段神秘经历，使她多了一丝对剑道的明悟。

猎村的狗叫得很急，今夜亦是如此，凌能丽很久未曾回猎村住这么长一段时间了，不过，此刻的猎村，只剩下一些不愿意背井离乡的老人。赵村及附近几处遭到马贼破坏的小村也全都聚中搬到了猎村。这使得猎村还真是人丁兴旺。至于年轻人，大多都向往外面的世界，自然全都去了南朝。

在猎村，凌通和凌能丽都成了宝贝，几乎被乡亲们供起来了一般，热情得犹如对待天外来客。

凌能丽想到亲人一个个远离她而去，竟然一夜难眠，又无法自那种无法捉摸的情感中脱困，心神恍惚之时，猎狗们叫得更急了。

“如果你有胆，何不进来与本姑娘一叙?”凌能丽冷冷说了一声，其实即使外面的猎狗不叫，她也能清楚地感应到有人偷偷潜至，只是并不知是敌是友而已。

并没有脚步声，但却有极轻的树枝折断声，显然不速之客在退走。

“朋友，何必来去匆匆？进来喝杯热茶如何?”剑痴的声音自屋外传了过来。

“锵锵……”显然是几记硬拼。

凌能丽施施然披衣行出房间，却见一蒙面人正与剑痴交手。

是个高手，不过在剑痴的攻击下并没有占到半点优势，反而是节节败退。

“小心!”凌能丽轻声低呼，她竟再次发现那自北台顶抱着石中天的尸体而去的木耳和夜叉花杏。

夜叉花杏的身法犹如鬼魅一般突然而至，却是在剑痴的背后出现。

剑痴吃了一惊，虽然他并不知背后攻来的究竟是什么人，但从那阴寒的掌劲中可以感觉到对手的厉害，想也不想地向侧方一滚。

凌能丽出剑，剑如惊鸿，她总觉得蒙面人的身影极为熟悉，但却一时记不起来究竟是谁，所以她的剑是刺向蒙面人，而非夜叉花杏。

木耳正准备对剑痴夹击之时，突感一股强大的杀气将他笼罩，在杀气之间更多的却是一股锋锐至极的剑气自身后袭来。

“偷偷摸摸，乘人之危的无耻鼠辈，小爷今日让你们有来无回!”

木耳转身，却看到了凌通满脸的杀气和如利剑般的目光，浓浓的杀机比深秋的夜风更寒。

“走!”夜叉花杏并不趁机追杀剑痴，而是一带那蒙面人，向黑暗中逸去。

那蒙面人本来见凌能丽出剑，竟有些发呆，此时被夜叉花杏一拉，才回过神来。

凌能丽一见那怪异的眼神，剑势一顿，不由得呼道：“你是刘文卿!”

那蒙面人没有回答，只是一语不发地向林中窜去。

“想走?”几名护卫也赶了出来，大喝道，同时飞扑而上。

“哼，凭你们也想阻止老娘?!”夜叉花杏不屑地双袖一拂。

“呀……”那几名护卫只觉一些尖锐的东西射入了体内，禁不住发出一声惨叫，还没来得及阻挡，夜叉花杏与蒙面人已经突出了重围。

“少陪了!”木耳低喝一声，头顶上那顶巨大的竹笠犹如一个开山巨轮旋射向凌通。

空气如同撕裂的布帛，发出一阵尖厉的啸声，那顶竹笠幻化成一抹淡淡的虚影，加之今夜的月光极为清淡，其情景就显得有些缥缈莫测了。

凌通的瞳孔收缩了一下，身子也化为一道淡淡的虚影掠了起来。

木耳欲退，但却发现自己的竹笠又回来了，不仅如此，还带回了一个人，一个旋转如同陀螺的人，那人正是凌通。

凌通也不知用了一种什么身法，竟然登上那顶飞速旋转的竹笠，以与竹笠同样快的速度旋转。不过，身子却与地面平行。

剑气，在虚空中搅起一团风暴，如龙卷之风，狂野至极。

木耳吃了一惊，凌通的武功精进之快完全超出了他的想象，此刻的凌通似乎与十日前北台顶上的凌通不可同日而语，无论是功力抑或是剑术。

木耳虽然吃惊，却并不畏惧，哪怕凌通的手中是柄削铁如泥的屠魔宝剑。

木耳出手、滑步，他绝对不会傻到去直迎凌通的剑锋，他没有把握取胜。毕竟他的不灭金身仍只不过达到六成火候，就连石中天练至极巅的不灭金身仍被蔡风和蔡伤联手击破，他是否能够抵抗这柄锋锐无匹的利剑仍是个问题。是以，木耳不得不滑开身子。

“当……”木耳的速度虽快，但凌通变招也是快极，根本不容木耳有半丝闪过的机会。

木耳吃了一惊，他手上的护腕精铁竟裂成碎片，而凌通的剑气似乎带着火热的电劲烁入其经脉，虽然无法破开肌肉，但已经足以伤害他，这是木耳没有想到的。

木耳自然不知道忘情崖之上所发生的事情，更不清楚凌通手中之剑乃是唯一一柄未被毁去、并接受了九天雷电洗礼的兵器。屠魔宝剑在接受电火的洗礼之后，本身就已带有极强的电劲，虽然剑不伤人，但电劲却是伤人的。

“想走？本公子还没有同意！”凌通落地后，身不停，剑再出。

凌能丽却比凌通稍快了一些，那是因为凌能丽早就蓄势以待，只要有一丝机会，她也不会让这潜在的敌人逍遥自在。

木耳并不畏惧凌能丽的剑，自剑气上他可以感觉出，最可怕的仍是那少年人。

“木耳，走！”夜叉花杏似乎也知道形势不对，竟回头撒出一大把飞针，暴喝了一声。

木耳与夜叉花杏似乎配合极为默契，在夜叉花杏呼喝之时，木耳本就不高的身子一蹲，几乎是贴着地面窜出。

“哧……”凌能丽的剑精确无比地划破木耳的背脊，但却似是自一块滑溜的石板上斩过，只划开了木耳那袭厚厚的衣服，却未能对他造成半点伤害。

凌能丽吓了一跳，眼前这怪人的身体竟然刀枪不入。

那几名欲阻拦木耳的侍卫，手中刀剑同样全都斩实，只是木耳已毫无阻隔地撞入了他们怀中。

“呀……”惨叫之声反而不是出自木耳之口，却是出自那些侍卫口中。因为木耳已经撞折了他们的肋骨，甚至带着他们冲出了六尺。

木耳只是发出一声低沉的闷哼，肌肉和骨骼有些发痛，但却未流下半滴血，也未曾受伤。

那几名侍卫喷出几口鲜血，跌跌撞撞地退了开去。

木耳本就是石中天三仆之中身法最快之人，即使以凌通和凌能丽的绝世身法，也无法快过他，那是因为他不顾一切地先行一步，更有一根长绳自黑暗中射出，木耳准确无误地伸手抓住绳索，他的身子也在同时如电般再射而出，很快融入了黑暗之中。

那绳索正是夜叉花杏的杰作。

“追！”凌通大恼，没想到自己的功力大增之下仍然让对方逃了，的确使他有些恼怒。从来都只有他耍人的份儿，今日怎甘心被人耍呢？

月淡、风寒、林影迷离，点点星光使那淡蓝的天空变得更为恬静与幽深。

万俟丑奴没有睡，赫连恩也没有睡，甚至包括胡琛的小儿子胡亥及胡琛的夫人都没有睡意。

高平城外，万俟丑奴只带了两千亲卫团，护着胡夫人和小公子，其实赫连恩本没有必要前来，但他却想看看这个被誉为神话般的蔡风究竟是一个什么样的人物。

蔡风今晚赶到高平，这是快马来报。蔡风并不愿白天入城，也不愿大张旗鼓，只想神神秘秘地进入高平。这也是一种作战的手段，他并不想让崔延伯摸清万俟丑奴的手段。

蔡风的一千亲卫兵有惊无险地突破了崔延伯的防卫，对于这种突破防卫的手段，根本不用蔡风亲自出马，让那一群野狗汇报便可以了，也是最为安全的。

到达高平城外，已是三更时分，而万俟丑奴诸人全都坐于马上，冒着寒风霜冻等待着，每一个人都表现得极为安静，而胡夫人与胡亥则坐于轿中。

蔡风并不认识万俟丑奴，但对于这些重要人物，在游四的书房中，都会挂着肖像。在前来高平之前，游四就将胡琛、万俟丑奴、赫连恩这三人的肖像让蔡风一一过目了，虽然蔡风从未见过万俟丑奴，但对此人却也不感到十分陌生。

快快赶到之后，万俟丑奴诸人又迎出了十里，遥遥便见一路兵马悄然而至，在不多的火把之下，他依然可以清晰地看清一面极大的旌旗之上写着一个金色的“蔡”字。

万俟丑奴有些惊异，蔡风的那一队人马都极为安静，就连马蹄声也显得那般微弱。

赫连恩迅速命左右侍卫燃起火把，把大路都照得亮如白昼，蔡风的队伍之中也燃起了火把。

蔡风目力所及，早已将万俟丑奴的队伍看得极为清楚，这一切似乎并没有超出他的意料之外，只是万俟丑奴和赫连恩同至，倒显得太过隆重了一些。

蔡风跃下马背，三子与陈楚风及田福、田禄两兄弟跟着跃下马背。

三子与陈楚风紧随蔡风身后，分立左右，田福和田禄则行于三子与陈楚风之后，立刻有五名亲卫赶上前来牵好马匹。

元叶媚与刘瑞平紧了紧貂皮风衣，却被众亲卫如众星捧月般护在中间。

万俟丑奴与赫连恩也跃下了马背，除护着胡夫人和公子的几名亲卫外，其他的所有将领和骑士全都下马，以示对远来之客的极端尊敬。

“劳齐王奔波，真让丑奴与兄弟们感激不尽呀……”万俟丑奴老远便欢笑不已地迎了过来，胡少主和胡夫人此刻也掀开轿帘出了软轿。

蔡风一边踏步而行，一边双手抱拳客气地笑了笑道：“同为苍生请命，同想澄清天下，本就是一家人，倒让两位大将军见笑了。蔡风姗姗来迟，实是过意不去!”

“说得好，好个为苍生请命，澄清天下！齐王正说出了我赫连恩的心里话，既然这样，那赫连恩也省了不少想好的客套话!”赫连恩大步流星般赶至。

众人先是一愣，接着又忍不住大笑起来，赫连恩那直爽毫不掩饰的话语倒是让人大觉有趣。

“哈哈，我这位二哥说话时不会拐弯抹角，直来直去，望齐王见谅!”万俟丑奴行了上来，与蔡风两手臂搭了一下，笑道。

蔡风毫不介意地笑了笑道：“这种人才是最适合做朋友的!”说话间也与赫连恩搭了手臂，但突觉右臂一沉，却是被赫连恩压住。

蔡风装作糊涂不知地反搭住赫连恩的手臂，笑道：“赫连将军战事繁忙，仍能抽空前来接应蔡风，实令蔡风感激呀。”

赫连恩却是心头大骇，他的手臂下沉之时，已由五成功力增加到十成，可是蔡风的内力源源不断，随着他劲力的增强而增强，便如汪洋大海一般高深莫测。他的气劲一入蔡风体内，犹如涓涓溪水流入大海而没，根本惊不起半点风浪。而蔡风仍如此轻松地说话，可见其功力的确深不可测。那么江湖传说也不会毫无根据了，赫连恩不由得松开了手，笑道：“哪里哪里。久闻齐王少年英侠，可谓当世奇人，如果我赫连恩不先睹为快，岂不太过遗憾?”

“哈哈……”万俟丑奴、蔡风和赫连恩全都笑了起来。

“赫连将军可真会说话。”蔡风对这位赫连大将军禁不住多了几分好感。

“我们先回城再说吧。”万俟丑奴提议道。

“请!”赫连恩诚恳地做出一个“请”的姿势道。他的确不敢再小看眼前这位年轻人，单凭那不可揣测的功力，就足以让人心服，还有那轻描淡写的气度及一身浩然之气，任谁都会为之心折。

“嫂子，风这么大，你怎么也下轿了?”万俟丑奴突然发现胡夫人和胡亥牵手而至，忙关心地道。

胡夫人勉强一笑，道：“齐王不远万里赶来相助我高平义军，如此大仁大义，令人敬佩，我又怎能不下轿相迎呢?”

蔡风抬眼相视，只见胡夫人在黑色貂裘大衣相裹之下，显得极为端庄，清秀的眉目之中隐含几许哀怨和伤感。貂裘之中，隐显一身素白麻衣，头顶凤钗未插，也裹着白色麻巾。火光之下，她的脸色有些苍白，的确让人大感痛心和怜惜。胡亥也是一身孝服，小脸冻得红中泛青，目光却极为坚定，也有少许的悲愤包含于其中。

蔡风心头微怜，微微欠身，向行来的胡夫人行了一礼，真诚地道：“蔡风见过胡夫人。”

胡夫人忙回礼道：“不敢，齐王乃千金之躯，未亡人怎敢受礼？”

“胡夫人不必客气，万俟丑奴与黄叔父艺出同门，本来大家都是自家人，你就当蔡风也是你的孩子好了。”蔡风诚恳地道。

“齐王乃一代俊杰，名扬四海，能来相助我高平义军，未亡人已经感激不尽了，又怎敢让齐王屈尊呢？”胡夫人吃了一惊道，说罢又向胡亥道：“亥儿，还不见过齐王？！”

胡亥极为乖巧，向蔡风行了一礼，稚声道：“胡亥听说齐王把那个叶虚打得落花流水，还打瘫了区阳恶魔，胡亥心头万分崇敬，想向齐王学功夫，将来好去杀了那个恶人叶虚，还望齐王收我这个徒儿。”

众人全都为之一愣，胡亥的言语的确有些出乎众人的意料之外，就连万俟丑奴和赫连恩及蔡风也大感意外。

万俟丑奴不由得将目光投向胡夫人，胡夫人也同样有些愕然不知所措，如此看来，这应该是胡亥自己的主意。

蔡风愣了一愣，笑了笑道：“哦，小王子想学武功？那好说，但这个师父我可不敢当，至于叶虚那个坏蛋，我迟早会杀他的，小王子不必担心。”

“不，我要亲手杀了他，为父王报仇！”胡亥说得竟异常坚决。

蔡风缓步走到胡亥的面前，弯下身子轻轻拍了拍胡亥的肩头，赞赏地道：“好，有志气，我相信你一定能够亲手杀了那个坏蛋！”

胡亥有些感激蔡风对他的信任，小小的心灵中一直极为佩服这个年轻却最有名的人物，在他得知前来相助高平义军的人是蔡风时，就每天缠着亲卫向他讲解关于蔡风的故事，他要知道蔡风究竟是个什么人物。其实，这已经超出了他这个年龄所应该考虑的问题，但他却做到了。胡亥本来只是想知道蔡风究竟是一个什么的人物，可是对蔡风的事情知道越多，就越对其大起仰慕之心，后来竟似乎将蔡风当成了心中的偶像。此刻一见，蔡风比他想象的还要年轻，还要有气势，就禁不住产生了要拜师的念头。而蔡风如此肯定地相信他能亲手杀死叶虚，自然有种说不出的感激。

“亥儿，别胡闹！”胡夫人叱道。

胡亥似乎极怕惹怒了娘亲，忙回到胡夫人身边，有些紧张地问道：“孩儿说错了吗？”

“亥儿没有错，亥儿是个有志气的好孩子！”赫连恩有些感慨地赞道。

蔡风也淡淡地笑了笑，道：“时间不早了，劳众位如此寒夜守候多时，蔡风实是过意不去。我看，还是先回城内再作打算吧。”

“也好！”万俟丑奴看了看蔡风的几名亲卫牵来的几匹健马，又道：“齐王请先上马。”

蔡风也就不再客气，翻身上了那匹乌黑如炭的健马，道：“胡夫人和两位将军请！”

三子与陈楚风就像是两个紧随蔡风的贴身护卫，分立蔡风所骑健马的两旁不言不语。

赫连恩和万俟丑奴的目光扫过俩人，禁不住停留了片刻，心中微惊，这才翻上马背。

凌通停下脚步，并不是他不想追下去，而是他发现木耳和夜叉花杏以及那蒙面人竟然全都被人拿下了。

只不过在短短的一瞬间，这三大高手竟然皆被人放倒，而这个人竟然极为年轻。

那是一个极为年轻的人，看上去只有二十余岁，只是此人的表情十分冷漠，犹如一块化不开的坚冰，让人感觉到这个夜晚的确寒冷彻骨。

当凌通赶到的时候，刚好是这个年轻人使出一招之际，虽只一招，可却让凌通震撼了很久，就因为那是玄奥至他无法看懂的一招。

凌能丽赶来后，木耳已无声无息地倒下了，而那一根拉走木耳的绳子却捆住了三个人的身子。

凌能丽也清楚地感觉到这个神秘年轻人的那种冷意，更清楚地感觉到秋夜寒风的冰冷。

“清玄，你敢对我无礼?!”那蒙面人终于忍不住有些愤怒地吼道，凌能丽一听那声音，就知她所猜没错，蒙面人正是刘文卿！同时心中禁不住大为恼怒，刘文卿竟如阴魂不散地一直跟着自己，鬼鬼祟祟，简直让她感到恶心。而且还装神弄鬼，肯定是要做一些见不得人的勾当。凌能丽心中越想越怒。

“我只是依照刑堂规矩办事，任何背叛家族，与邪恶之人勾结的刘家子孙，都必须受到应有的惩罚！”那冷如坚冰的年轻人的话语也森冷如冰块一般，砸得众人心头生痛。

“可我是你叔叔！你这样做就是尊长不分，难道没有触犯刑堂规矩吗？”刘文卿愤然道。

“有什么话，待你回了刑堂再说，我只是想问你，《长生诀》你究竟偷到哪里去了？”那年轻人的眸子之中闪过一丝幽冷的厉芒，冷问道。

刘文卿的脸色霎时大变，骇然道：“我没有偷，你别冤枉我！”

“既然你不承认，我只好送你回刑堂了！”那年轻人冷冷地道，言语之中不含半点感情。

凌能丽深深地感觉到眼前这个年轻人的冷酷和狂傲，同时也吃了一惊，这年轻人竟是刘文卿的侄子辈，可他怎会有这般厉害的身法？在如此短的时间内制住三个一流高手呢？

凌通渐渐自刘清玄的那一记招式中醒过神来，望着这个仅比自己大几岁的年轻人，心中涌起一丝复杂难言的情绪，抑或他自那玄奥的一招之中感悟到了什么。

凌能丽本想要对刘文卿大骂一顿，可此时看来，事情已涉及到刘家的家务，就不好再过问了。不过，这刘清玄既然也是刘文卿侄子辈，应该与刘瑞平是同辈中人，不由问道：“请问你跟刘瑞平是什么关系？”

刘清玄依然有些冷漠地扭过头来，目光在凌能丽的脸上扫过，稍有些惊异，也许只是惊讶凌能丽的美丽，但他似乎并不在意别人的外表，只是冷淡地道：“她是家妹！”

第一百八十九章　扰兵之计

凌能丽心中一阵疑惑，她感到刘清玄在说刘瑞平是他妹妹时，倒像是在表明，刘瑞平是他的仇人一般，冷得让人有些难以接受。

刘清玄正是刘瑞平的胞兄，当年蔡风被鲜于修礼和破六韩拔陵追杀，落入桑干河，就曾与刘清玄相遇，这是一个傲得连蔡风都无法接受的人。只不过，刘清玄倒像是一个谜，从来没有踏足江湖，也没有人知道其武功究竟有多高。或许，只有刘飞才真正明白其中内幕。刘清玄也是刘家最让人无法了解的人，冷得使人根本无法接受，似乎他时刻拒人于千里之外，让人不敢靠近，只怕连其父刘文才也不了解他这个儿子。在刘家，从来都没有人见过刘清玄笑过，似乎在他的生命中，并没有“笑”这个字。不过，在整个家族中最没人敢惹的人，大概也是刘清玄。

其实，刘家的刑堂中人，从来没人敢惹，刑堂似乎本身就是一个不为外人所知的秘密，唯有家主刘飞才有资格管理刑堂。不过，在刘家中，任何犯了过错的人，都不可能逃过刑堂的追捕，除非能得到刘飞的特赦。否则，绝没有人可以与刑堂对抗，而刘清玄正是刘家刑堂中升职最快的可怕人物，几乎从未曾在江湖中露面，是以，凌能丽和凌通并不认识此人。

“清玄！”一声叹息自不远处传来。

众人的目光全都投向那个方向，凌能丽忍不住惊呼道：“刘老总管！”

没错，来人竟然是刘承东。凌能丽与刘承东接触的比较多，因此一眼就认出了对方的身份。

“叔公！”刘清玄也吃了一惊，问道，“你怎么也来了？”

“阿爹！”刘文卿也忍不住惊呼道。

刘承东叹了一口气，向凌通和凌能丽望了一眼，勉强笑了笑，道："原来凌姑娘也在这里，真是巧。"旋又转头面对刘文卿，有些愤然地道，"我刘家出了你这样的逆贼，真是让人痛心疾首！文卿，如果你还认我这个爹的话，就说出《长生诀》在何处?!"

"阿爹，我……我……"刘文卿却说不出话来。

"你说呀，究竟将《长生诀》藏到哪里去了?"刘承东急问道，同时向前跨了一个大步。

"叔公，我看还是由我带回刑堂审问吧。"刘清玄有些不耐烦地道。

刘承东心中一痛，道："清玄，如果他交出了《长生诀》，你可否答应我一件事?"刘承东有些无可奈何地道。

"叔公所说为何事?"刘清玄声音仍是极冷地道。

"你能不能网开一面，放他一条生路?"刘承东叹了口气道，有些乞求地望着刘清玄。

刘清玄的脸上依然没有丝毫表情，只是淡淡地向凌能丽和凌通道："深夜打扰两位休息，实在不好意思，如果两位没有别的事情，还请早点回去安歇吧。"

凌能丽望了刘承东一眼，知道有些事情关系到刘家的秘密，她只不过是个外人，不能太多干涉刘家的事。这些秘事知道得越多，对她与刘家的关系就越没好处。尽管她对《长生诀》有着强烈的好奇，但也只能拉着凌通退开。

凌通似乎并不怎么清楚《长生诀》，毕竟他混入江湖的时日有限，也并未太多了解江湖逸事，是以，连《长生诀》这部奇书都不知道。不过，他却听出了刘清玄的话意，只是并没在意，反正这大冷天的，守在外面反而受罪，倒不如回房蒙头睡大觉。

剑痴此时也已赶来，在不明所以的情况下，被凌通拉住道："吩咐大家早点休息吧，没事了！"

剑痴有些莫名其妙，但既然凌通这么说了，也就没有再深究。

在蔡风到来之前，万俟丑奴早就为之腾出了一个府第，而且特地将里面布置了一番，虽然不如冀州的齐王府豪华，但也美轮美奂，极尽儒雅。

当万俟丑奴领着蔡风诸人进入高平时，已过三更，万籁俱寂，灯火尽灭，天地显得异常宁静和安详。在战乱之中，能够享有这样一个夜晚，可算是一种别样的幸福了。

这些兵马全都是挑选出来的精英，也极其安静。万俟丑奴事先吩咐过，不准任何人喧哗，而蔡风的侍卫营更是精挑细选的角色。为了闯过崔延伯的封锁，马蹄上都绑了棉花，是以奔走起来，根本没有什么声息，东面守城的兵将得到万俟丑奴的命令，对这些也并不见怪。

此次蔡风西行，葛荣让蔡风带来了十万两纹银、三十斤百年老山人参，更有紫貂皮五十张，及三千件棉衣，装了十车运至，但一路上没有出半点差错。

这对于万俟丑奴和高平义军来说，的确是一份厚礼，不说十万两纹银，单论三十斤百年老山人参和那五十张紫貂皮就价值不菲。不过，这些对于驻兵东北的葛荣来说，却算不了什么。如契骨、契丹、突厥等小国能够将中土的物产外输，同时为了扩充自己的势力，就必须依靠葛荣这条源源不断的财路。如果葛荣不再与他们贸易的话，那其损失将是巨大的。更糟的，如果葛荣与高车等国贸易，那他们可能就永无翻身之日了。对于葛荣一直信守不与高车交往，使得契丹、契骨、突厥这些小国皆极为感激，每到过节，总会送来厚礼。这也是葛荣极为有利的一个方面，财大势大总不会吃亏。

对于万俟丑奴来说，最为实际的莫过于那三千件棉衣，至少可以解决三千名士卒的过冬问题，也使得赫连恩、胡夫人大为感激。

蔡风依然不希望有人将他的来到早早泄露出去，而只是让万俟丑奴向外宣传，说他正在赶来的途中，而且要将他带来的兵马夸大一些。这样一来，不但可以强化军心，又能让崔延伯分神去对付那个虚无的他，在路上重重布防，而他此刻却可以在对方无所防御的情况下，给崔延伯一记重击。

宴会因为夜色太深，也就免去，准备第二天再设。

蔡风只提议，一切从简，不必太多繁文缛节。这般长途跋涉，倒也要好好休息一番了，已经十余个夜晚不曾好好睡觉，此刻的元叶媚和刘瑞平虽然精神仍好，可气色已有些不对了，是以，蔡风也不反对早些休息。

翌日，两辆极为豪华的八马大车将蔡风和元叶媚及刘瑞平迎入高平王府。

蔡风尚是第一次坐进这种豪华的八马大车，往日多是骑马。不过，事有意外，今日也只能权宜而为了。蔡风并不想让太多的人知道他的到来，当然，他可以易容，但这对胡夫人和万俟丑奴诸人就显得不够尊敬了。

王府，不算特别豪华，但庭院很多，每进庭院皆极具匠心。

蔡风暗暗记着王府的路径，三子和陈楚风只是分别跟在元叶媚和刘瑞平的马车身边，马车之前是八名精选的亲卫，马车之后是十名亲卫，全都是葛家庄训练有素的高手。

这次蔡风西行，葛荣自各寨头和葛家庄内部选出了一百名高手相随，另外的九百余人则是自各营中挑选的勇士，也基本上皆是曾经在绿林之中混过的人，分开可独立作战，聚集则配合默契，仅次于葛家庄内的高手布置。而陈楚风更是一代顶级高手，但唯一让他信服的人，也只有蔡风。让他心服的不仅仅是蔡风的武功和才智，更为蔡风那种为民请命而不求为私的理想和情操。所以，陈楚风愿意帮助蔡风，以残老之躯为天下百姓做些事情，否则，无论是谁也休想请动他重出江湖。

慈安殿，也是王府的核心所在，蔡风的马车竟然可以直抵慈安殿。开路之人手持万俟丑奴和胡夫人的金令，根本就无人敢阻，那些守卫只能够在暗中猜测，这两辆马车之中究竟是何方神圣?

在慈安殿外，十八名亲卫停步，只有三子和陈楚风可以陪同蔡风及元叶媚、刘瑞平入内，毕竟，慈安殿乃王府之中的重地之一。

关于三子和陈楚风，万俟丑奴昨晚已有所了解，知道这俩人可算是葛家军中的重量级人物。尤其是三子，虽然其江湖地位并不比陈楚风高，可是有人却将三子与游四并列。游四是葛荣的臂膀，而三子则是蔡风的臂膀。在某些时候，三子甚至可以代表蔡风，这就使得三子的身份变得有些特殊了，几乎可与游四平起平座。所以万俟丑奴绝不会将三子当作一个普通护卫相看。而棍神陈楚风早在三十年前就地位超然，算起来与万俟丑奴属于同辈，万俟丑奴再怎样也不会怠慢这样的客人。有如此高手相助，对于他来说，当然是再好不过的。

慈安殿内，只有一些侍女们及胡夫人、胡亥、万俟丑奴、赫连恩，还有几位蔡风并未谋面的人物，一共设置了十六个座位，一张很大的方桌，以白色的毛毯相铺，地面全是青砖，虽然素洁，但却难脱一丝伤感的基调。

“齐王到!”慈安殿门口有人轻呼。

蔡风龙行虎步般踏入殿中，顿觉眼前一亮，这一片素白之色，使其心中微酸。方记起胡琛的尸体并未下葬，众人自然不能尽情地享受宴会之乐，他当然不能感到不满。

众人见蔡风行入，忙起身相迎，再见元叶媚和刘瑞平均是一袭宫装，如来自瑶池仙子，禁不住眼前一亮，就连万俟丑奴和赫连恩都不能掩饰自己的惊艳眼神。另外六名高平大臣更无法自制自己的目光。

蔡风对此见怪不怪，反而极为自然地笑了笑道：“蔡风来迟，劳大家久候了!”

胡夫人和胡亥的目光却只是停留在蔡风的身上，绽出异彩。

蔡风外披一件米黄色的披风，里面是一身蓝色的紧身装，将那充满爆炸性的线条暴露无余，浑身似乎散发着一种让人清晰可感的热力。生机和活力如膨胀的潮水般给人一种无与伦比的震撼，那种显眼的色调搭配更给人无限动感。

昨晚因天色太暗，根本无法细看，可是此刻，美人、俊男却构成了一种特异的气氛。

“齐王昨夜可休歇得习惯?”万俟丑奴首先打开话头问道。

蔡风一笑，极为自然地边行边向众人抱拳，行至殿中，停步诚恳地道：“胡夫人和几位将军大人如此盛情，使蔡风确有一种宾至如归的感觉，又岂有不习惯之理?”

“齐王果然非凡人所能及，谈吐如此风雅，实令胡适佩服!”一名须发微白的老者向蔡风抱拳诚恳地道。

蔡风心中一动，记得游四在谈到高平义军时，就提过其中有一位极为受到义军尊重的谋士胡适，看来也就是眼前这位老人了。顿时不由面容一整，肃然道："原来阁下就是胡适前辈，久闻前辈智胜三军，义冠四海，一手行书更胜当年钟繇大师，隶草之书遒媚劲健，端秀清新，力透纸背，深得王右军王右军乃是人们对西晋王羲之的称呼。大师的真传，蔡风仰慕已久了!"

众人全都为之一惊，似乎没有料到蔡风竟对胡适也如此熟悉。

胡适在惊讶之余却多了几分得意和欢快，似乎有一种找到知音的感觉，对蔡风的好感不由大增，口中却道："岂敢，岂敢？老朽怎能与钟繇大师和王右军相提并论？说到智胜三军、义冠四海，更是不敢当，齐王见笑了。如果有空，老朽倒可以与齐王切磋一下书法之道，久闻蔡大将军的书法独树一帜，笔如刀锋，字字可见霸烈之意，那种以意入书的境界老朽只怕一生也无法达到。"

"哈哈，前辈过奖了，不过若有机会，倒是真想与前辈交流交流。"蔡风爽然一笑道，同时又转向万俟丑奴，笑接道，"万俟将军何不将几位大人介绍一下？也好让蔡风向几位大人问好呀!"

万俟丑奴一笑，那几名大臣立刻有些诚惶之态。

蔡风对元叶媚和刘瑞平极为放心，既然胡夫人想与她们沟通沟通，也便由她们去了。或许，俩人合力能够抚平胡夫人心头的创口也说不定。当然，女人间的事情蔡风没有必要多管，他必须彻底了解高平义军的军情，也好安排如何反击崔延伯的计划。他必须尽早、尽快领导高平义军夺回优势，否则在兵势处于劣境的情况之下，再宣布胡琛的死讯，那只会使义军军心更加混乱，战意大失，也就只能等待败亡一途。因此，取得一些战果是眼前最为迫切的问题，哪怕只是一次小小的胜利，用来热热人心也是好的。

万俟丑奴做事十分麻利，早就已经准备好了东路守军的材料，以供蔡风参考。

刚才一顿洗尘宴，倒也极为丰盛，只是军务紧急，也便草草作罢，再说每个人都必须保持清醒的头脑，而此时胡琛仍未安葬，所以也不易太过放肆。

在座之人再加上三子与陈楚风，一共只有十一人。但如在慈安殿中一般，多摆出一个位置，那是空留给胡琛的，表示胡琛仍是处在不可取代的地位。

另外六人有文有武，文以胡适为首，其次是高桥、孙策，武则有驻军陇德和海原的大将军宋超与骆非，另外一人是马方，其人来自莫折念生部下的氐人主将。不过，此刻的马方对蔡风并无恨意，他能够进入胡琛军事圈中的主要原因是此人绝对可靠，也极富才略。

蔡风自然首先要表明自己前来是客的立场，虽然葛荣极为希望他能够将来统领高平义军，使之真正成为葛家军的另一股新生力量，但蔡风却知道，这是一件极难做到的事情。原因在于，他始终是葛家军的齐王，北齐军的第二把手。至少，在别人的眼中是这样的。万俟丑奴信任他，力排众议，愿意将兵权暂时交手蔡风，但却并不希望蔡风成为一个窥视权力的奸人，再说蔡风也绝对不会这样做。对于这一点，其实万俟丑奴早就有了先见之明，他知道蔡风不会那样做，所以才敢作出如此决定。

众人的秘密商议是在王府中进行的，足足经过两个时辰才正式结束。当然，大家商议时有所争论是不可避免的，但蔡风的话往往会起到很大的说服力，又有万俟丑奴、赫连恩的全力赞同，再加上胡适的论调相助，蔡风至少走出了第一步，那就是消除了其他将领对他的顾忌和疑虑。至于军情，蔡风只是将各路义军初作了解，并未真正发表自己的见解，他认为有些事情并不必要立时作出答复，而是应该审时度势之后才能抉择。至于蔡风对自己的作战计划更不想谈，这并不是他对在座诸人的不信任，而是他一贯行事的原则。

虽然有人对蔡风这种忌讳莫深的做法有些不满，却没有人敢说些什么。每个人都有自己行事的原则，何况蔡风所领的高平义军，只是万俟丑奴的那一支。

凌能丽赶到葛家庄时，已是自北台顶下山的第二十天。当她得知蔡风举行过婚礼时，心中竟升起了一股从来都没有过的感受，欲哭无泪，顿觉思想一片混乱。

凌通也有些不知所以，心中也产生了一股落寞，似乎理解凌能丽的那种心情，也为凌能丽感到难过。

游四并未出征，葛荣也没有出征，他们似乎也极为了解此刻凌能丽的心情，尽力派人开导她，这也是他们唯一可以做的事情。

葛荣虽然曾经做过浪子，但对这种极为复杂的男女之情并不清楚，何况这些年来他一心只是经营着自己的商业王国，更忽略了男女之情。所以此刻也无法安慰凌能丽，游四同样不行。

凌能丽心中气恼，气恼的并不是蔡风的婚礼，而是蔡风对此婚姻大事竟也不事先跟她说一声，也未曾与之商量，还让她一直蒙在鼓里，这对她似乎有些不公平。当然，她并无权如此指责蔡风，可事实上她很难谅解蔡风，至少他们仍是好朋友，仅凭这一点，蔡风在结婚时也应该通知她一声。

当凌能丽得知蔡风远去高平相助万俟丑奴的事时，她决定离开，并不想在冀州久留。

对于流落江湖，凌能丽并不陌生，但她从来都没有这刻万念俱灰般的感觉。

望着夕阳，凌能丽只是紧了紧那件穿了两年的虎皮披风，静静坐在山坡上。

葛荣无法挽留住凌能丽，他同样感到有些痛心，凌能丽是蔡伤的义女，便等于是他的子女一般，而他最疼爱蔡风，爱屋及乌，自然十分关心凌能丽。可是蔡风与凌能丽之间发生的事情，他却一点也帮不上忙。

唯有游四似乎隐隐感觉到一些事端的缘由，那是因为凌能丽上次留信不告而别，这为蔡风的心头种上了一些难以抹去的阴影，也是蔡风第一次觉得自己的所作所为的确对凌能丽有些不公。因此，他选择了尊重凌能丽的一切决定。

凌能丽却是心中气苦，她也不知道究竟该如何去应付眼前的现实，如果父亲抑或义父在身边的话，她或许可以伏在他们的膝上大哭一场，可是一切都是那般遥远。而她心中的悲伤，只能够深深潜藏在心底，这本就有些残酷。

凌通放重了脚步，依然未曾惊醒失神的凌能丽。

“丽姐……”凌通小心翼翼地唤了一声，并轻轻坐在凌能丽的身边，有些担心地望着一言不发的凌能丽。

凌能丽依然只是看向渐渐沉没的夕阳，未曾转头望凌通一眼，但却已经自那种无法自拔的情绪中回过神来。

“我去高平问问蔡大哥，他怎么会这样做呢?”凌通有些气鼓鼓地嘀咕道。

“小孩子，你不懂。”凌能丽叹了一口气，幽幽地道，眸子之中竟有了泪花闪烁。

“我已经不小了，都十五岁了，怎么不懂?蔡大哥他是喜欢丽姐的，我不信还有人比丽姐更美!”凌通不服气地道。

凌能丽的心中更是酸楚，有些心烦地道：“姐姐只想一个人静静!”

凌通一呆，关心地道：“丽姐这个样子，我很担心的。不行，我不走开，大不了不提蔡大哥就是了。”

凌能丽不语，她知道凌通是一片好心，也已经不再是当年的小娃娃，两年多的时间已使凌通明白了许多事情，也以极快的速度成长着。此刻的凌通已经成为建康城内的风云人物，自然并非无因。只是，凌能丽不想说话。

“丽姐，不如我们同去建康散散心吧，那里可好玩了。有玄武湖、莫愁湖、秦淮河，有天下最好的乐师，有数不清的才子，可谓人才济济。同时也可顺便去看看我开设的酒楼和赌坊，而且爹娘也很想见见丽姐，如果鸿之哥、吉龙哥他们见到了丽姐，定会高兴死了!”凌通小心翼翼地轻声道，似乎害怕凌能丽又不高兴。

凌能丽并没有相责之意，只是轻轻吸了口微寒的凉气，想到那些身寄南朝的乡亲们和二叔及二婶，也微微有些心动，可是此刻她一点心情也没有，只是淡淡地道：“我还得将北台顶上所发生的事情去告诉他，一切等这件事情办完了之后再说吧。”

凌通想到要去高平找蔡风，心中一热，即使其师黄海没说，他也知道蔡风的武功深不可测，那是他在孩童时就崇拜的偶像，此刻依然没有改变，自然经常忆起与蔡风相聚的一段时间。那段时间，是他今生到目前为止最为开心的一段时间。

只是眨眼间，三年时间已过……

凌能丽心中知道，此去高平，也许只会更增痛苦，可是她又忍不住想去看看，去看看那里究竟发生了什么事情，抑或是去看看那个狠心的蔡风。

蔡风仍爱着她，而且很深，凌能丽不是不知道，包括这一刻，她心中依然十分清楚地明白。但是她却无法用这种掩饰起来的情感当作一种实际的生活去对待，现实往往比感觉更残酷，她不知道此刻的蔡风是不是同样在痛苦，抑或正在春风得意。

此刻的蔡风正在沉思着，他早就已经定好了计划，剩下的唯有等待着这个计划去一步步地实现。可是他此刻仍在沉思，对着那棵仅存一片孤零零红叶的枫树沉思着，他就像是一个哲人，一个正在思索生命意义的哲人。

他不能忘记，那个极美的黄昏，那缓缓坠落的夕阳，还有那一张不敢让他正视的俏脸，以及满天的红叶飘飞。只不过，高平的深秋，似乎比那个日子冷了一些……是那个日子，让他不能自拔地爱上了凌能丽，也是在那个日子，他真正了解到她的内心世界。

“美丽的东西都似乎很寂寞，便像这西下的夕阳，一天之中或许只有这一刻是最美丽的，而这一刻真正能理解它的人又有几个?”蔡风低低地念着那个日子他说过的这一句话，同时想起了曾说过的另一句话：“美丽的东西能由内心去理解它的人绝对比用眼睛去欣赏它的人少得多，这或许便是世俗的悲哀。”想到这里，蔡风禁不住露出一丝苦涩的笑容，喃喃自语道：“也许，这真的是世俗的悲哀，唉……也许我还没有真正地完全了解她。”

一阵秋风吹过，那一片孤零零的红叶在树枝上摇曳了几下，终于还是坠落下来，蔡风禁不住心神一颤，心中涌起万千感慨。长长地叹了一口气，自语道："你此刻还好吗？可曾感受到秋天的凄寒？唉……"

"风郎，你有心事？"元叶媚不知什么时候悄然而至，自后背抱住蔡风的腰，低声问道。

蔡风望了娇妻一眼，心中有些愧疚，闪烁其词地道："是啊，天气凉了，也不知道爹和定芳他们可否安好？"

元叶媚痴痴注视着蔡风的眼睛，是那般认真和依恋。

蔡风竟似乎觉得被元叶媚看穿了心事，禁不住移开目光，不敢与之对视。

"风郎正在说谎，风郎并不是在想公公和表妹。"元叶媚有些心痛地柔声道。

蔡风心里一惊，稍稍平复了一下心情，温声问道："你怎会有这种想法呢？"

"风郎的眼睛告诉了我，你有什么事情瞒着我和瑞平姐姐。最近，你每天都会对着这些枫叶发呆，还经常哀声叹气。因此，你定是有什么事情瞒着我们。风郎啊，有什么事情不能跟我们说吗？我们已是你的妻子，就把你的心事让我们一起来分担吧！要知道，你是我们的主心骨，如果你不快乐的话，我们只会在心中更难过，更痛苦。这些日子以来，虽然你每天都显得很开心，可我却知道，风郎这一段日子从来没有真正开心过。你可知道，我们好心痛，好心痛……"

"别说了。"蔡风心中一阵激动，更觉愧疚，伸手将元叶媚紧紧搂入怀中，爱怜无限地轻抚着她的秀发，柔声道。

元叶媚愣了一下，她清晰地感觉到蔡风那如潮般的爱意，但也觉察到蔡风心中的无奈，不由得有些惶惑地仰头柔声问道："是因为我们才使你不快乐吗？"

蔡风摇了摇头，温柔地道："小傻瓜，别胡思乱想了，那怎么可能呢？"

"风郎，你变了，这不是以前的你！"元叶媚叹了一口气，有些担心地道。

蔡风身子一震，眸子之中暴出一团异彩。

元叶媚清晰地感觉到蔡风的那丝轻颤，不由惶恐地道："风郎，我说错话了吗?”

蔡风轻柔地在元叶媚鼻尖上吻了一下，爱怜地道：“不，叶媚所说没错，是我真的变了，变得不再洒脱，变得有些古板了。不知叶媚是喜欢现在的我，还是从前的我呢?”

元叶媚深情地望了蔡风一眼，认真而充满无限爱意地道：“无论风郎怎么变，我都喜欢。风郎永远都是世上最好的，只是叶媚更希望风郎能像从前一样快乐，一样洒脱，那样就不会被这些凡尘俗事所牵所绊。想做什么事情就放手去干，别人要说让他说去吧。我想，那样才更像风郎一些，我和瑞平姐姐永远都会支持你!”

蔡风心中大为感动，再亲了元叶媚一口，感激地道：“谢谢叶媚的理解，我知道该怎么做了。”

元叶媚终于松了一口气，展颜妩媚无限地一笑，而此时蔡风已重重封住了她的两片樱唇，一个注满深情的吻，只让天地失色……

葛荣从凌能丽的口中得到北台顶的消息后，极为欣慰，他本来还在担心尔朱荣，可万万没想到有天下第一剑之称的尔朱荣还有一个影子。那么尔朱荣的成功，其影子定然功不可没。但北台顶一战，其影子战死，如此一来，尔朱荣就没什么可怕了。此刻，他根本就不再有什么顾忌，可以全心全意地对付洛阳的尔朱荣了。

北魏朝中已无大将，以葛家军兵将之众，御甲之利，几乎可以肯定战局的结果，葛荣从来都没有这一刻有如此必胜的信心。

此刻，北面已是外接胡邦，西面有太行相阻，东面只有不多的一股实力仍在反抗，可这些却不足为患，他此刻最想做的事情就是南攻洛阳!

葛荣不再等待，他要南进，而且调集六成兵力准备南进！首先是困死各城，再率大军直逼洛阳！如果哪座城池敢出兵截其后路，那就只会最先遭到葛家军最为无情的攻击。

游四知道葛荣的心意已决，再也无法劝阻，其实，当他听到凌能丽说到北台顶发生的事情时，就知道葛荣会有非常行动，因为他太了解葛荣了。当然，葛荣的做法并没有错，每一步的推算都极为准确。

葛荣的做法绝不是盲目的，而是有着极为精密的计算。他从来都不会做没有把握的事。因此他注定不能成为一个赌徒。

葛家军以宇文泰为前锋，兵出义井。蔡泰斗与高傲曹兵攻肥城，孤立邯郸，怀德和葛悠义两路联军，困死邯郸。何礼生和柳月青却负责剿灭东部靠海的官兵残余。游四留守冀州，葛存远驻兵井径，适时可以向西进攻，更防守山西官兵内涌。而薛三、裴二诸人则负责与北部的交易。葛家军中的将才的确极多，但这一次，葛荣却要亲自出兵，也是在葛明的怂恿之下，同时御驾亲征正合葛荣的心意。

葛荣亲自挂帅，高欢与葛明皆为马前之卒，声势极为浩大。单单葛荣这一支主战力量就达二十万兵士之众，足以起到压倒性的作用，再加上宇文泰的右翼先锋，及高傲曹与蔡泰斗这两支兵力，总兵力达到了三十余万，的确没有哪一座城池可以阻抗，简直如同以车轮碾蚂蚁一般。

崔延伯有些意外，他攻下安定并没有费很大的力气，高平义军似乎并无多强的战斗力。

攻下安定，自然让崔延伯感到欣喜，更让他欣喜的，却是胡琛之死。胡琛的确已经死了，其死讯最终还是无法掩饰，这也难怪高平义军战斗力大失，斗志不强。不过，让他有些吃惊的，却是另一个谣言，那就是蔡风已出兵驰援高平义军，且正在赶来的途中，而根据葛家军内部得来的消息，则是蔡风的确已不在葛家军中，而且整座齐王府空空如也，蔡风似乎真的极有可能赶来高平相助万俟丑奴。

如果蔡风赶来高平，这一场仗就有些难以预料了。此刻胡琛已死，万俟丑奴重伤，正值高平义军军心大失之时，又无猛将可战，乃是攻下高平的最佳时机。如果蔡风一来，义军军心重振，又有了蔡风这员猛将，也许更带来了很多将领，那时以高平义军优势的兵力与官兵对抗，这一仗的确有些难分高下了。因此，崔延伯准备不给高平义军任何机会，在蔡风没有赶到之前速战速决，再转头迎击蔡风，让他有来无回。

崔延伯军威甚严，兵众也达十二万，铁骑八千，这支队伍更是训练有素的战士，是以，攻击力极强，绝不是高平义军所能相比的。

安定至泾州，行军数百里，崔延伯的前锋部队几乎极为顺利地赶到了泾州城外，但崔延伯所领兵士却并不如前锋部队那般顺利。

万俟丑奴竟派出了五路轻骑，在不同的路段进行挑衅，但崔延伯一旦出兵相剿，义军轻骑就只以一轮劲箭相射，随即迅速退避，根本不与崔延伯的大军进行正面交锋。

崔延伯的大军以步兵居多，骑兵多已调入先锋部队，这使得崔延伯也拿万俟丑奴派出的几百骑士无可奈何。而在他军中的三千骑兵也不敢穷追，以防中了埋伏，因此在追上一阵后又返回营地。

待崔延伯的骑兵猛追了一段路程回返时，另一支高平义军的骑兵又冲了出来，叫嚣着挑衅，与崔延伯相距不近不远地叫阵，其中似乎也有高手领队。

崔延伯再出兵相攻，义军又只是几轮劲箭，之后调马就走，根本不与官兵对抗。如此一来，只气得崔延伯七窍生烟。那三千骑兵一而再、再而三地被五支义军轻骑骚扰着，竟显得人疲马困，那些步兵也全都极为疲惫。

崔延伯知道这是万俟丑奴的扰敌之计，但仍继续行至行天黑，这才安营扎寨。夜晚太冷，也不适合这样一支庞大的队伍连夜行军。不过，崔延伯并不急，万俟丑奴以轻骑相扰，显然是对他所领大军的担忧，这才想出扰敌之计，以削弱其战斗力。但义军越是这样，崔延伯就越要让将士们保存好体力，好好休息，养精蓄锐，以图一举击破泾州城。

当夜，月色极好，但秋风却显得有些阴寒，崔延伯背对浦河扎营，主营扎于坡顶。

河畔水草丰茂，林稀月明。

崔延伯还未睡着，刚才与众将领商议好明日行军的布局和战略，这才回帐。营帐内极静，可以听到外面巡逻哨兵的整齐脚步声。

二更时分，众兵士由于一天的行军，又与那五支义军轻骑的较量，都已显得极为疲惫不堪，此时众官兵皆已进入梦乡。也就在这时，突闻一声悠长而凄厉的号角之声划破了暗夜的寂静，紧接着又传来了如怒潮般的战鼓声。

夜空的宁静霎时尽被撕裂，在如同千军万马厮杀的气势之中，震耳欲聋的鼓声惊醒了所有进入梦乡的人。

崔延伯也被惊醒了，心神大惊，如此多的战鼓一起擂起来，的确似是一记记闷雷击打在人的心头。

官兵的营中顿时一片混乱，争相穿衣持兵，还以为是高平义军大举来犯。

“到底发生了什么事?”崔延伯迅速披挂整装，手提长枪，冲出帅营抓住一名匆忙跑进来的偏将问道。

“不知道，好像是贼人在同时擂击战鼓，但却没有看到敌人的踪影。”

崔延伯暗自松了一口气，仔细一听，这战鼓的声音自南、北、西三面同时传来，却并没有自东面浦河河畔传来，也没有听到喊杀之声。心中顿时明白这又是敌人的扰兵之计，心中不由又怒又好笑，望着各营官兵的慌乱之状，立时吩咐道：“传我命令，让各营将士好好休息，不要去理会这些，那些人全都是在虚张声势!”

那名偏将见崔延伯的脸色缓和了下来，这才暗松了一口气，忙道：“是，末将这就去!”

崔延伯站在坡顶，望着远处战鼓声传来之处那片黑沉沉的夜幕，不屑地哼了一声。

半晌，战鼓之声同时寂灭，似乎是训练极为有数的乐队，但夜空之中似乎仍飘荡着那颤动的噪声。

三更时分，各营这才再次安静下来，一名副将赶入帅营。

崔延伯并未睡去，进来之人乃是崔暹的大侄子崔山。也是崔延伯手下的一名得力干将，自从崔暹因自道之战被剥夺兵权后，就让崔山在崔延伯的手下发展。

“启禀大帅，仍是白天那几支轻骑，刚才一支大约有四五百人，战鼓大概有两百多面，末将率人追袭，只射杀了二十余人，其余的全都逃走。”崔山表情极为凝重地道。

崔延伯见到崔山这种表情，就知道己方也一定损失得更重。

“他们在林外设下了许多绊马索和绊马桩，是以，我们的兄弟死伤达两百五十人。”崔山有些为难地道。

崔延伯微微一愣，心中微怒，己方死伤人数竟是对方的十倍之多，这的确让他有些恼火。但他并不想太过责怪崔山，只是冷冷地道：“你只需带人加强防卫，小心再次他们偷袭就行，不必对他们进行追击，至于他们的故意扰兵可以不必答理，去吧！”

崔山心中一阵惭愧，只得悻悻退了出去，崔山刚退出帐外，突闻夜空之中又传来了一阵尖脆而剧烈的锣声，不由得吓了一跳，只因为声音来得太过突然。

那锣声似乎自四面八方涌来，尖厉而没有规律，每一击都似乎敲在人的心坎上，连地面都为之震荡起来。又如同一把尖刀在每个人的心头刻画着什么，只让人心头难受至极。

崔延伯冷冷地道：“让他们尽情地敲吧，不必理会，他们累了自然会停的！”

崔山醒悟过来，这又是万俟丑奴的扰敌之计，也就不再担心，自返回营，参与防守之列。

不可否认，这锣声的确惊醒了那些刚刚进入梦乡之人，这些兵士虽然很累，但是在那一轮鼓声响过之后，才刚入梦乡。要是熟睡之中，或许难以吵醒他们，但这阵锣声却将他们一吵就醒。何况这些人对锣鼓之声极为敏感，自然而然地就再次醒了过来，都禁不住大骂是谁这么缺德，屡次打扰他们睡觉。

锣声一直在响，却并没有兵士出帐进攻，后来竟又传来一阵号角之声，此起彼伏，鼓、锣、号角，三种乐声一直吵到近五更之时方才停歇，只让那些官兵叫苦不迭。

五更之时，崔延伯下令行军，这群官兵被昨晚那么一闹，加之昨天的劳累，今日竟全都精神不振，只是军令如山，没有人敢提出半点抗议。

官兵至泾州城下二十里处扎下营帐，崔延伯已接到先锋部队传来的消息，说泾州城中士卒军心不定，而且城墙有极多倒塌之处，整个城池并不难攻，只要稍作安排，绝对可以攻下。

崔延伯也巡视了一下泾州城，他知道前锋部队并没有说错，泾州不难攻破，甚至极为轻易。因此，他决定在明日即发动官兵攻城，因为他不想再等太久，那样只会在寒冬到来之时浪费更多的人力和物力，若是城头结冰，到时攻城就略显困难了。

此刻的众将士的确极为疲惫，接连两日来的行军，又加上昨晚完全没有睡好，岂能不疲惫？因此，崔延伯需要利用一个晚上的时间养精蓄锐。

第一百九十章　易攻难守

这是胡夫人第二次迎接刘瑞平和元叶媚进入高平王府。护送之人，除了高平王府的一干高手之外，还有五十名葛家庄高手。这些随同蔡风前来高平的亲卫中，的确高手众多。

高平，蔡风的别府之中，仍有五百名蔡风的亲卫，其中也有刘瑞平陪嫁的丫头及高手，这些人的责任，就是保证刘瑞平和元叶媚的绝对安全。

无论是万俟丑奴还是赫连恩及胡适、胡夫人，都知道保护刘瑞平和元叶媚的绝对安全是至关重要的。所以，他们绝对不敢怠慢，蔡风此刻不在高平，元叶媚和刘瑞平的安全问题就显得更为突出了。

不过，高平属将对于元叶媚和刘瑞平的保护，倒也的确周到，即使胡夫人出巡也不过如此而已。

齐王别府与高平王府相隔并不是很远，但也并不算近。蔡风因去了泾州，而使得元叶媚和刘瑞平留守齐王别府。所以，胡夫人就特邀元叶媚和刘瑞平在王府中小住数日。

刘瑞平和元叶媚并不反对，她们知道胡夫人这段时间因胡琛的去世，而心情不好，这才有意请她二人前去解解闷，也算是相互沟通沟通吧。

胡夫人的休歇之所乃是慈安殿东首的栖凤殿，极其气派……

刘瑞平、元叶媚与胡夫人共品茶点之时，就拉开了话匣子。

“二位妹妹是如何与齐王认识的呢?”

元叶媚和刘瑞平并不奇怪胡夫人的这种称呼，那日为蔡风接风洗尘之时，她们就以姐妹相称，这并不是有损身份之事。以元叶媚和刘瑞平的出身而论，也绝没有高攀之嫌，更何况此际二女又是齐王夫人，其身份之尊崇自然是无可厚非的。

元叶媚想到与蔡风相遇的那个过程，便禁不住笑了笑，也就将自己的经历述说了一遍，只让胡夫人听得大为讶然，也感到有些不可思议与好笑。在她的思想中，蔡风与元叶媚的那种感情方式实在是她闻所未闻的，禁不住大为感叹。刘瑞平却只是淡淡讲了一下她与蔡风之间的经过，并未细谈。不过，也让胡夫人吃惊不小。

原来，胡夫人的出身与元叶媚和刘瑞平毫无不同，胡夫人只是出生在一个文人世家，哪里会想到元叶媚的这种江湖际遇。

“听人们传说，齐王的武功可以算是天下无敌，就连尔朱荣也畏忌三分。而且齐王还打败了叶虚那恶魔，甚至与叶虚一起的那个老魔头也被打成残废，这可是真的？”胡夫人有些疑惑地问道。

刘瑞平和元叶媚相视望了一眼，有些意外胡夫人会问出这个问题，但也只是照实回答道：“其实发生在泰山之上的事情我们也没有亲眼目睹，也只是从别人的口中听说而已。风郎也从来不在我们面前提及那些事情，要说风郎的武功是否天下无敌，自然不能肯定，至少还有我公公。风郎的武功乃是得自我公公真传，要说一定胜过公公，那就很难说了。更何况，天下间的高手多不胜数，其实，比尔朱荣还厉害的人物，也不是没有。只是这些人都不怎么喜欢出名、出风头，相反也就没有尔朱荣那么有名气了。”

胡夫人想想也觉得这话并不是没有道理，蔡风的武功得自其父蔡伤，又怎么可能比蔡伤更厉害呢？她们自然不知道蔡风的武功不仅仅得自蔡伤真传，同时也身具黄海及域外佛门的天龙禅劲，使中外佛功融为一体，再合道家先天罡气，化成了独具一格、但却极为浩然的一身正气。只怕这一点连蔡伤也估料不到，此时的蔡风，早已脱离了蔡伤的限制，步入了另一个层次。当然，这并不是元叶媚诸女所要考虑的问题。

“齐王如此年轻，就有这等成就，他日的成就只怕更是无可限量，真让人羡慕！”胡夫人有些感叹地道。

元叶媚和刘瑞平听到这话，禁不住感觉有些怪怪的。她们可是聪明人，自然听出胡夫人话中有话，但仍淡然一笑，道：“风郎却极为厌倦这种徒有的虚荣，他最大的愿望，只是想天下太平，百姓能够安居乐业，然后便可隐迹山林，或是遨游四海。”

“哦，齐王竟有如此抱负？”胡夫人眼中闪过一丝亮彩，讶然问道。

“风郎自小就只喜山林，此刻我公公已经远赴海外的仙岛之上，只要有朝一日天下太平了，我们也就会共赴海外，过着平静的生活，让这些官场浮华全都远离我们的生活。也许两年，或许五年、十年，但我相信，我们一定会长居海外的。”元叶媚认真地道。

胡夫人禁不住又涌起了一丝感伤，这些年来的荣华富贵能够留下什么？只不过是一对孤儿寡母，哪里有什么真正的平静可言？有时候，她倒的确羡慕那些日出而作、日落而归的村夫村妇，只是全因这个世道太乱，破坏了所有可能存在的平静和安宁。但如果真有一处外人所不知的地方，以一种平静淡泊的生活方式去体验，会不会比现在更快乐呢？胡夫人禁不住露出了一丝苦涩的笑意，心中极为感伤地暗忖道：“现在即使有那么一处地方，又能如何呢？有谁可以陪自己静静去享受生命呢？”

“姐姐有什么心思吗？何不说出来，让我们一起分担呢？”刘瑞平温柔地道。

胡夫人笑了笑，有些不好意思地道：“今日，姐姐的确有些事情想与你们商量。”说着向身边的侍女道，“去把媛媛给我唤来。”

“是！”那名侍女答应一声，快步行了出去。

元叶媚和刘瑞平禁不住有些讶然，她们见过胡媛媛，乃是胡琛的二女儿，倒是一个美丽动人的美人，年龄却比元叶媚二女小上一两岁。那次胡夫人陪她们游历王府时，双方就认识了。元叶媚和刘瑞平对其印象很深，因为她的确有着让人一见就永远难忘的魅力，就连元叶媚和刘瑞平也不得不承认，最让二女难忘的却是胡媛媛的那双眼睛，竟颇似凌能丽的那双凤眼。

“小女媛媛今年刚过十六，仍未有个婆家。姐姐观人甚多，但却无一人能如齐王这般英雄年少，如此盖世人物，作为女人，谁不心仪？姐姐今日就是想为小女媛媛之事求两位妹妹帮忙。”胡夫人极为直接也极为诚恳地道。

刘瑞平和元叶媚不由得大觉荒唐，也为胡夫人的举止感到意外，她们又怎会不明白对方的意思？话都说到这个分上了，她们如果再不明白，也就是傻瓜了。

"姐姐是说要将嫒嫒公主……"说到这里，刘瑞平突然止住话语望着胡夫人，让她接下去。

"不错，姐姐的确是想高攀齐王，哪怕让嫒嫒为妾也行。不过，姐姐必须先与两位妹妹招呼一声，也请两位妹妹能帮姐姐去说说情。好男儿有三妻四妾也很正常，姐姐知道这样做让两位妹妹很为难，可相信两位妹妹能明白姐姐的一片苦心。"胡夫人有些动情地道，眼圈也微微有些发红。

元叶媚和刘瑞平只觉头大如斗，这件事情倒的确有些棘手，她们哪曾料到胡夫人所说的会是这么一回事？不由嗫嚅道："这个……这个……岂不是太过委屈了公主？"

胡夫人有些微微凄然地一笑，道："好男儿难求，何况天下间又有几个年轻人可以与齐王相比？我乃一介女流，如果想撑住这个场面，根本就无能为力，只能依靠亡夫的两位好兄弟勉力撑起今日的局面，但终有一天，我孤儿寡母会退出这个舞台。在这种权力利益之争中，姐姐根本无力再去呵护嫒嫒她们，甚至还得委屈求全，她们全都是不明人心险恶的年轻人，也不想她们跟着我受到屈辱。自从姐姐见了齐王之后，就深信他有能力可以保护好嫒嫒的安全，这才是姐姐求二位妹妹的真正原因。"

元叶媚和刘瑞平不由得呆了一呆，她们能够深切体会到胡夫人心中的那份无奈，更有一分纯洁而高尚的母爱夹杂其中。

"可是，此刻有风郎来助，万俟将军和赫连将军都在，又有谁敢对姐姐无礼呢？"元叶媚惑然道。

胡夫人仍是有些凄然地笑道："要知道，这一场仗，我们并没有绝对的胜算，又有西边的叶虚恶贼来犯，胜败实难定论。虽然齐王英雄盖世，即使能打败崔延伯，打败叶虚，但那又能怎么样？他代表的始终是齐王，是齐国的齐王，终究会回到葛天王的身边。终究有一天，高平义军也会与葛天王对阵，那又会出现一个什么结果？谁能预料呢？北有柔然虎视眈眈，只差没过贺兰山，南有侯莫关中的大军，正想对我们进行吞并。尽管高平此刻也许会太平无事，但他日会否有事，谁能预料?”

元叶媚和刘瑞平不再言语，胡夫人所说的话的确有些道理。

“公主到——”外面的太监呼道。

“禀元帅，泾州西门发现有高平义军偷偷撤走!”一名偏将跑入帅营，有些气喘喘地道。

崔延伯有些色变地立身而起，惊异地问道：“大概有多少人马?”

“大概在两千左右，不过据探子来报，他们似乎还拖着一些粮草及城内货物，全都向彭阳方向逃去。”那名偏将似乎也有些不解地道，神情显得十分茫然。

“两千左右?还有粮草和货物……”崔延伯也有些不解了，低低地念着那名偏将的话，缓缓踱着步子，突然有所察觉地自语道，“难道他们准备放弃泾州，退守坚城彭阳?”旋又向那名偏将道，“给我速传黄将军和兰将军!”

“是!”那名偏将应了一声，迅速向帐外跑去。

崔延伯却仍在思索着：“为什么会有两千人马自泾州城撤往彭阳呢?难道泾州城真的不堪一击吗?或许是他们已经士气低落至无法抵抗的地步，只好退守坚城准备在彭阳决一死战，这才将泾州城中的粮草和货物全都撤向彭阳?……”

黄飞和兰致远的脚步声惊醒了崔延伯。黄飞和兰致远是崔延伯一手训练出来的，俩人原本在速攻营的第七分队。速攻营乃官兵最为精锐的一支力量，而第七分队又是速攻营中最为强硬难缠的一队。此刻速攻营解散了，可崔延伯并没有放过这些最为优秀的人才。在两年之中，黄飞和兰致远在战争之中发挥了他们超常的智慧和本领，终在两年时间内成为崔延伯最为得力的两员干将。其余的速攻营战士大多数投入了尔朱荣的手下，这也是导致尔朱荣那一支军系为何那般具有杀伤力的原因之一。

第七分队的确是速攻宫强硬难缠的一队，如蔡风、高欢、蔚景、候景、斛律金、张亮诸人，全都在速攻营第七分队待过，但现在高欢、蔚景、张亮在葛家军中都是极红之人，候景、斛律金却成了尔朱荣的得力干将。而黄飞和兰致远却依然跟随着崔延伯。

绝对没有任何人敢小看黄飞和兰致远，即使萧宝寅也不例外。当初，速攻营可是军中的秘密武器，而第七小分队又是速攻营的精锐，虽然黄飞和兰致远并没有蔡风那么红火，也无法与蔡风相提并论，但却可与高欢、蔚景平分秋色。是以，崔延伯极为信任这俩人。

“前方探子的消息你们俩人可有听闻？”崔延伯也不作太多的解释，淡然问道。

“末将刚刚听说！”黄飞和兰致远齐声道。

“那你们对泾州守军的这一举动有何看法？”崔延伯抬了抬手，指了指一旁的两张虎皮椅问道。

黄飞和兰致远也不客气，分坐于椅上。兰致远道：“以末将对泾州的观察来看，泾州的防备力量极为薄弱，若非我军长途跋涉，兵困马疲，此刻完全可以一举将之击溃，夺下城池。但我们的兵将需要休息，而泾州守军居然对我们不闻不问，也没有趁我们长途跋涉、人疲马困这个大好时机举兵来犯，从而说明最大一种的可能就是泾州城的兵力太过薄弱，根本不具备攻击能力。因此，以末将的看法，他们很可能想弃泾州而取彭阳，与其明天在毫无反抗之力的情况下被我们攻破城池而亡，倒不如早一些弃城，保存实力，同时也为在彭阳与我们交锋做好充分的准备！”

崔延伯眸子中闪过一缕精湛的光亮，他的确有点认同兰致远的看法，兰致远的分析是有些道理的，但他还是要问一下黄飞：“不知黄将军有何看法呢？”

黄飞想了想，道：“兰将军所言的确很有可能，自从胡琛的死讯传出之后，高平义军军心散漫，斗志大减，这一点可以自近来数战的战况中明显看出来。还有一点也勿需置疑——如今泾州城只是一个虚壳。但却有另外一个传言，那就是蔡风西来高平，万俟丑奴也许就是想聚中兵力于彭阳，死守坚城，虽然万俟丑奴身受重伤未愈，但是如果其守着坚城不出，我们一时也难以攻下彭阳。那时候，蔡风很可能就已经赶到了彭阳。如果万俟丑奴真的选择撤退的话，很可能就证明了蔡风西来的消息属实。不过，泾州守军这般弃城而去，也可能有其他阴谋，我们必须谨慎一些为妙。显而易见，对方这批人是有组织地撤离，只是斗志丧失的缘故。因此，我们还不宜对这批人施以无情的打击。”

崔延伯深深地吸了一口气，问道：“你们认为如果此时攻城，会不会起到出其不意、速战速决的战果?”

“末将认为这很有可能!”兰致远眸子之中闪过一丝异样的光彩道。

“不是很有可能，而是一定会！他们既然撤离了两千人马，就足说明对方已经斗志尽失，我们此时攻城，虽然士卒疲惫一些，但却绝对可以轻易攻克泾州城，然后更可趁着一股锐气追杀得他们片甲不留!”黄飞自信地道。

“好！黄将军此语正合我意，立刻调集十万兵力进攻泾州城!”崔延伯一拍桌面，信心十足地道。

蔡风望了一眼那如潮水般涌来的官兵，露出了一丝难以掩饰的笑意，冷冷地自语道：“崔大帅，我蔡风只好对不起你了。谁叫战场无父子，你只好认命了!”

“他们果然来了!”骆非的神情有些清冷，却也泛出一丝笑意道。

“骆将军也该准备撤退了!”蔡风望了身边的骆非一眼，淡然笑道。

骆非也望了望蔡风，露出一个极为友善的笑意，道：“齐王小心了!”

“我会的!”说话间，蔡风已为自己戴上了一张人皮面具，三子也同样戴上一张面具。

骆非迅速掠下城头，一声号角呼响，那早已准备就绪的两千骑兵迅速向城北涌去。

泾州城下，崔延伯已在千步外的一个坡顶立定，官兵们拖着疲惫的步子，如蚂蚁般自三面向城下涌到，那些云梯手奔在最面前。

“杀呀杀呀……”

八百步、五百步……

“放箭！……”蔡风一挥右臂，箭矢已如雨点般向那些蜂拥而至的官兵射去。城头之上的箭手们似乎都极为优秀，每箭皆准，蔡风身边的人更是连珠箭如雨般乱射一气。

四百步……已有千余名官兵被自后涌来的人踩倒，战争本来就是残酷的。

三百步……已有数千官兵死于乱箭之下，但城下已开始还击，那些官兵也有足够的力量让自己的强弓射出三百步的距离达到城头，只是这对于城头上的守军来说，根本构不成威胁，他们的臂力配合强弓足够射出五六百步之遥，蔡风甚至可射出千步，但他并不想这样做。

崔延伯似乎有些惊讶城头的杀伤力，有些惊讶城头之上那一群箭手的射技。

两百步……倒下的官兵更多，尸体已经满地都是，城头有一千名箭手，每人至少射杀了八人，甚至更多，而且官兵越靠近城墙，他们射出的箭矢越准。箭支浪费得极少，甚至有的人一箭可以连射俩人、三人，蔡风就是一个很好的例子，但在尸体堆中却没有人去理会这些。

城头的一千人分得极开，所以城下官兵的攻击效果并不明显。

一百五十步，可以清晰地辨别一张张涨红的脸，和那一双双有些血红的眼睛。

“撤！……”蔡风沉喝一声，一声尖厉的哨子声并未被那如潮般的喊杀之声淹没。

城头的一千名箭手有五十人死去，伤者十人，但所有人的动作都极其整齐而且利落无比，在他们的城垛之下，每人都有对应的一匹战马。他们以最快的速度跃上马背，一声呼喝，战马如飞般向北门冲去。在马背之上，是一大捆羽箭与长枪短戟佩刀。

蔡风再向远处的崔延伯望了一眼，露出一个极为深不可测的笑容，箭雨已在他的左手圈出一个太极弧度，然后收束，落入他背上的三个箭壶之中。

“快走吧，阿风!”三子出声摧道。

蔡风再次射出四箭，那抬着擂木的十数名汉子，全都倒地而亡，擂木失去平衡，在五百步外滚落，砸倒一片人。也就在这时，蔡风在城头上消失，这是崔延伯看到的城头上最后一个消失的人。

北面的战斗似乎也极为激烈，骆非的两千骑兵正在冲杀自西、南两面涌来包围北城门的官兵，使得敌人还没有能力封住北门。

蔡风的时间配合得极为精妙，在西、南两面敌军的大部队赶到之时，他顺利地自骆非为他留下的缺口冲了出去。

蔡风始终是留守在骑队的最后面。

虽然能够冲出重围，可至少损失了三百骑兵，这是无奈之下的战局，也是将损失减到了最低限度。

蔡风是浑身浴血才冲出来的，由他断后，的确为这些骑兵减少了极大的损失。他已记不清自己到底杀了多少人，但他的确在敌军中来回冲杀了四次，这才完全打开所有骑兵兄弟的通道。

官兵虽然想消灭这一队骑兵，但也同样想攻城，见北面城门大开，在追杀蔡风诸人的同时，也有大部分官兵全都向城中拥去。

泾州城破，其实，也无所谓破与不破。泾州城本就是一座空城，里面没有一个人，有的只是一些被打破的黑窝，一些破旧的茅棚和那些无关痛痒的东西，城内的一切都显得极为凌乱，如同被马贼肆掠过一般。

崔延伯望着满地狼藉的死尸和那些不方便带走、却砸得面目全非的物什，心中涌起了一丝狠意。

“这果然是座空城，他们早就撤走了，给我追!”崔延伯一声令下。占领一座空城对他来说毫无意义，他的目的是消灭敌人的有生力量。

对方城头的一阵箭雨，使己方伤亡惨重，那绝对是一群不可忽视的人，以那些人的箭术，应该是高平义军中的精英，只要能消灭这些人，那对高平义军的打击也一定是极大的。所以，崔延伯选择了追敌!

有人飞骑来报，北城门有一队骑兵向彭阳方向冲去，约有近三千骑，这使得崔延伯更加坚定了追敌之念。

“崔山，带四千飞骑，给我追!黄飞，你立刻调集五万兵马进击彭阳!”崔延伯豪气激涌，斗志高昂，他必须在泾州城内的逃兵未到彭阳之前先抵彭阳。那样他就可以占到绝对的先机，从而极有可能有效地取胜这一场战斗。从泾州城内的情况来看，高平义军撤离之时虽然仍有组织性，但因其斗志尽失，变得十分散漫，更有些仓促的迹象。说明高平义军也没有足够的时间来进行撤离，如果能够及时追上，一定可以大破高平义军……

域外联军果然来势极凶，嘉峪关竟自内部攻破。

嘉峪关守将边远的内侄边苇击杀了边远，大开城门迎入叶虚。

叶虚早就买通了边苇。吐谷浑对中原的窥视并非一朝一夕之事，早早就在一些城内布下眼线，收买人心，这也为其侵入中原打下了良好的基础。

西域联军越过长城，酒泉一冲即溃，铁蹄过处，一片凄惨。羌氐各族有的逃于祁连山脉之中，有的东迁。丝绸之路也被叶虚截断，各胡人部落亦纷纷响应叶虚的大军。在他们的眼中，只要有利益，谁当中土的皇帝都是一样。

汉人则东迁，西凉乃是汉人所建，李景当年建立西凉，起初定都张掖，后又迁都酒泉，疆域包括今甘肃的酒泉、玉门、安西、敦煌等地。后来虽为北凉所灭，但汉人在这一带仍有不少。因此，汉人大多东迁，有的投向高平义军中，有的则投入蜀军，有的更向南方迁去。极西之处的安定也在这时打破了，难民纷拥。

西域大军抵达清水堡便被魏将元幽所阻，这里的地形十分险要，而西域联军欲自丝绸之路一直东入，这对于联军首领叶虚来说，也是一种考验。不过，元幽是否可以阻住西域联军，仍是一个未知之数。在西部，这两年来人们饥不裹腹，严重影响了清水堡的粮草问题。此刻，崔延伯、萧宝寅正在对付高平义军，尔朱天光忙着应付着蜀军，尔朱荣镇守洛阳，清水堡守将几乎得不到没有任何援军。虽然张掖可以增兵驰援，但总兵力加起来，仍不能与域外联军相比。

这是一件让人头疼的事情，唯一使元幽感到稍稍欣慰的，就是可凭借天险，以坚厚的石城阻住域外联军的铁蹄，双方勉强形成一种僵局……

崔山领着四千骑兵极速向彭阳方向追去，他们相信自泾州撤走的轻骑不会比他们快多少，更重要的却是最先撤走的那一批人步骑相夹，根本就不可能快过他的骑兵。只要他追上了那群人，黄飞和崔延伯的五万大军随后就来，这使崔山对即将发生的大战充满了信心。

尘土飞扬，崔山可以清晰地感觉到远处铁蹄的震动，这证明他所追的方向并没有错。

崔山的心情变得有些激动，因为他并不知道面对他的将是一场怎样的战争，是胜还是败？是福还是祸？无从知晓。

土丘，静静的土丘另一边，尘土高扬，远处稀落的树林显出一派秋末的凋零。

崔山隐隐感觉到有些不对，因为远处那些扬起的尘土似乎有些散漫，犹如化成了一片雾瘴，成灰暗色，与刚才那些凌乱，但却有规律可寻的尘土有所不同。不过，他已经没有心思去想得太多，因为他已经抵达了土丘之下。

抵达土丘之下，对于崔山来说，的确不是一件好事。

没有谁认为受人攻击会是一件好事，此刻的崔山正是处在这种境况。

弩箭如雨，在土丘之顶，在土丘四侧，犹如一张织得极为完美的网。

箭网兜鱼，鱼自然是指崔山身后的骑兵。

马嘶、人号、箭啸，响彻一片，这只是一个早已预谋好的陷阱，一个等待崔山自动踏入的陷阱。

崔山大惊，他无法避免地首当其冲，成了箭靶子，但他却以极为快捷的身法藏身马腹下，他也在这一刻摘下了背上的大弓。只可惜，他的第一支箭还未来得及自马腹下射出，其战马就已踉跄而倒。马身插上了十余支劲箭，然后崔山看到了身后的兄弟们惨叫着坠马及战马跪倒的场面。

崔山落地，摔得极痛，寒秋天气极冷，在这种气候被摔比平时痛得多。

崔山不得不放弃手中的大弓，因为带着大弓，只能成为自后面赶来的战马蹄下之鬼。所以他只好放弃大弓，在奔来的马腹之下穿过，看来他的身手的确不错。

土丘之上的攻击力极强，而在此时，土丘之上更响起了沉闷的战鼓声，如同万马奔腾，又如同怒雷炸空，声势骇人。

战马陡闻巨鼓的闷响，竟全都有些惊乱，再加之这四千铁骑一开始就遭到惨重的袭击，使得官兵心中产生了一种无法抗拒的压力。

“杀呀……”数千匹战马如同潮水般涌向土丘，崔山终于找到了一个机会又重新跃上了一匹无主战马的马背，因为它的主人已经被劲箭射死。

“杀呀……”土丘之顶也传来了疯狂地呼喊。在一轮密集的箭雨交加之下，土丘上这才真正出现了人影，不仅仅是人影，还有战马，却多达三千骑，正是那几路在昨日不停骚扰官兵的五路轻骑。

崔山其实早就知道，在听到那一阵鼓响之时，他就知道了这群人正是昨日白天和晚上吵得他们疲于应付、不得安宁的那一队人马，但那队人马在这里结集倒有些出乎他的意料之外。

官兵在最开始的那一阵箭雨之中几乎伤亡近千人，此刻仍是斗志高昂。只不过，他们根本来不及放箭，双方就已经短兵相交。

冲下土丘的高平骑兵全都是手持长约七尺的斩马长刀，自土丘之顶顺势冲杀而下，全以臂部和腰部的力量挥出疯狂的第一刀，也是最为凌厉的一击，几乎无可抵抗。众义军借助战马的冲力，借助地势的优越，借助旋腰挥臂而凝聚全身的力量，斩出简简单单、直截了当，却最适合混战的一刀。

官兵们自低向高冲，他们不得不挥动兵刃格挡这样一刀，但是他们的力道完全无法与义军借助地利、兵器而发出的一记杀招相比。

“呀……”兵刃相击之声响不绝耳，高平义军这一刀的威力，竟然让那些身经百战的官兵无法承受。有些人的兵器被斩飞，有些人被这一冲一斩之力击下了马背，有些人虽然勉力抗住了这一刀，却被震得手臂发麻。只有少数官兵不仅瓦解了这极具实战经验而又霸杀的一刀，更有人将高平义军的骑士震落马下。崔山就是这之中的一人。

“杀呀……杀……”崔山所要面对的不只是这气势汹汹的骑兵，而且还有那伏在土丘上的步兵。

高平义军的步兵全都是长枪和长戟，戟可钩马腿，枪可挑马背上的骑兵，更有人以小弩施放暗箭。

步兵也有数千之众，这些人并没有崔山想象之中的那么畏怯，反而个个如狼似虎，更是想将他们这一队官兵尽数杀光。

崔延伯的五万大军行军二十余里，地上唯有崔山所领人马留下的蹄印。崔山的追骑速度好快，早已在崔延伯视线之中消失。不过，登到高处，仍可望到二三十里开外那高扬的尘土。

崔延伯极为自信，他根本就看不起高平义军这群乌合之众，虽然万俟丑奴和胡琛是两个极为厉害的人物，但今日胡琛已死，万俟丑奴也重伤未愈，高平义军如同老虎失去了爪牙，根本就不足为患。何况高平义军斗志如此薄弱，竟然弃泾州而逃，的确让人感到有些可悲。

地上，除了有崔山那数千骑的蹄印之外，还有些零落的杂物，被马蹄踩得破烂而肮脏，显然是泾州步兵抛掉的负累。看来，泾州义军撤退也不是一件容易的事，更是狼狈至极。

而这时，崔延伯看到了不远处扬起的尘土，正向他这边飘来，尘土的面积并不是很大。在他的估计之中，应该是在几百骑左右，并不夹杂有步兵。因为步兵扬起的尘土极低，而且较为混乱，唯有骑兵扬起的尘土显得高而清晰。

崔延伯的眸子之中闪过一丝冷肃的杀机，他知道这绝不是自己的骑兵，这一群骑兵显然有些杂乱，那扬起的尘土似乎杂乱无章。如果是训练有素的骑兵，那尘土肯定以行以列之形扬上天空，然后才散开成雾，所以他肯定前面那一队骑兵并不是官兵。正当崔延伯暗自猜测之时，队伍前面的探子飞速回报。

“禀元帅，前方有数百骑高平义军赶到，他们声称愿意投降，手持降书，请求元帅缓兵容他们的头领安排降伏。”

崔延伯一愣，有些讶异地“哦”了一声，策马上前，他倒要去看看这究竟是怎么回事。于是，在众亲卫相护之下，崔延伯向队伍前面赶去。

当崔延伯策马来到队伍前面时，果然见到数百骑高平义军人人手中持着一片白布。有的是内衣撕裂而成，有的是破裂的旌旗，这队人马与官兵相隔两百步而立，队形混乱，看上去极为颓丧。

官兵的前头部队也停止了行进，崔延伯望了望前面队形混乱的数百骑，心中涌出一股极为轻蔑和不屑的感觉。在他的眼中，这些人的确是一群乌合之众，充其量不过是会骑马而已。真是浪费了铁骑这个光荣的称号。如此队形队列，与未经训练的初学者又有何不同？崔延伯想到自己训练的铁骑，其精良的骑术，密切的配合和互动关系，不知比这支几百骑的“骑兵”强多少倍。

“我们元帅来了，你们有什么话快说吧！”那名传信兵士向对面几百骑义军呼道。

“谁是崔延伯大元帅？我们要见他！”那几百骑中有人呼道。

“本帅就是崔延伯，有什么话就快说吧。否则，立刻以弩箭侍候！”崔延伯傲气逼人地高声道，那种睥睨天下的感觉让他大为受用。

那几百骑之中迅速策马行出一名满脸络腮胡子的大汉，在马上向崔延伯深深作了一揖，道：“阁下就是崔大元帅，在下商舟，乃是高平义军骆非将军右骑营的偏将。今奉骆将军之命前来请求大元帅缓兵，我们愿意投降。这是我们的降书！”那人说着将手中的白色长绢展开，上面果然有以血书写的字迹。只是相隔太远，连崔延伯也无法看清长绢上究竟写了些什么。

“骆非为什么不亲自来？”崔延伯冷冷地扬声问道。

“骆将军正在清理那些冥顽之人，特遣小人先来向大元帅献上降书，骆将军说，他相信大元帅是深明大义、更是胸襟过人之人，绝不会计较往日之仇……”说到这里，商舟收起了降书，望了崔延伯一眼，接道，“骆将军也有一个请求要小人带到，他希望大元帅能不计前嫌，依然保住他的地位！”

崔延伯轻蔑地一笑，但此刻他倒有些相信了。骆非这个名字他听说过，在胡琛的军中还算是个人物，但始终被排在万俟丑奴和赫连恩之下。

此战骆非选择投降，如果说让他失去眼下的权力，那自然不会降伏，是以骆非开出这个要求反而显得更为合理一些，也在人的意料之中。这次骆非派人前来，无非就是想听听崔延伯的答复。如果这个答复能让骆非满意的话，骆非就会带着所属兵士前来归降，如果不能满意他的要求，那双方定会决战到底。

第一百九十一章　以气御敌

崔延伯自然明白自敌人内部瓦解高平义军乃是上上之策，如果能够得到骆非这样一个清楚高平义军内幕的人相助，自然是再好不过了。但崔延伯仍有些疑虑，声音依旧极冷地问道："本帅又怎知骆非不是缓兵之计？他为什么要选择投降？而他现在又有多少兵力？"

商舟神色微微有些不满，有些愤然地道："骆将军身边只有五千兵士，即使是缓兵之计，也只是螳臂挡车，所谓识时务者为俊杰，现在高平义军已经没有指望了，大王已死，万俟将军重伤，又有什么可用之将？更恼人的却是，军中出了这么大的乱子，居然还去请葛家军的蔡风前来统领三军，这明摆着是对骆将军的不信任。所谓从军，不只是为了一个名，还为了一个'利'字。往日骆将军在战场上拼杀，流血流汗，好不容易得回的江山又要让给别人，这自然十分不公平。本来我作为一个无权发言之人，不应该讲出这些，但既然大元帅如此怀疑，我也就只好一表自己的看法了。至于骆将军是如何想的，我就无法具体说出来了。大元帅心中洞察秋毫，也不用我多说什么了。我们将军的心思又怎能瞒得了大帅的眼睛呢？"

崔延伯得意地笑了笑，他的确对自己的压倒性气势极为自信，骆非区区五千兵马的确还不放在他的眼中。但是他又想到了另外一个问题，正要说话之时，那边的商舟又开口道："刚才，我们亲眼见到大元帅的骑兵过去，此刻大概已经追上了万俟丑奴的骑队。我们本是受万俟丑奴之命，阻袭大元帅的追兵，但我们却没有这么做。谁不知道，此刻义军士气如此低落，又怎能抵抗那数千铁骑？万俟丑奴分明是要将我们送上绝路。既然他如此不相信骆将军，猜忌排挤，我们还不如索性弃暗投明。如果大元帅能够大度收容我们，我们定不敢再有二心，誓死相随！”

崔延伯心头的那一丝疑虑尽消，刚才他就是在想，崔山的骑兵自前方经过，而商舟这一队人马却是自崔山那个方向赶来，相互又怎会没有照面呢？又怎会没有崔山的人前来回报呢？这时才暗自松了一口气，忖道：“幸亏骆非心存降意，否则如果暗中伏击崔山诸人，对那数千骑兵所造成的损害可就难以预料了。”骑兵的命比普通士卒宝贵多了，至少，崔延伯在骑兵上所花的心血是这些普通士卒的数十倍，即使以骆非的五千人马换他一千劲骑，他也不愿意。何况，伏击之下，那四千劲骑岂会只损失一千？甚至全军覆灭也有可能。

“好，你把降书送过来！”崔延伯冷冷地喝道。

“是！”商舟一夹马腹，向崔延伯奔至，其余的人全都停留在两百步开外，根本就没有移动分毫，只是那些战马显得极为焦灼，低低地嘶鸣着。或许是因为骑士本身心底就无法安静的原因吧。

崔延伯的大军人数长达数里，如一条长龙蜿蜒在山谷林间，气势极为庞大。

土丘之上的战局极为惨烈，高平义军手持身长体重的斩马刀，最适宜马上作战，以双腿控马，双手挥刀，大开大豁，气势不凡，杀气之盛，的确超过了崔山的意料之外，作战力之强也超出了他的估计，而义军更是显得凶悍至极。在数量上，高平义军占着极大的优势，而且一开始崔山的骑兵就损失了四分之一，锐气大减。

崔山自己也遇到了一个前所未有的对手，那就是三子。

三子的目标是敌方那些棘手的人物，而在这里的目标就是崔山，这可能是崔山的不幸。

崔山的感觉并没有错，那远逝的尘土的确有些异样，因为那并不单单只有马蹄扬起的尘土，更有拖在马尾之后的树枝起了很大作用，而真正的马群正是在这离泾州城四十里的土丘之上。

这一个杀局，不幸的是崔山陷了进来。

崔山根本不是三子的对手，虽然他马上马下的功夫都很好，但此际的三子已经步入了绝顶高手之境，每一刀都充满了让天地变色的杀气。

双方只交手了一刀，崔山就知道无法与三子相抗衡，所以他选择了退避。但三子所过之处，无一官兵骑士可硬抗其疯狂一击。在混乱之中，高平义军不仅以骑兵冲杀，更是边战边夺马，再加入骑兵的行列。官兵很快就显得有些无法协调了，被高平义军冲得一片凌乱，在强大的攻击之下，甚至有人开始回撤。

崔山就是其一，他知道己方大势已去，只得一声令下："撤!"这对战士来说的确是一种屈辱，也是一种无奈，但此时却是唯一的选择。

三子挥刀高呼，他并不在意自崔山后面随之而来的数万大军，只顾痛打落水狗。

"杀……追……"吼声一片，战局似呈一面倒的状态，劲弩、长弓此时又发挥了其应有的作用。

崔延伯对这数百份降书极为满意，而且皆是以血所书，无论措辞还是诚意方面都让他极为满意，能不战而屈骆非，这的确是个极为理想的结果。何况骆非又是熟知高平义军内部情况之人，若能有此人相助，高平何愁不破？对于攻克莫折念生所领的义军，崔延伯就是选择自内部突破的战略，这才让那不可一世的莫折念生魂归天国。否则，以莫折念生的才智与谋略，那的确是一个难以想象的敌人。

在军事才能方面，莫折念生绝对不输给蔡风，比破六韩拔陵有过之而无不及。唯一遗憾的就是莫折念生没有蔡风那不可一世的盖世武功，这也就使得刺杀他的人容易成功。如果光明正大地指挥千军万马作战，崔延伯自问不是莫折念生的对手，这才被打得退守潼关，勉强阻抗莫折念生的势头和锋芒，就连朝廷也为之恐慌不安，只好以收买人心的方法，自义军内部买通人去刺杀莫折念生，这才使莫折念生的羌氐大军土崩瓦解，化于无形。

"此刻的胡琛已死，万俟丑奴重伤不足为惧，又有骆非来降，这的确是天助我也！看来是上天注定要灭高平军!"崔延伯如此想着，就命商舟回去通知骆非，他可以答应骆非的要求，但骆非的兵力必须经过收编之后才能使用。

商舟极为乖巧地道：“骆将军明白大元帅之意，他对小的说过，如果大元帅答应了，那日后一切都以大元帅的安排行事。”

商舟的回答使崔延伯非常满意，更是得意非凡，向对面数百名骑兵望了一眼，道：“很好，本帅就升你为副将，正式收编你的这支骑兵！”

“谢谢元帅！”商舟大喜，忙跪下谢恩。

崔延伯似乎在突然之间感受到帝王的气势，意气风发之下，淡淡地挥了挥手，道：“起来吧，带他们归队！”

“是！”商舟迅速弹起身来，跃上马背驰回数百骑之间，似乎极为欢快地道，“元帅已经答应收编我们，众兄弟先解下弓箭和长枪！”

那群骑兵忍不住齐声欢呼，纷纷抛开背上的大弓及手中的长枪，但仍坐在马匹之上。

崔延伯暗暗点了点头，他并没有让这群人缴械，但商舟却命这群人放下了弓箭长枪，做得的确细致，也更使崔延伯放下了一颗心。由此可见这些人投降的诚意，且那欢呼之声也不似作伪，传出很远……

崔延伯命一名偏将领着近百步兵过去拾回弓箭长枪，正式收编商舟所领的数百骑兵。

商舟和众骑兵仍高踞马首，在那名偏将的带领下，缓缓向崔延伯的大部队行去。

骑兵一般极少下马，这是对骑兵的一种尊敬，因为北魏建国就是依靠他们。

北魏的骑兵来自漠外，战斗力极强，也是战争的支柱力量。因此，北魏历朝帝君都极为看重骑兵，从而使他们成为军中身份最高的一支部队，几可与身份特殊的速攻营相比。由于精良的战马难配，因此骑兵的人数往往比步兵少得多，这也是骑兵的珍贵之一。是以，这一刻商舟所领的数百骑兵并没有下马。

数百骑全都向崔延伯行了个大礼，这才跟在黄飞的身后，向队中走去接受黄飞的编排。

崔延伯心中极为快慰，此际正值大战之前，先来一些喜事，倒也极富情调。这或许就是此战定会大胜的前兆吧。

商舟的眸子之中闪过了一丝难以察觉的喜悦，那些本来对他深怀戒备的官兵，此刻全都放下了戒备之心，那些暗中对准他们的劲箭也松了下来，只是每个官兵都向他们投来不屑和鄙视的目光。

商舟似乎对这种情况毫无反应。

崔延伯传令，准备继续行军，但就在这时，他看到了东北角扬起了一大片尘土，更传来了极为强烈的震荡，是马蹄声！也有脚步之声。正当他猜疑之时，在土丘的顶端已出现了战马，一匹、二匹、三匹……千万匹，然后他就明白了这是怎么回事，但商舟已经出手了。

不仅仅是商舟出手，跟在商舟身后的数百骑突然加速，冲入了那些步行的官兵群中。每个人的手中都是一柄四尺长，极为锋锐的刀，与一根五尺长的镔铁棍，棍头有凹槽。

商舟出手，他的目标是黄飞，一个在官兵中举足轻重的人物。

这的确是一个超乎人预料的变化，等到崔延伯发出命令之时，一切都已经发生了。

也不只如此，更让人心惊的却是，当这些人自腰间拔出刀之时，那根镔铁短棍也不知自何处出现，竟插入了刀柄之中，在一旋一扭的瞬间，便成了一柄八尺长的斩马刀。

这些被人忽视的精短兵器刹那间又成了致命且疯狂的斩马刀，也是最适合在战场上作战的兵器。

崔延伯没有料到，他虽然看到了每人腰间那柄四尺长的厚背刀，但这些人都是骑在马上的，刀长四尺根本就构不成杀伤力，也就没有在意。但这一刻他全都明白了，这一切的一切，全都是早已安排好的。

“杀杀杀……”那自东北方向杀出的快骑达数千人，如同潮水般狂涌而至。

商舟出刀，刀锋如雷，亮若银虹，惊鬼泣神。

黄飞清晰地感受到那狂涌的杀气及森冷的刀气，几乎笼罩了他周身的每一个部位。黄飞回身，剑如虹。

“锵！”一声清脆至极的爆响，黄飞的身子禁不住一震，但他终究挡开了商舟这一刀，致命的一刀。

商舟的身子也为之一震，俩人的功力几乎势均力敌，但是商舟的左手却有一根不能忽视的镔铁大棍。

黄飞挡开了那一刀，但是他无法再对这根镔铁大棍进行阻击，这一棍来得的确太快，几乎与那一刀接踵而出。

黄飞无奈，身子一倾，倾至马腹之下，那一棍自他的盔甲上擦过，然后“轰……”地一声重重击在马耳上。

“希聿聿……”黄飞的坐骑一声惨嘶，举蹄乱冲，竟将赶来的步兵踏翻几人，其余人被冲得东倒西歪。

商舟暗叫一声可惜的同时，镔铁大棍陡然与长刀相接，成了一柄长长的斩马刀，杀戮也就自这个时候开始。

崔延伯心中大怒，他没有想到高平义军狡猾至此，作战手段卑鄙，竟利用伪降这一招来打乱官兵的阵形。

崔延伯虽然恼怒，但兵不厌诈，也只能怪他自己太疏忽大意。此刻他才明白为什么当年长平之战的白起将十万降军尽数活埋的原因。的确，降兵是最易生变的人。

“杀……杀……”崔延伯的大军根本就来不及布阵，只是勉强放出几箭，就与冲来的铁骑短兵相接。

一开始，阵形就被冲击得溃不成军，那数百伪降的骑兵纵横于崔延伯的步兵营之间，快速如风，斩马刀上下挥舞，那些步兵的脑袋犹如一颗颗被斩落的西瓜一般。大多数官兵阵脚自乱，根本就无法再听崔延伯的命令，开始抱头鼠窜。

“杀呀……杀……嘚嘚……”马蹄踏地之声，犹如奔雷滚过，只震得众官兵心惊肉跳。高平义军的铁骑，挥舞着长枪、斩马刀呼喝着不断涌向崔延伯的队伍之中。

崔延伯的战马迅速被亲卫所护，队伍之中的骑兵根本展不开手脚，由于大多数都是步兵，这些步骑相杂的队伍，反而使战术的灵活度大打折扣。也使得崔延伯的骑兵根本就放不开手脚去大杀一场，哪里有高平义军这种毫无顾忌地大开杀戒的痛快之感。

崔延伯所领的士卒，因连日来受到高平义军的轻骑所扰，又因昨晚未曾休息好，两日来的长途跋涉，整个队伍的精神都处在极为松懈的状态，斗志也因此而大减。此刻被如狼似虎的高平骑兵一阵冲杀，更是无心恋战，脑海中都想着一个字——逃！

有一队人马直逼崔延伯，来势汹汹，马上骑士的骑术之精绝，绝对是一流的，这队人马正是蔡风和骆非所率。高平义军的帅旗也随着这一队人马之后向崔延伯的立身之处赶来，与官兵的帅旗形成了一个鲜明的对比。

崔延伯吃了一惊，箭雨已纷纷射至，这些人不仅骑术精绝，箭术更绝。每一弓之力，竟可远达六百五十步开外，并造成了强大的杀伤力和破坏力。

崔延伯的护卫也以劲箭还击，但由于兵多人杂，阵脚已乱，而那些人的骑术又十分精绝，因此所造成的杀伤力有限。

“崔延伯——拿命来！”如惊雷般的暴喝之声滚过天际，在千军万马的嘶喊声中依然清晰可闻。

蔡风易容的面貌正是万俟丑奴，也只有这样才能使军心更稳、更团结，将士们才更有斗志。

崔延伯一眼就看到了化装成万俟丑奴的蔡风，禁不住微微惊呼：“万俟丑奴！”在他才说出这句话时，万俟丑奴的帅旗几乎已经与他相靠，很快双方就短兵相接了。

蔡风挥动着斩马刀，如入无人之境，骆非领着另一支骑兵直杀向黄飞，经过多次交战，使他们已成了一对生死冤家。

崔延伯感受到蔡风那强大的气势，更胜过千军万马的肃杀和霸烈，俩人虽然相隔百步之遥，但却让他感觉到近在咫尺，空间竟起不到半点限制的作用。那双深邃的眸子给崔延伯一种熟悉而又陌生的感觉。

突然之间，崔延伯有些惊觉，相隔百步之遥，他为什么竟能够如此清楚地发现对方的眼神呢？

那当然不是他的视觉大增，而是蔡风的目光已越过了所有的障碍投向了他。

崔延伯竟然第一次想到了撤，这是第一次发自他内心的奇怪想法。其实，这场仗已经没有必要再继续下去了，很明显他已经败了。而且败得很惨，被这股伪降的骑兵打乱了阵脚，又因他自己将敌人估计得太低，这就使得这场仗官兵注定会一败涂地。

的确是一败涂地，虽然义军的兵力比官兵少，但义军以骑兵为主力，直袭横冲，使官兵的队伍变成一盘散沙，人心尽丧，斗志尽失，而官兵的铁骑分得太散，无法起到以锐攻锐的作用，反为步兵所限制。由于种种原因，注定崔延伯所领的这支队伍会输得很惨。

崔延伯极为不服气，但他并非是个不知道形势的傻子。眼下情形，他的士卒太过分散，已被截成了几部分不说，更可虑的却是众兵士太过散漫，已经无丝毫斗志，再也无法聚集他们与高平义军对抗，反而兵败如山倒。

崔延伯想到撤的另一个原因，却是因为蔡风那凶猛的来势，越过空间给他制造的压力。他不知道是否有能力与对手一拼，但此刻他肯定已失去了大部分的斗志，就算他能够胜过对手，可是他又怎能抵抗随之而来的疯狂攻击呢？所以崔延伯选择撤，在众亲卫的护卫之下，他飞速地向泾州城方向退去。

帅旗一扬带动全军，那些本来盲无头绪乱窜的兵官，全都向帅旗移动的方向靠拢，也全都转入了撤退的阵容之中。

“杀……杀……拿命来……崔延伯……”高喝之声，狂呼之声，喊杀之声，惨叫之声，使整个天地变得更为惨烈。

这一仗只杀得天昏地暗，满眼血光……

崔延伯终于返回到泾州，但却是满身凌乱，极为狼狈。士卒竟死伤两万余人，而不及一万人的高平义军反而将他的五万大军杀得惨败。这的确让他心中气恼无比，但他没想到万俟丑奴竟如此狡猾，以轻骑对他的步骑相杂的队伍以快打慢，来去如风之下，使他惨败而归，他的确无法甘心。

黄飞却在这一战中战死，为了救崔延伯，他率众回阻住高平义军的轻骑，但却永远也无法回来了。

崔延伯心痛，不仅心痛，更恨！恨不能将万俟丑奴碎尸万段。他在城头看到黄飞被远远的一骑一箭贯喉而过，他从来都没有这般恨过，也从来没想到，看到得力干将的死竟比他自己死去更为难受。

万俟丑奴在他们的眼皮底下扬长而去，拖着满天的尘土向彭阳方向而去，似乎根本就不将泾州城中的官兵放在眼里。那种狂傲而不可一世的神态，只差点没将崔延伯气得从城墙上跳下。因此，他再次调集大军，他绝不能如此让万俟丑奴逍遥自在而返。

这次，崔延伯决定全力出击。

崔山似乎的确太不幸运，逃过了三子的骑兵追杀，却遭遇到回头的蔡风。一轮疯狂的杀戮之后，崔山的骑兵几乎全军覆灭。

这一战，对万俟丑奴来说，的确是一个无法想象的胜利，弃掉一个破乱的城池，却换来了崔延伯的惨败。

缴获战马千余匹，这无疑是一笔极为巨大的财富，降者四千多人。最重要的却是经过如此痛快的一场厮杀，使得高平义军的士气狂升，因胡琛的死而显得低落的士气立刻大涨。高平义军在这之前被崔延伯和萧宝寅打得落花流水、四处逃窜的冤气也一下子舒缓过来了，更有扬眉吐气之感。

蔡风曾与崔延伯有过交往，但那只是几次匆匆见面。当初蔡风身在速攻营之时，由崔暹所领，后来崔暹北上与破六韩拔陵交战，蔡风也就离开了速攻营，而速攻营也便由崔延伯接手。所以，蔡风与崔延伯的交往并不是很多，不过他曾去过李崇的军中几次，对崔延伯这个极为自信之人的印象还是极为深刻的，却没想到今日与这样一个对手交手了。

正因为蔡风抓住了崔延伯的极度自信，甚至有些自负与骄横的特点。这次蔡风安排的行军计划，虽然有失光明正大，但却很有效。

万俟丑奴也不得不承认蔡风的布置和计划的厉害之处，不得不重新估计蔡风。他本在泾州城中布下了四万兵力，再加上自西峰撤回的三万兵力，除一部分调至彭阳外，在泾州城的总兵力也达到五万人，其中骑兵五千。若两军在泾州交战，谅崔延伯也无法占到什么便宜。

万俟丑奴原打算如果泾州战败，就退兵固守彭阳，背水一战。但后来因蔡风及时赶到，使他觉得义军并不是没有一战之力。有蔡风之助，就等于有了可战之将，他便不想放弃泾州了，准备决战泾州城，但蔡风却极力反对死守泾州。

蔡风的理由是："眼下胡琛的死讯传出，军心定然有所动摇，士气必挫，而且更有可能使得高平义军内部埋下了隐患。目前最大的敌人并不是崔延伯和萧宝寅，而是高平义军的内部力量，这一点极为重要。对于高平义军内部的处理，当然不能以武，更不能以情去感化，而只能示之以威、以德。以威示人，就必须在最短的时间内扳回劣势，取得最大的胜利，有效地稳住军心，同时展示出自己的力量，而使那些人心思变者又对高平义军充满信心。这一点十分重要，只有士兵都对高平义军的主要将领充满信心，才会加强将领权力的凝聚力和号召力。另外，就是要对一些人员进行安抚，奖赏制度和其他各方面的后勤力度加大，方能够使全军上下化悲痛为力量，重新萌生斗志。"这就是蔡风反对死守泾州的必要性。

死守泾州，只会使义军变得极为被动，甚至被崔延伯牵着鼻子走，而义军内部却急需要外部精神的刺激。如果死守泾州，即使能保住不失，但那又能怎样？又怎能打败崔延伯？高平义军根本就经不起时间的拖延，也没有办法使思变者不会叛变。要想胜敌，就必须化被动为主动。只有主动出击，方能带动众军积极的一面。所以，蔡风行动的第一步就是弃泾州而采取主动。

事实证明蔡风的观点没有错。不过，蔡风的行事作风的确有些超出了万俟丑奴的想象，也超出了高平义军其余几路将领的意料之外。

蔡风并不要万俟丑奴的那五万大军，他只选择了万俟丑奴的五千骑兵，另外再自彭阳和骆非那里共调来了三千轻骑。只凭八千骑兵与崔延伯所领的数万官兵展开了一场别开生面的角逐，另外为了凑足一万人，便由蔡风挑选了两千步兵相配合，而这两千步兵根本就未参与对崔延伯的战争。但却被蔡风安排潜伏于泾州城四十里处，蔡风似乎算准了崔延伯的追兵会自那里经过，他更为此制造了大量的悬念，而让崔延伯中计。

蔡风所领的兵士，再加上他的亲卫营中五百铁骑，一共才一万零五百人，冲杀得崔延伯一共动用了五万部众，却起到了出乎意料的结果。

蔡风早就明白，兵不在多。高平义军大多都已失去了斗志，如果将那几万步兵勉强编排入队，恐怕效果会适得其反。若只有八千骑兵，那激励他们的士气就容易多了，而且骑兵全都是训练有素之人，斗志也是最高的一支队伍。只要灵活地运用好这些人，绝对能够起到意想不到的作用，这就是蔡风奇兵制胜的绝招。

奇兵之奇，就在于快、准、灵活、攻击力强，另外一个便是隐秘。

只有最快的速度，才能把握到最佳的战斗时机；只有最为灵活的机动性，才能更好地保持隐秘。而要想一击致命，则需要最强的攻击力。这是谁也无法否认的，这些人不在多，而在于精。正如一柄利剑，并不在于它的体积和重量，只要好好利用，这柄剑比一柄大铁锤更有效。用兵之奇，也如同剑走偏锋。

赫连恩和骆非本来对蔡风的意见还稍有争议，全因蔡风为了打这一战，先将自己的利益抛却了许多，这对于他们来说自然有些不舍。而且蔡风如此选择以少量之兵对付崔延伯的大队人马，其本身就似乎存在着一种赌徒的心理。对他们而言，的确需要冒极大的风险。另外还有一些原因则是，他们对蔡风作战部署的能力仍不能完全信任，而一开始便让他们担当如此大的风险，的确不敢相试。

骆非和赫连恩倒是认为在西峰至泾州这段路上实行蔡风的计划，他们的驻军仍可以守着泾州，就算蔡风的计划失败，也可以很快便返回泾州固守。这至少还可以挡住崔延伯的攻击，也减少了失去泾州的风险。但蔡风却表明只有放弃泾州才能获取胜利，这一计划必须是在放弃泾州的情况下方能够完成和达到理想的效果。为此，骆非还与蔡风争执了几句，后来万俟丑奴见蔡风如此有信心，这才让蔡风去试试。说穿了，就连万俟丑奴也不是对蔡风抱有太大的信心，毕竟他们所面对的对手实在太过强大，而且双方是在“义军士气低落、官兵士气如虹”的状况下交战。

军令如山，骆非却不敢不听万俟丑奴的话，虽然心中有些不快，但也只好暂时放下，只得配合蔡风的行动，于是蔡风迅速调集两千轻骑不停骚扰崔延伯的行军和休息。

蔡风更算准，如果将泾州这座破城让给崔延伯，必定会分化崔延伯的兵力，从而使他的大军分为两股，这就减少了义军所面对的敌人。如果让蔡风以数千骑兵去面对十余万大军，而崔延伯的军中也有八千铁骑，这一仗不打也知道，输赢已定。

崔延伯果然没有让蔡风失望，只领五万大军追往彭阳，余人留守泾州，这使得蔡风对敌时轻松多了。而且蔡风更以小股骑兵故意引得崔延伯分出一部分铁骑去追杀，也分化了崔延伯机动性最强的一股力量，从而使崔延伯的兵力变得反应迟缓，虽然势盛却不具备太强的杀伤力，只要再用一些诡计打乱官兵的阵形，那高平义军的这一役就将旗开得胜了。

一切全按蔡风的计划进行着，商舟的伪降军一开始自中间杀入，打乱官兵的阵形，为蔡风的数千轻骑带来了一个大的突破口，一下子就将崔延伯的队伍冲得七零八落，混乱不堪。虽然蔡风所领人少，但这样一来，更利于自由发挥，一阵狂杀，才酿成了崔延伯的这次惨败。

骆非对蔡风的这种作战方向有些不以为然，认为蔡风利用降军这种手段，实在有些丢人，也太过不讲原则，甚至有些卑鄙。不过，万俟丑奴却对蔡风的行军方式极为赞赏。

他认为：战场本来就是一个无限运用的空间，也是极为残酷的，更没有任何原则可讲，也无道德之理念，所谓兵不厌诈。

万俟丑奴更赞赏蔡风深得孙膑之“善战者，见敌之所在，则知其所短；见敌之所不足，则知其所有余……形以应形，正也；无形而制形，奇也……”。

蔡风并不在意别人的看法如何，他所在意的，却是将面对的另一场战斗。对于名，对于利，一切都不重要。重要的，只是如何尽职尽责地去将每一件事办得更为完美，这是蔡风的行事原则，对敌亦是如此。

“依我估计，崔延伯仍有一战之力，而且其实力绝对不容忽视，这次他虽然损失了一些士卒，但总兵力仍在七万至八万之间，这股力量同样可怕。且以崔延伯的骄横肯定不忿这次所败，定会很快挥军来攻，以雪前耻。现在，我希望万俟将军能动用所有的兵力与之一战！”蔡风淡然道。

“哦，齐王认为崔延伯会在什么时候再次出兵吗？”万俟丑奴有些讶然地问道。

“依我看，他极有可能会以最快的速度来犯，以他的个性一定难以忍下这口冤气，我在泾州城离开时，故意扬鞭以激，更当着他的面射死了其得力干将黄飞，他一定会立刻调集兵力反杀而回。”蔡风极为肯定地道。

“哦，齐王这次调集步兵，难道不怕这群士兵会人心不齐，无法发挥战斗力吗?”骆非始终对蔡风曾认为那五万步兵派不上用场而心有不忿。

蔡风笑了笑道：“此一时彼一时也。若是这一场仗我们败了，那这几万步兵也就只有败亡一途。但很侥幸，我们这第一场仗胜了，所以此时这几万步兵就可以派上用场了。因为他们将会以这一场胜利为动力而恢复斗志，甚至比任何时候都更有信心打败崔延伯所领的官兵，这就是人的心理在作怪。我以前并不是说这些步兵无用武之地，只是认为在动用他们之前要将他们潜在的力量激发出来，只有激发出了他们的动力，才能成为一支最有攻击力的军队。而此刻，正是他们派上用场的时候了。不过，我们也不能闲着，因为我们不仅要让崔延伯再败一次，更要夺回属于我们的泾州城!”

万俟丑奴笑了笑，他立刻明白蔡风的话意，也知道了为什么最初蔡风拒绝让那数万步兵参战的原因了，反而对蔡风的能力更为信任。也只有此刻，他才松了一口气，知道自己并没有选错人。

崔延伯没有让蔡风失望，果然率兵数万，以最快的速度向彭阳逼进。这次他学乖了，骑兵结队于众步兵之前，以保持其良好的机动性，但可惜的却是骑兵损失过半，此时只剩四千铁骑，再分一千铁骑留守泾州，能动用的仅三千铁骑而已。但崔延伯已经不再在意这些，他已有了对付敌人铁骑的办法。因为在他的队伍之中，不仅仅只是拥有铁骑，更有战车，以及当年诸葛武候所称的“连弩士”。当年诸葛亮曾在一个少数民族选兵三千组成“连弩士”，成为一支专门掌握连弩的特种部队。以大量的连弩集中使用，构成密集的火力，这是对付来敌骑兵冲突的理想兵器。

官兵中有战阵和连弩相阻，其力量足够与高平义军的骑兵相抗衡。

只可惜，崔延伯又估计错了，蔡风用的不再是骑兵，而是步兵，且他早就算准了崔延伯的行动，已设下陷阱只等崔延伯领兵深入。不可否认，这是一种悲哀。

战争本就是一种悲哀，而这个悲哀却是发生在天色将黑，崔延伯准备安营扎寨之时。这是一条并不甚宽的道路，也不能算是狭谷和沟壑，顶多只能称得上是一处洼地。

夕阳西下，洼地更加显得有些阴暗。崔延伯希望极速越过这片地带，他之所以如此急迫地行军，就是要出乎万俟丑奴的意料之外。他以为万俟丑奴绝对料不到他会如此快地率兵突袭，而且他还是刚败，也只有这样才能出奇制胜，这是崔延伯心中所想。

这本来也的确是一个极好的打算，万俟丑奴这一仗大胜，自然会大喜过望，按普通推算应该是在设庆功宴，即使没有设庆功宴，他们也不会估计到崔延伯如此快就卷兵重来。只可惜，崔延伯的对手并不是那个对他不甚了解的万俟丑奴，而是对他的脾性极为深知的蔡风。

所谓知己知彼，方能百战百胜。崔延伯一直都只认为高平义军的领军为万俟丑奴，哪里想到会是蔡风？而蔡风却对他的军情知之甚详，这个反差之下，本就为崔延伯伏下了败笔。如果崔延伯打一开始就知道高平义军是蔡风所领的话，他所作所为必定不会这般轻率，当然每一步都会小心谨慎，思及再三，那样一来也就不会落入蔡风的圈套之中了。可惜的是，崔延伯到现在还不知道他的对手是那个要命的蔡风。还当是谣言失真，万俟丑奴并没有受伤。对于万俟丑奴，他的确没有丝毫畏惧，何况此时的他，对万俟丑奴恨得咬牙切齿，只差不能将之碎尸万段。

崔延伯因为没有考虑到万俟丑奴会算到他此时出兵，所以也就没有对这片洼地太过在意。虽然他派出了十数骑稍作探测，但却并不很在意。也正是因为如此，他们才步入了虎口。

最先遭殃的是那三千铁骑，因为万俟丑奴的军中也同样具有连弩利箭。然后就是万箭齐发，官兵中那些随时戒备的连弩手也因处于队形的外围，而成了活靶子。

“杀……”这次杀出的骑兵并不多，但却是向官兵的中间冲杀，目的就是要从中截断这支大军。

崔延伯的心在变冷，但迅速指挥铁骑迎向那些横空出世的轻骑，更指挥士卒摆车列阵，不用说各处的士卒都知道展开还击。但是这些士卒开始慌乱起来，因为他们发现四面都是敌人，而且正向他们的来路进行包抄，很明显是要将他们围困起来。此时队尾的官兵大急之下，只得向包抄的高平义军迎战。

崔延伯大为惊怒，由于这是一片比较狭窄的洼地，数万大军自然难以将阵势拉得太开，首尾不能兼顾。他无法顺利指挥尾部的士卒行动，使大军的调配无法发挥出有利之势，这就让阵势不易顺利布开，也难以发挥具体的优势。

崔延伯只得指挥着能够指挥的将士奋勇作战，但他仍然力图改变这种深陷洼地的处境，选择一点主攻，目的是全力突围而出。

崔延伯挥动长枪，一马当先向坡顶仰冲，他没有选择前方，因为在他的估计之中，前方的路上一定布下了极为厉害的埋伏。无论如何，应该比坡顶的伏兵多一些。

那些骑兵按照崔延伯所指的方向，无畏地前进。那一方的义军看起来似乎多一些，实者虚之，虚者实之。崔延伯的疑心不算小，既然几面义军露出了明显的差异，那肯定有些让人意外之处，所以他选择了人多的一方冲杀，至少要与万俟丑奴对决一回。

那些骑兵在马背之上挥舞着兵刃，向扑来的高平义军疯狂地杀去。

“蔡风在此！崔延伯，拿命来吧……”天空之中如同响过一阵沉闷的雷声，使这片洼地差点颤动起来，那千军万马的厮杀声也完全无法掩饰这声沉闷的巨喝。

崔延伯大惊，众官兵也全都大惊，蔡风的呼喝与出现的确太过出乎众人的意料之外。这个让敌人头疼的人物怎会突然出现呢？他究竟是什么时候到达高平的？到底是真还是假呢？

但很快，崔延伯就看到了一匹乌黑的健马，神骏异常，而马背之上的人正是名动大江南北的蔡风。

崔延伯认识蔡风，虽是匆匆见过几面，但对他的印象很深，无论如何也抹之不去，但这个可怕的人物此时居然成了他的敌人。

蔡风的眼神让崔延伯想起了一个人。

是万俟丑奴！那日以轻骑大败他的万俟丑奴，当时万俟丑奴向他逼来，让他第一次感觉到了心慌。

不错，的确是万俟丑奴，就连那匹乌炭色的骏马也使崔延伯感到有些眼熟，只是此刻坐骑上的那张脸换成了蔡风的模样，那两道眼神依然不受空间的限制，远远地投来，让崔延伯感到蔡风就像近在咫尺。而那种内在的精神和杀气也飞越了这有限的空间，直接与他相触。

崔延伯一震，顿时明白过来了！在刹那间，他似乎将前前后后的一切都想明白了。那个万俟丑奴正是蔡风，而蔡风也就是那个万俟丑奴，也只有蔡风的出现才会使他大败而退。即使真正的万俟丑奴没有受过重伤，其武功也还未达到那种境界，何况万俟丑奴真的受伤了。如果对方未曾受伤，那又怎会让他顺利攻破西峰以及庆城呢？所以，万俟丑奴一定受了伤。而只有出自蔡风的计谋才会使他估计失误，才会遭到惨败。而眼下自己也同样步入了蔡风所设的圈套中。只可惜，他对这一切明白得太迟了。

崔延伯也知道，似乎迟了一些，如果这些计划全都是出自蔡风的脑子，那么所有的布局一定是按照他的意图所设，所以他再次改道，冲向那片洼地的前方出口。

崔延伯不再惧怕那里有更为厉害的埋伏，他是个聪明人，也对蔡风的估计有个八九不离十。因为他对蔡风的确花费了一番工夫研究过，研究蔡风的战略战术，那是一种不能以常规的思想去理解的作战布兵的形式。因此，崔延伯赌了一把，因为他觉得这种突破常规的赌法，对于蔡风这个庄家来说赢的机会较大。

那数千铁骑见崔延伯又突然改变方向朝洼地出口处冲去，也跟着改变方向随后冲杀。

“杀……”高平义军声势极壮，斗志高昂，杀意奔腾，又是有备而战，对众多有些慌乱而形式渐乱的官兵施以无情的冲杀。

崔延伯的猜测果然没错，洼地的前方竟是义军兵力最为薄弱之处。

蔡风是完全抓住了他的心态去布置的，几乎算准了他会以虚者实之、实者虚之的方法突围，早已设下了陷阱等着他自动钻进。如果不是蔡风暴露了身份，这次崔延伯只会再次以惨败告终，说不定还会身首异处，那可就做鬼也会不瞑目了。

崔延伯冲出了洼地，他的身后大队兵马也跟着杀了出来。他庆幸自己对蔡风的战术作过深入的研究，否则只怕败得太惨太冤了。

崔延伯冲了出来，身后竟有一万多兵卒，只是他竟隐隐感到有些不妥。突然间他明白了，那是杀气！

那股浓浓的杀气并没有因为他自洼地中冲出而变淡，反而更浓，那是蔡风的杀气。

崔延伯吃了一惊，他不明白怎会这样，但那股浓浓的杀气犹如死神之手紧紧钳住了他，那是一种精神力量的遥控。

洼地之外，是一处宽阔的平地，这里已是黄土高原之上，平地上有些略微起伏的土丘，也有些白杨高立。灌木皆凋，秋末之景极为凄凉。崔延伯从来都没有如此颓丧过，就像此刻已是穷途末路一般。数日以来，连遭两次惨败，这对他来说的确是难以接受的。而且这两次的惨败竟败得如此稀里糊涂，不明究竟。

崔延伯虽然在莫折念生的手下也败过阵，但那些全都是明刀明枪，在兵力上强自相抗。败，败得可以理解，但是今日之败却是……

崔延伯从来没有今次这般感到如此力不从心，颓丧与无助占据了他的心灵。蓦地，他吃了一惊，顿时明白过来，这都是因为蔡风那挥之不去的杀气和精神力所致，使他的心神禁不住失去了控制，所以崔延伯吃了一惊。

在崔延伯吃惊之时，他看到了蔡风，乌炭马如同驾云破雾般前行，在与崔延伯的坐骑相隔两百步之遥时立定。

崔延伯发现了蔡风脸上的笑容，一个充满怜悯而又有些无可奈何的笑容，是那般让他心悸，他似乎预感到了什么，他的预感是来自蔡风的眼神。

蔡风的眼神，如黑暗中的电火，刺破虚空，刺破黑暗，刺破一切的伪装和隔阂，直接自崔延伯的眼中射入他的内心深处。

崔延伯明白了自己为什么会不由自主地去想一些以前从不曾想过的事情，蔡风的可怕的确超过了他的想象。

崔延伯以最快的速度摘下背上的强弓，他再也不想这个可怕的敌人一直威胁着他，那种压力他也无法承受。

崔延伯的箭头对准了蔡风，而在此时，他也发现了蔡风大弓上的箭头，闪烁着蓝色的光芒，在夕阳的映衬下，犹如蔡风的目光一样明亮。

天地似乎在这一刹那间定了下来，一切全都变得虚幻莫测。天地之间，仿佛只剩下对峙的俩人两骑两弓。

崔延伯的护卫亲兵也发现了这种场面，顺着崔延伯的箭头，他们看到了乌炭马上的蔡风，更感受到那隔有两百步之遥的空间已经相凝、相结、相牵、相对的犀利杀气。

在崔延伯的眼中，只有蔡风，甚至连耳朵和鼻子也全都闲置了，听不到外在的声音，嗅不到浓浓的血腥。他的灵魂，他的精神，他所有的力量全都沉浸在这一箭上。所以他的眼中没有天地、没有日月、没有草木，唯有蔡风，隔着两百步对峙的蔡风，那以精神力量将他紧锁的蔡风。在他的思想中，也只有一个信念，那就是让这一箭将自己生命的精华完全释放。他更知道一点，这一箭将代表着一种极为残酷的结局。因为，这本就是一种死亡的游戏。他清楚地感受到了蔡风那如实质般存在的精神磁场，于是他松开了右手紧拉的弦……

崔延伯的亲卫似乎知道了这将是一种怎样的结果，他们全都飞身向崔延伯的身前挡去。他们可以牺牲自己，但却不能让大元帅有半点闪失。

崔延伯并没有感觉到这些亲卫的存在，他只是发现了蔡风弓弦上射出的箭，与他的箭在虚空中相交。两支箭的箭尖奇迹般准确地撞在一起。

崔延伯的眸子之中闪过一丝悲哀，为他的箭而悲哀，也为他自己而悲哀。他那支凝聚了所有精神力和功力的箭竟然被蔡风的那支劲箭剖为两半……

“大元帅……”崔延伯的众亲卫惊呼出声，崔延伯的身子一震，蔡风的箭不仅剖开了他的箭，还准确无比且快得无法思议地射入了他的心脏。那群亲卫虽然发现得及时，但却绝对无法与蔡风的箭速相比。

崔延伯的手仍然抬了起来，捂住那露在胸外的那支飞羽，一脸难以置信之色。但旋即他又露出了一个欣慰的笑容，因为他那被剖开的两半飞羽竟然有一支钉入了蔡风的小腹，另一半却射断了蔡风手中大弓的钢弦。

蔡风的身子也晃了晃，面上略略显出一丝淡淡的痛苦，但更多的却是一种无奈的苍凉和悲哀，那具有穿透力的目光竟现出少有的忧郁和伤感。

第一百九十二章　剑破虚空

崔延伯竟似乎理解了蔡风的心情和意境，也理解了蔡风的精神含义和灵魂深处的善良。

那一箭，代表了蔡风全部的感情和思想，也赋予了他的灵魂。而这一箭射入崔延伯心脏的那一刹间，就已与崔延伯的灵魂、思想和精神对接，使之思想和灵魂全都升入了另一个意境，一种往日他无法理解的境界。

这是一支神奇的箭，带来死亡，也带来了欣喜和欢悦，而这一切，全都聚于崔延伯的身上，不能说这不是一件奇妙的事情。

崔延伯最后一眼看到夕阳，原来西斜的夕阳竟是那般美丽，那般生动。那淡淡的红霞、悠悠的白云、湛蓝的天空，还有地上那些挺拔的白杨、枯黄的树叶竟也美到了极点……有一只孤雁飞过，发出一声长长的悲鸣，然后投向远方……然后崔延伯便感到天地再也不真实，身子也在变冷、滑落，一切的一切……

“大元帅……”崔延伯的众亲卫悲呼着。

蔡风不再停留，他感到小腹竟有些痛……

“杀……杀……”骆非带着兵马自洼地追了过来，如同一群攒动的蛆虫。

崔延伯败了，彻彻底底地败了，就连他自己的命也断送了。

蔡风却并没有半点喜悦，并不是因为他腹部的箭伤。这一点伤势，他只花了三天时间便完全修复了，甚至连伤口的肌肤也还原如初，又变得光滑细腻。

战争，永远都没有真正的快乐可言，如果要将这种快乐建立在别人的痛苦之上，那这种快乐又有什么意思？

蔡风并不是一个喜欢战争的人，但是他却知道在这个年代中如果没有战争，就永远无法真正地享受和平与安定。唯有以战攻战，方能够安定天下，这是谁也无法改变的事实。正因为这个事实，蔡风才会心中难受，没有半点喜悦可言。杀人并不是一种快乐，被杀也同样不是快乐，只是一种悲哀。所以，对于崔延伯的死，蔡风没有半点喜悦。

泾州城也被高平义军再次夺回，兰致远被迫退回西峰，那是两天前的事。

蔡风一下子成了高平义军中的中心人物，首战便大败崔延伯，更射杀崔延伯，这对于高平义军来说是一件激动人心的大事。高平义军的士气大涨，赫连恩在华亭也打了两场硬仗，居然与萧宝寅战了个平手，但萧宝寅在得知崔延伯死后立刻又调整了一下战略方针。

高平义军此刻的士气极为高昂，万俟丑奴更是奖励三军，他这些日子倒也是挺忙的。

而蔡风并不想接受什么奖励，毕竟他的身份特殊，在葛家军中本就是坐第二把交椅之人，虽然此时的高平军士气大涨，但比起葛家军来，其声势就要弱上许多了，又有什么官衔可比蔡风的齐王更有地位呢？唯一的办法，就是册封新一任高平王，让胡亥继承父位，再立蔡风为一字并肩王，但这并不是一个很好的办法。

万俟丑奴曾向蔡风提过这事，但蔡风却拒绝了，他并不觉得这事可行，反而只会引起高平义军内部的不满，对将来的战局有百害而无一利。不过立胡亥为后继高平王倒是可行之事。

胡亥子继父位，在万俟丑奴、赫连恩、胡适诸人的推荐下，胡亥为新任高平王。而胡亥听从万俟丑奴的话，拜蔡风为上将军，与万俟丑奴、赫连恩平起平坐，成为高平义军的第三位上将军，但也是最特殊的一位。

蔡风并没有推托，此时他的伤势已好，胡夫人便命人再为齐王别府进行修饰一番，且另加一块金匾“上将军府”！

蔡风将奖赏给他的一万两白银尽数散发给士卒，他自己却不留一两。

难得轻闲，不如搂着两个乖乖宝贝晒晒太阳，刘瑞平弹琴，元叶媚轻舞，倒也其乐融融……

受封第三天的中午时分，元叶媚正在舞剑，三子却行了进来，一脸喜色地向蔡风扮了个鬼脸，神神秘秘地道："阿风，你猜猜，谁来了？"

蔡风没好气地向三子望了一眼，笑骂道："别这么神秘兮兮好不好？看你那欢喜的模样，难不成是贵琴耐不住相思之苦，自海外回来找你了不成？"

正在舞剑的元叶媚立时停下了身子，欢喜地跑了过来，一把拉住三子问道："我表妹有没有一起回来？"

刘瑞平不由得大感好笑，拉过元叶媚，笑骂道："你怎么如此着急？三子还没有说贵琴妹妹是否回来了呢。"

元叶媚微微有些失望，顺手将剑递给旁边一名丫头，有些疑惑地问三子道："看你这样子，究竟是谁来了？"

"二姐可没阿风这么镇定了，就是大姐也比你镇定多了，我看你还是别练剑，改去练琴好了。"三子打趣笑道，双手交叠于胸前，学着蔡风当初那副吊儿郎当的滑稽模样。

"你居然敢笑我？看我不拎下你的耳朵！"元叶媚不由得又好笑又好气地伸手便拎。

三子反手一弹，直点元叶媚的大陵穴，元叶媚一惊，手腕一转，自三子手底下插过，直击其腋下。

三子沉肘一压，手腕再翻，五指点向元叶媚的曲池穴。

元叶媚也再次变招，五指相并如"啄"，直啄三子肘部的小海穴。

三子不得不放弃点向对方的曲池穴，缩手退后一步，笑道："不打了，二姐每天受阿风指点，武功进步这么快，我怎么比得过？这太不公平了。"

"哼，我可不讲这一套，如果认输，就乖乖地将耳朵送过来让我拎一拎，否则我可不肯善罢甘休！"元叶媚一翘嘴，得意扬扬地笑道。

"那也行，我给你一个选择：一是拎我的耳朵；二是让我说出来者究竟是谁。这两者之间只能选择其一。如果你喜欢跑路，那你就拎好了！”三子似有所恃地道。

“叶媚，别闹了，坐到为夫怀中来。三子，快说吧，究竟是谁来了？”蔡风懒洋洋地一拉元叶媚，笑问三子道。

“阿风，这种危险的动作最好别做，你还不知道来的是谁呢。”三子忙神色古怪地提醒道。

蔡风正准备拉元叶媚入怀，倏闻三子此言，似有所悟。元叶媚却主动向他怀中坐来，蔡风忙伸手一托元叶媚的丰臀，神情有些古怪地道：“慢，慢，宝贝且慢来，待为夫先将事情问清楚再说。”

元叶媚正要坐到蔡风的膝上，被蔡风这么一托，不由顿了一顿，待她再坐下时，蔡风已自皮椅上长身而起，她理所当然就坐到了虎皮椅上。

刘瑞平和三子禁不住大为好笑，蔡风也“嘿嘿”笑了笑。

元叶媚大为气恼，嘟着小嘴气鼓鼓地嘀咕道：“谁稀罕坐你的膝盖！”

三子、刘瑞平和蔡风禁不住都笑出声来，那些仆人想笑却不敢笑，只得强自忍着。

蔡风吸了口气，望着三子，神秘兮兮地问道：“你是说她来了？”

三子诡异地一笑，立刻明白蔡风所说的是谁，也同样以神秘兮兮的语调道：“除了她还会有谁？”

蔡风突然犹如蔫了一般苦笑道：“她怎么找到这里来了？”

“风郎，到底是谁呀？”刘瑞平有些讶异地问道，但更多的则是迷惑不解。

“你们俩别打哑谜好不好？究竟是谁值得你们这么神秘兮兮的？”元叶媚气呼呼地问道。

“暂时保密！”蔡风回头扮了个鬼脸，一副顽性未改的样子笑道。

“看你，肯定又是在外面拈花惹草，人家找上门来要讨公道了……”元叶媚没好气地笑骂道。

刘瑞平也“扑哧”一声笑出声来，走到元叶媚身后，双手轻轻搭在她的肩头上，附和道：“妹妹所说定是八九不离十，我们这位花心夫君确实人见人爱哟。走！咱们俩一块去见识见识吧。”

蔡风和三子对望了一眼，前者发愣，脸色极为古怪，后者忍不住笑得前俯后仰，好不开心。

“风郎，难道你还不招供吗？迟则生变，变则后悔，我们一出手，有发无收，保证功力到位！”刘瑞平故作严肃地道，说到后面还是忍不住笑了起来。

元叶媚也笑得肚子发痛，半晌才附和道：“是啊，我们再给风郎一次机会，迟则生变，变则后悔，我们一出手，定是有发无收哦。”

蔡风也被二女弄得大感好笑，笑骂道：“你们俩人好的不学，却学着联手来对付本夫君，看来得好好管教管教你们。如果你们能打过她，尽管可以放手一搏，不过别说到时候本夫君没有提醒你们，不帮你们的忙哟。”

刘瑞平和元叶媚大为不服气，元叶媚“嗤”道：“嘿嘿，我就不信我们联手还打不过她，连三子都俯首服输，又岂会怕她？”

“哈哈哈……”蔡风不由笑道，“你以为三子很厉害呀？与那人相比，他可差劲得很。不信你问问三子，就连我也曾经被她打伤了耳朵！”

刘瑞平和元叶媚全都吃了一惊，再看蔡风那一脸古怪的笑容，就知道其只是在说笑。否则，她们实在想不到还有谁可以伤了蔡风，两女不由不信地道：“哼，我们就不信还有谁能胜过你！”

“阿风可没有说谎，那天我亲眼看见的，那人右手一伸，来个翻腕，一招‘绝崖摘芝’，我只听得阿风一声惨叫，哈，果真是耳朵被人拉着，还拉了好长呢！”三子一边笑着一边比画着道。

“呀……”三子刚刚说完，屁股上便挨了蔡风一脚，发出一声惨叫。

“你居然敢出卖我？可别怪我心狠脚辣噢。”蔡风笑骂道。

元叶媚和刘瑞平先是一惊，后来才明白原来三子所说的只是一个人拎着蔡风的耳朵，蔡风声称那人打伤了他的耳朵，也就是打情骂俏之举了。刘瑞平笑骂道：“好哇，果然又是风郎的心上人，居然敢动手拎风郎的耳朵……”说到这里，刘瑞平似有所悟，喜道，“是凌妹妹来了，是不是？”

元叶媚一惊，旋即也笑了起来，道：“我道是谁居然敢拎风郎的耳朵，原来是风郎朝思暮想的心肝宝贝。难怪这段时间风郎魂不守舍，肯定是早有预感了。”

“这就叫心心相印，走！我们去看看。”刘瑞平欢喜地道。

三子和蔡风对望了一眼，显出一脸的无奈，蔡风摊了摊手，耸耸肩无可奈何地道：“你们太聪明了，我只好甘拜下风了。”

刘瑞平、凌能丽、元叶媚三女相见，自是欢喜无限，唠唠叨叨说个没完没了。元叶媚更是如同小鸟一般唧唧喳喳无休无止，凌能丽虽然经历了江湖中的一些风风雨雨，显得更为沉稳和干练，但遇到这两个姐妹，也如同回到家中一般，尽诉这些日子来的苦处。

蔡风反而插不上一句话，正想说话之时，凌能丽却白了他一眼，没好气地道：“你先到一边凉着吧，本姑娘待会儿再找你算账!”元叶媚和刘瑞平这时候不仅不帮他，反而向他扮了一个鬼脸，吐了吐舌头，似乎有些幸灾乐祸。

蔡风一脸无奈，却实在不敢得罪这几位女侠，说不定一个不好，被她们联手修理一番，可就不好玩了。

“蔡大哥……”凌通跑了过来高声减道，顿时让蔡风回过神来。

蔡风扭头一看，立刻认出了来人正是凌通。此刻的凌通只比他矮半个头，身材也极为壮实，双目炯炯有神，高手风范展露无遗。蔡风不由得大为欢喜，伸手一拍凌通的肩膀，有些惊讶地笑道：“都长这么高了，有没有再去掏鸟窝?”

凌通脸上泛起一阵欢喜，本来因激动而略带泪光的眸子立刻又闪过自豪的光彩，似乎又回到了几年前的孩童时代，道：“没有，倒是捅了几个贼窝。”

蔡风和三子都忍不住笑了起来，凌通也跟着笑了。

“好的不学，倒学会了我的油嘴滑舌，你的丽姐有没有拎你的耳朵?”蔡风故意提高声音笑问道。

现在的凌通是个见风使舵的高手，闻听此言，立刻便知蔡风的用意，不由得大感有趣，斜眼一瞥，见凌能丽虽然正在与元叶媚二女说着话，可耳朵却竖得老高，显然是在闻听他们的对话。不由心中暗感好笑，也提高声音道："丽姐怎会拎我的耳朵呢？丽姐说我别的东西都学得不太妙，就是这油嘴滑舌的本领值得夸奖，说我讲的如蔡大哥讲的一样好听呢。"

"通通，你胡说什么？竟敢出卖我？看我不收拾你！"那边的凌能丽果然在全神听着这边的话，听凌通这么说，真是又羞又急，立身就要来教训凌通。

凌通忙闪至蔡风的身后，凌能丽却被元叶媚和刘瑞平一人拉着一只手又拉了回去。

蔡风不由得意地大笑起来，笑得极为开心。

凌能丽双眼向蔡风一瞪，鼓着腮帮道："不许笑！若再笑，我以后再也不理你了！"

蔡风本来得意的笑声戛然而止，笑容就僵在那儿了，表情变得极为古怪。

凌能丽和元叶媚诸人见蔡风这般古怪的表情，都禁不住笑得弯下了腰。

三子和凌通被几人笑得莫名其妙，又听蔡风的笑声戛然而止，都大感奇怪。俩人转到蔡风身前望去，看到蔡风的表情如此古怪，不由也大笑起来。

蔡风无可奈何地发出两声"嘿嘿"呆笑，却大感没趣地转过身来。正当他转身之时，只感一阵轻响，有人自他的身后伸过了两只手，轻揽着他的脖子。就在蔡风心神一紧之时，倏觉脸颊一热，被人亲了一下。

"生我的气了吗？"凌能丽那轻声软语又在他的耳边响起，那熟悉的幽香只让蔡风脑袋"嗡"的一声发响，整个人都呆住了，内心的激动无以复加。

客厅之中霎时变得很静。

蔡风回头，四目相对，凌能丽的眸子中却蕴涵了泪水，晶莹剔透。

蔡风的心中涌起一股酸涩的痛楚，不用任何语言，他已读懂了一切。

轻轻地挪动着有些生硬的手，紧紧抓住搭在他脖子上那双素洁莹润如白玉一般的纤纤玉手，用力地将她拉到身前，轻轻叹了口气，怜惜地道：“这段日子让你受苦了。”

凌能丽望了蔡风一眼，突然展颜一笑，挣脱蔡风的手，“嘭”地一拳打在蔡风的胸膛上。

蔡风没有运功相抗，被打得倒退两步，龇牙咧嘴，对凌能丽此举却满头雾水，摸不着头脑。

“这是给你这花心死鬼的教训，看你还想不想占本姑娘的便宜。”凌能丽笑骂道。

众人先是一惊，后又为之愕然，刘瑞平和元叶媚跟着笑了起来，对此却是见惯不怪。

蔡风摸摸胸膛，不解地道：“我……我没有哇？”

“还想抵赖，你脸上的胭脂印还在，赖得了吗？”凌能丽心中大感好笑，但表面仍紧绷着脸道。

蔡风摸了摸脸颊上的那个唇印，果然有点红迹，心中大叫冤枉，暗忖道：“这明明是你姑奶奶亲我所留，却硬要怪我占你的便宜，真是岂有此理。要是你脸上有我的唇印，那还差不多。”不过，他知道凌能丽喜欢胡闹，心中也没有在意，更何况这段日子以来他对凌能丽实是有愧于心，只好赔笑有些圆滑地道：“这段时间我太想你了，见到你后也就显得十分激动，这哪是什么占便宜？只是借了点胭脂想化化妆罢了，还请姑奶奶大人有大量，别与我计较。”

众人不由大感好笑，凌通却故意道：“明明是丽姐亲蔡大哥，怎是蔡大哥……”

“去去去，你这吃里爬外的坏家伙，与他是一丘之貉。若再捣乱，姐姐连你也一起对付了！”凌能丽打断了凌通的话，说到后来，再也绷不住脸，笑出声来。

凌通扮了个鬼脸，只好有些同情地望了望蔡风，笑了笑，小声地道：“蔡大哥，不是我不帮你，而是丽姐太凶，我惹不起……”

众人禁不住为之轰然大笑，只有蔡风和凌能丽相视望了一眼。蔡风的表情极为古怪，想笑却又笑不出来。

凌能丽不由得“扑哧”一声笑了，如冰河解冻，如三月骄阳，只把蔡风给看呆了。

“看你这副傻相，我怎么就偏偏会喜欢你这个没心没肝没肺、拈花惹草、滑嘴滑舌的死蔡风、烂蔡风呢?”凌能丽白了蔡风一眼，露出一个极为妩媚的表情，笑骂道。

蔡风一听，精神大振，禁不住一阵欢呼……

这是一间“上将军府”的内庭密室，外面把守的乃是自葛家庄调来的亲卫，气氛极为森严。此时蔡风、三子、凌通、凌能丽、元叶媚和刘瑞平置身于密室中。

凌能丽和凌通绘声绘色地对蔡风几人讲述了北台顶上所发生的事情，只听得三子和元叶媚诸人目瞪口呆，难以置信。

“极尽变生，色空无界……”蔡风低低地念着，眉头却皱得极紧，似乎并不能悟出这八个字的含义。

半晌，蔡风似乎对这八个字仍是茫然毫无头绪，不由出言问道：“你们说我师祖创下了无空道，那可又是一种怎样的境界?”

凌通和凌能丽想了想，也有些茫然地摇了摇头，同声道：“我们也说不清楚，那只是一种感觉，无法用言语和动作表达出来。”

蔡风微微皱了皱眉头，他并不怀疑凌能丽和凌通在撒谎，因为这全都没有必要。如果“无空道”能够以言语和动作表达清楚的话，那就不可能成为绝世神功了，更不配成为最为深奥的武学。因此，凌通和凌能丽的答话并未让蔡风感到意外。

真正的绝世武学应该以心灵、以精神去体会和感悟，甚至将自己的灵魂融入其中。这一点蔡风比谁都更为明白，不过他对“无空道”武学和“极尽变生，色空无界”八字包含的玄奥之处并不感兴趣。如果将来只有他登入天道，那元叶媚和刘瑞平及元定芳又怎么办呢?尽管蔡风对天道极为向往，但只要能找到一个与世无争之处享受安定的生活，如此时这般，充分地享受那种快乐的情绪，岂不胜过守在天道之中寂寞地生活？

谁又知道天道中有些什么？谁又知道天道中是天堂还是地狱？那只不过是人类挑战自己极限的一种途径，也只是被神秘色彩所形成的一个谜团而已。也许，便如同凡人想做皇帝，但皇帝却说自己苦一样。抑或天道诸神生活得并不快乐，只是凡人并不知道而已。因此，蔡风还是挺自得其乐，并不在意什么天道之说。

“黄叔叔让我将无空道的感觉告诉你，可是我却不知道该怎么说，那可怎么办？”凌能丽有些烦乱地道。

“这又不怪你，不知道就不知道，有什么了不起的？以我现在的武功，不需要什么‘无空道’照样会活得很好。”蔡风毫不在意地笑了笑道。

“你这人，我是在说正经的，你怎会这么不在意?!”凌能丽怨道。

蔡风拍了拍凌能丽的香肩，笑了笑道：“别费脑子了，我对那天道并无多大的兴趣。天上哪有人间好？人间的我是多么逍遥自在，左一拥右一抱，连在梦里也乐得笑，多好哇。天高皇帝远，谁也管不了我。若登入了那个什么天道的，也许还要被玉皇大帝管着，有什么好？”

“你呀，死性不改！”元叶媚笑骂道。

“是你说喜欢我死性不改的样子，这不，又说我的不是了。看来女人呀，真是难以捉摸！”蔡风笑着摇了摇头道。

三子却笑骂道：“阿风，你真是不知足呀，而我就是想这样却也没机会！”

“啊，这还是句真话，谁叫你那天不将颜姑娘留下来？”凌能丽笑道。

“我怎么留？你们都不帮忙！”三子怨道。

“男子汉大丈夫，胆子放大些，脸皮再厚些，不就行了，哪还需要别人帮忙？”元叶媚打趣道。

“别闹了，我来跟大家做个游戏，让大家都来感受一遍‘无空道’如何？”蔡风挥了挥手，提议道。

“好哇，好哇……”元叶媚和刘瑞平喜道。

"你有办法?"凌能丽奇问道。

"这有何难?只要大家的思想全都串在一起，不就可以分享你们脑子里的那些精神感应吗?来，大家牵手围坐。通通和能丽思想集中于北台顶上的那段记忆，大家不能分神，否则可能会出现'走火入魔'之险，明白吗?"蔡风提醒道。

"噢……"几人同时应了一声，既觉新鲜刺激，又觉好玩。全都相互拉手，盘膝坐于一块极大的毛毡之上围成一圈。

崔延伯战死的消息传得极快，甚至以最快的速度传至洛阳。

洛阳形式似乎大为不妙，孝庄帝几乎是茶饭不思，他担心的事情终于还是发生了。崔延伯竟然战死，而且死于蔡风的利箭之下，这下子立刻打破了尔朱荣的心理平衡。虽然仍有个萧宝寅存在，可是对于萧宝寅来说，失去了崔延伯，就等于失去了原有的那分震慑力。在尔朱荣的眼中，萧宝寅并不算什么。

崔延伯一死，便无人可以制约尔朱荣，这对于尔朱荣来说，的确是一件好事。元融、崔延伯这两支大军一直都是他所忌之兵，正因为这两支兵力的存在，而不敢放手去做自己要做之事。此刻，整个北魏也就只有他的这支兵力最为强盛，至少他不用考虑太多，在朝廷之中敢对他的话进行反驳的人，就会更少了，这的确是一件好事。

尔朱荣的确想要感激那个蔡风，他所担心的元融和崔延伯全都是死于蔡风手下，可以说，这是对他的极大帮助。仿佛蔡风与他有着十分密切的感应，犹如他肚子里的蛔虫。他所惧的人，蔡风就会帮他除去，这可真是一件再好不过的事情。如果尔朱荣有个年轻的女儿，倒还真想招蔡风这么好的女婿，但这只是他心中一个不切实际的想法。不说尔朱荣没有女儿，即使有，也不会嫁给蔡风，因为他们注定只能成为敌人。

这就是宿命。

蔡风的名气几乎成了北魏朝廷的一个丧钟，比之葛荣的名字更让人心惊。似乎每当蔡风的名字传入洛阳之时，都会给他们带来一件让他们无法接受的事实，那就是朝中注定会有一个重要人物的死亡。

蔡风竟然可以将元融的大军击败，后又将崔延伯的大军击败，那他会不会让尔朱荣也步上元融或崔延伯的后尘呢？这当然是一件很难说的事情。

尔朱荣也无法肯定自己不会败，如果连区阳这等老魔头都败在蔡风手中，那他对自己的信心的确有些动摇。虽然达摩将《天魔册》译出了八卷，他对其中的钻研日深，自认进展不慢，可是能与区阳相比吗？他无法作出肯定。

区阳是区四杀——即是尔朱归的师父，对于尔朱归的武功，尔朱荣是十分清楚的。那就是说区阳的武功与尔朱归更不可同日而语，连区阳都败给了蔡风，他实在没有十足的把握击败蔡风。但他暂时不必与蔡风对抗，他现在所面对的却是葛荣南下的大军，那是一件迫在眉睫的事情，他必须对这作出反应。

葛荣绝对不是一个好惹的角色，比之蔡风也不会逊色，更可怕的却是葛荣那老谋深算的智计，那是一个比鬼更精，比狐狸更狡猾的敌人。不过，尔朱荣并不是太在意，因为葛荣的一切计划全都在他的掌握之中。

尔朱荣很自信，如果说天下还有一个人比葛荣更老谋深算，那么这个人就是他。如果说有一个人比葛荣更狡猾，那么这个人仍是他。

尔朱荣从来不会低估对手，也从不会高估自己。他所具备的就只有自信，一种别人无法明白的自信，一个足以让葛荣犯上致命错误的自信。

不与蔡风交战，这是尔朱荣感到最为庆幸之处。并不是因为他怕蔡风，而是他以为还不到与蔡风正面交锋的时候，而此时的蔡风出现在高平，这几乎像是苍天在助他。

葛家军中没有蔡风并不是一只病猫，仍是一头让人生畏的大老虎，葛家军拥军百万之众，其中的良将不计其数，那些人才的确让尔朱荣为之眼红。如游四、蔡泰斗、高傲曹、何五、高欢，无论谁都是一等一的将才，尔朱荣倒是极为爱惜人才，如有机会，像游四这样的人才，他的确极想招揽过来。只是他知道，那是不可能的。

葛荣的大军很快便越过了邯郸、磁县，在众官兵无法反应过来之时，就已过了漳河，前锋部队逼临安阳。

孝庄帝更是心急如焚，不过他却知道尔朱荣也同样着急。是以，他反而变得极为平静，这些时日来更故意长守深宫，少出朝政。

尔朱荣更是高兴，孝庄帝这样做更减少了他的顾忌，便多次向孝庄帝献上美女供其享乐。

孝庄帝心中暗怒，但却知道此刻他必须借助尔朱荣的力量，仍不能与其翻脸。为了让尔朱荣对他不再存有戒备之心，也便假装真的醉于风月之中。不过，他并不是一个只贪享乐的帝王，他必须等，等待一个大好时机，一个可以一举歼灭眼中钉的大好时机。

对于葛荣的大军，尔朱荣比谁都急，如果让葛荣兵临洛阳，那他所有的梦想，所有的一切都成了泡影。是以，他紧急调集兵马，准备与葛荣大战一场，只要不让葛荣攻下邺城，就还有希望。

叶虚所领的域外联军突破清水堡，直逼三百里，抵达张掖。联军的铁骑极快，而另一路大军也已逼至冷龙岭，只准备翻过冷龙岭与域外联军相配合。

这路大军隶属吐谷浑，驻守于冷龙岭的只有少数，大多数却是自西宁东进，而这支大军中也有吐蕃国的援助兵士。不过，吐蕃大军的目的并不是为了统治中土，而是想多占些土地、财物，趁乱发上一笔横财。是以，吐蕃铁骑所过之处，一片狼藉，如同柔然军对北六镇一般，来去如风，极为残忍。不过，此刻吐蕃大军却停步不前，那是因为国内有消息传来，被他们尊为神的蓝日法王竟然败给了中土的一位奇人，这使得吐蕃国的赞普不得不改变此次入侵中原的所有计划。

蓝日法王败了，这使得他们把中原人物看得更为神秘，而桑于王子更深知中土人物，将才和高手如云，外敌若想长驻中土，那是不可能的。单凭中原那些武林高手，就没有多少人可以抗衡。是以，他们若与吐谷浑联军，很可能会弄个灰头土脸。

而且，此刻蓝日法王不再过问尘俗之事，选择闭关。华轮大喇嘛更答应蔡伤不再踏足中土半步，这使得吐蕃国内的绝世高手大减，而桑于的武功被废掉了五成，也无法与叶虚相抗衡。如果吐蕃国与吐谷浑联军，很可能会被叶虚控制主权，这对吐蕃并没有任何好处。因此，吐蕃并不希望与吐谷浑联军，而只是想多劫掠一些财物。

吐谷浑的兵力本来就极为强盛，但叶虚和沙耶拉的野心极大，中土的富饶是他们早就窥视已久的。域外的且末国、精绝国、楼兰国等几乎全都在他们的控制之下。在西域，以吐谷浑的都城伏俟城为中心，占地方圆千余里。

吐谷浑与吐蕃的历史背景并不相同，这也是造成他们目的不同的根本原因。

最初的吐谷浑只是一个小小的部落，但经过一百多年的发展，吐谷浑逐渐自众部落中脱颖而出，并逐渐吞并周边的游牧部落，终壮大成一国，其兵力也不断强盛起来。加之吐谷浑本就是鲜卑一支，中土为拓跋鲜卑所驻，慕容鲜卑与拓跋鲜卑本就有着仇恨，更在百年前，慕容鲜卑先后有前燕慕容光、后燕慕容重、南燕慕容德都想一统中原，可以说慕容鲜卑一族体内流的是皇族之血，也是极有野心的一个部族。此际北魏大乱，蛰伏已久的吐谷浑自然要趁机南进。因此沙耶拉让叶虚去调集西域北部的各部族联军，自嘉峪关东进。而他则领着另一路专属吐谷浑的大军自西宁东进，而吐蕃也派人援助，不过，那只是虚应一下而已。

三子的心神微微有些激动，凌通和凌能丽在北台顶的那段亲身经历犹如电流一般自他的手心流入，注入脑海之中，再自另一只手心流出。他的身体如同一根水管，将彼此那分精神上的感应毫无阻碍地流通，这也许正是蔡风所说的分享形式吧。

三子格外珍惜这样一次经历，他知道能够亲身体悟佛道两家的至高武学的机会十分难得，这对他将来的武学修为将有着无可估量的好处。是以，他绝不会错过一点一滴的记忆，一点一滴的精神感应。

刘瑞平和元叶媚却只是感到这样很好玩，让她们去体悟无空道和移岳诀的秘密，那完全是不可能的。因为她们的修为仍未达到那种境界，正如一个婴儿在看琴谱一般，只是觉得新鲜好玩而已。

蔡风却不同，绝对不同。他本身就已将佛道两家的武学修习到了巅峰，几乎无人能达到那种境界。是以，他无论是对移岳诀还是无空道的体悟，都不是别人所能比拟的。他甚至在很短的时间之内就找到了其中的奥妙之门，但是他并不想步入这重大门。因为对于他来说，人间仍有太多的留恋，如妻儿、亲人、朋友，所以他的精神和思想一直徘徊在这神秘而不可揣测的大门之外，更把自己的感悟和精神毫不保留地流送入每一个人的思想中。

此时每一个在感悟无空道的人全都在刹那间轻颤了一下，那是因为激动，因为发现那重神秘的大门而激动，但他们却无法逾越半步。因为凭借他们的功力和精神力还达不到这种地步，他们只能看，远远地观看着。这也是蔡风的思想。

蔡风有些欣喜莫名，他知道只要此刻自己以无上的精神力量贯通无空道的精神里面，那么这几个与他牵手的人，便可同时跟着他走入那个异度空间，也即是所谓的天道轮回，这一发现让他欣喜若狂。

蔡风的欣喜其他人自然知道，因为此刻蔡风的精神成了他们的主要支撑体，所代表的全都是蔡风的喜与乐，所以他们极为清楚地感应到蔡风的欣喜。但在此同时他们又感觉到另外一种情绪，那是蔡风的惊，蔡风的怒！

蔡风惊，蔡风怒，是因为室内突然多出了一股强烈的杀气。

蔡风张开双目，看到了一缕雪亮的刀光划破虚空，发出一阵低沉喑哑的啸声，掠向他的脖子。

炽热的气流，在密室中显得那般别具一格。

蔡风想到的第一个问题就是这人究竟是如何进入密室中的？

“沙玛！”在那雪亮的刀芒之后，蔡风终于看到了那张冷酷的脸和那双狠辣充满杀机的眼睛。

蔡风记得沙玛这个人，一个可怕也极为狠辣无情的杀手。

当初蔡风被叶虚所伤之时，就追杀过此人。那时候的蔡风根本不是沙玛的对手，就连三子也被沙玛击成重伤。后来终还是吓跑了沙玛，若非那群野狗相助，只怕他和三子还真会死于沙玛的手中。自此之后再没发现此人的踪迹，却没想到在这要命的时刻沙玛又再一次出现在他们面前，真是让人头大。

不管如何，此刻的沙玛不仅仅躲过了众护卫的眼睛，更直接进入了密室，这一点已不用置疑，现在蔡风唯一要做的事情就是如何挡开沙玛的这一刀。

三子也吃了一惊，他只是感应到蔡风脑海中的反应，但他尚没有达到蔡风的那种境界，能够自由地睁开眼睛。

沙玛的眼中闪过一丝得意的神情，他对这一刀极为自信，为了等到这个机会，他潜伏了很久。真是不鸣则已，一鸣惊人。

蔡风的确是一个让人头痛的敌人，连叶虚也毫不例外地对蔡风感到一丝畏惧。泰山之战，蔡风表现得太过不可思议，仿若一个气盖苍穹的神。这样的敌人，无论对谁来说，都是越少越好。是以，叶虚在得知蔡风赶到了高平之后，就将这个艰巨的任务交给了在西域有第一杀手之称的沙玛。尽管沙玛知道蔡风的可怕，但他的生命本就不属于他自己，而是属于整个吐谷浑王国，国王让他去做任何事，他唯有竭尽全力地完成，根本没有选择的权力。

桑达巴罕并不想让沙玛来完成这一件几乎不可能的事情，为此他还发了几天的脾气，但是在叶虚的提议下，沙耶拉终于同意了这个决定。是以，沙玛毫不犹豫地答应了，桑达巴罕也无可奈何，他无法违拗沙耶拉的决定，除非……

沙玛感激桑达巴罕，因为桑达巴罕如同他的再生父母，自小便抚养他，教他武功，更激发他的无限创意，这才使他在刀道上一步步攀升。是以，他并不想让桑达巴罕为难，于是他来到了高平，也找到了一个刺杀蔡风的最好机会。

刀至中途，沙玛突然感到有些不妥，其不妥之处，就在于蔡风的双眼。

蔡风的双眼似乎可以洞穿一切物体，包括沙玛的灵魂和思想，让他感受到那强烈无比的震撼和压力。

“噗……”沙玛的刀身一震，是蔡风口中吐出的口水，准确无比地击在刀锋上。

沙玛身子一震，蔡风的口水竟如一块巨石般砸歪了他的刀。

刀锋微偏，却转向了刘瑞平，沙玛吃了一惊，他并不想伤害这位美得让人心醉的女人。可惜，他不能犹豫，只要与敌人有关的人，他也要杀。

沙玛的刀锋距刘瑞平的头顶只有一尺之时，蔡风盘坐着的左腿突然弹出，以不可思议的速度和角度撞在沙玛的刀身上。

“噗……”刀身发出一声极为沉闷的轻响，沙玛如遭雷击，只觉得如有一股电流自刀身传入体内，再传至脑海中。只是令他感到惊奇的是，似乎在刹那之间他踏进了另外一个时空，看到了无数泛着紫色霞光的小人在舞动。

“哗……”沙玛的躯体重重坠落于地，碎裂了一张红木大椅，那种神奇而怪异的印象竟深深烙入了他的脑海。

“上将军，上将军……”门外传来了护卫惊诧的呼声，沙玛大惊。

第一百九十三章　天火疗伤

蔡风的目光再次投向沙玛，却发现沙玛吐出一小口鲜血，强撑起身体。

“上将军……哗……”护卫们再也不顾一切，推门而入，沙玛知道刺杀蔡风再也无望，飞身撞碎一片立于室中的屏风，竟破墙而出。

“有刺客！”几名护卫惊呼道，身形如电般尾随沙玛也冲入了那道破墙之中，接着又有数名护卫急急赶来。

密室之中的情景却让众护卫吃了一惊，所有人的音量全都压低，唯恐惊扰了蔡风。

田福和田禄也赶了过来，忙吩咐道：“迅速给我搜寻府内各处，任何可疑之人皆杀无赦，封住所有出府的每一个地方！”

蔡风闭眸未言，他知道再也不必担心什么，也便安心地缓缓收功、凝神，让三子等人的脑海逐渐恢复自己的知觉，从而慢慢平心静气。

半晌，蔡风方长吁了一口气，松开三子和刘瑞平的手长身而起。

“上将军，你没事吧？”田福脸上仍有些担忧地道。

“小子，别跟我来这一套。”说着蔡风轻轻给了田福当胸一拳，毫不在乎地笑了笑，骂道。

田福捂胸退了两步，一脸无辜地扫视了那几名护卫一眼，叱道：“没你们的事了，退出去吧！”

那几名护卫极为乖顺，立刻退了出去。田福这才悻悻地道：“在这些兄弟们的面前也这般不分尊卑，成何体统？叫你‘阿风’可只敢在没外人时，你不怕，我可是怕。”

蔡风“哈哈”一笑，对刚才的事情他似乎毫不在乎，道：“算你说得对，不过你不用担心，刺客跑不了，他是叶虚的人。只是你小子的防护可真差劲，下次若再出现这种情况，我定会打烂你的屁股，到时可别说我没有给兄弟面子噢。”

田禄与田福吁了一口气，同时保证道：“绝不会有下次，刚才我们查过，这密室中的夹墙之下，还另有秘道，恐怕那刺客就是自秘道中逃走的。”

三子也吁了一口气，几人全都回过气来，起身围在蔡风的身边，如众星拱月一般。

“你俩人今天的饭不能吃，只能喝粥。堂堂护卫统领，却连这点鸟事也照看不好，连王府中有条地道也不知道，若有朝一日你们晚上睡着了，来敌将你们的命根子给偷去，看你们后不后悔没去查这个漏洞……”

“你的嘴什么时候这么不检点？”元叶媚拎着三子的耳朵，责声打断他的话，佯叱道。

“呀呀……二姐饶命，别这么用力好不好？阿风，救我！”三子一阵惨哼，不得不告饶。

田福、田禄向三子吐了吐舌头，田福巧乖地道：“还是表妹对我们好，看来这媒人还真是做对了。”旋即正容道，“这的确是我兄弟二人的疏忽，我曾仔细翻查过各处的暗角，并没有地道的痕迹，而万俟将军也没说这府中有地道。是以，我便没想到地道会在夹墙之中。刚才我已命人仔细搜查了几个重要的厅堂和卧室书房，相信以后再也不会发生类似的情况。”

元叶媚此刻松开三子的耳朵，一副胜利者的姿态向三子露出一个让他魂飞天外的笑容。

三子又好气又好笑，白了元叶媚一眼，只好自认倒霉了。每次与元叶媚斗，他都以吃亏上当而告终，也只得抱怨蔡风为何不管教管教自己的乖乖老婆?!

“阿风认识那人吗？”凌能丽奇问道。

“不仅认识，还曾与他交过手。”蔡风点了点头道，眼中却闪过一丝让人无法明白的神色。

三子刚才并没有睁眼看对手，因此并不知道来人的模样，不由问道：

"那人是谁呀?"

"沙玛!"蔡风沉凝道。

"沙玛?!"三子吃了一惊，他曾与沙玛交过手，深知沙玛的可怕。不过，与蔡风相比起来，沙玛却根本算不了什么。虽然沙玛的武功绝对不差，但三子此刻却极有信心与沙玛战成平手，甚至更胜过对方。

万俟丑奴很快闻讯赶到了齐王别府，居然有人敢偷入别府中刺杀蔡风，这让他惊怒莫名，也让他大惊失色。

万俟丑奴见蔡风并没有事，这才松了一口气，许多安慰和问候的话语，全被蔡风一笑置之。

"万俟将军，这府第以前是谁的住宅?"蔡风悠然问道。

万俟丑奴也有些惑然地道："我曾在此府住过两年，但却没有什么发现。原来这里是永宁御史的别府，后经过扩建才成今日之貌。"

蔡风笑了笑，道："倒让万俟将军担忧了，现在风波已过，没什么大不了的。请万俟将军转告王太后，让她不必担忧，府上发生之事，我会处理好的。"

万俟丑奴这才放心，道："要不要我派工匠前来仔细再查一遍，看看是否还有没有发现的秘道?"

"不用了，我会在府中按上听筒，专门监听地下的动静。如果敌人胆敢再来，他会死得很难看！不过万俟将军应该准备应付自西南而来的吐谷浑大军和自西而来的域外联军了。"蔡风认真地道。

"我正在准备之中，绝对不会放过叶虚!"万俟丑奴狠声道。

"另外告诉万俟将军一个好消息，叶虚的师父和师叔已经武功尽废，那区阳老魔头也被废去七成功力，如今已皈依佛门，再也不会出现在尘世间了。"蔡风淡然道。

万俟丑奴眸子之中闪过一丝异样的神采，问道："是谁干的?"

"黄叔叔。黄叔叔已经步我师祖和天痴尊者的后路，在北台顶破空而去!"蔡风语调极为恭敬，也微有些伤感，毕竟他从此便失去了一个至亲的人。自小都是黄海带着他，教他练字、练功，便犹如父亲一般。蔡风对黄海的感情如同对蔡伤一样，黄海也视他如己出，毫不保留地将那伟大的父爱给了蔡风。

这也是蔡风的幸运，虽然没有母爱，但自小就得到两份父爱，而他也继承了黄海和蔡伤俩人的性格和优点，这是他能异于世人，成为天下最为年轻的无敌高手的基本条件。

万俟丑奴一震，这个消息的确让他震惊，这个不可一世的汉子竟然滑下了两行泪水，清澈而晶莹，也不知是心酸还是高兴，抑或是感慨……

万俟丑奴迅速低下了头，以掩饰自己心中情感的流露，但蔡风依然捕捉到了那瞬间的情感。

“如齐王没有别的事，我便先告辞了！”万俟丑奴再次抬起头来之时，面部又恢复了一贯的冷静和深沉，似乎什么事情也没有发生。

蔡风心中微微有些感动，起身相送道：“我送将军上轿。”

“陈老受伤了！”三子神色有些不对地迎上回府的蔡风。

蔡风神色一变，讶然问道：“怎么伤的？”

“陈老看上去中了一种极为厉害的毒，这才受了伤。”三子有些忧心忡忡地道。

蔡风大步进入府中，府内的戒备显得极为森严，刚才万俟丑奴已吩咐了各城门，封锁所有的出城通道，对过往之人严格盘查，但蔡风却没想到府内竟出了事。

“陈老在哪里？”蔡风急问道。

“西院养生殿！”三子紧跟在蔡风身边道。

蔡风大步赶到养生殿，见田禄已在这里加强了护卫，只是他的脸色有些难看。

殿内，升起了火炉，一间偏房间，陈楚风躺在床榻上，凌能丽和凌通站立一边，皆眉头紧锁，不言不语。

“上将军来了！”门口的护卫轻声道。

凌能丽见到蔡风，喜道：“你来得正好，这是什么毒？我从来都没有见过，怎会如此厉害？我不敢下药。”

蔡风步入房中，并没有说话，只见陈楚风脸上泛起一层暗灰色，显然如三子所说，他中了一种奇怪的毒。但蔡风见此情景仍然吃了一惊，他从没见过如此奇怪的毒性，竟能让人的脸色呈现这个样子。

陈楚风的身边，还有四名护卫躺在担架上，正是刚才追踪沙玛跃入秘道的护卫，他们也同样中了与陈楚风一样的毒。

蔡风微微皱了皱眉，伸手把了一下陈楚风的脉搏，竟然觉得有些烫，脉搏跳动快速异常，这种情况让蔡风再次吃了一惊，他也不知道，这究竟是什么毒性。虽然他看过凌伯所藏的药典医经，对药物和医道略通一二，但毕竟不如那些真正的医道高手，欠缺经验。

蔡风头为之大，忖道："如果田新球在就好了，以他对毒物的精通，定能知道这是什么毒性，并解去其毒，只可惜田新球已命丧五台山。"

"难道阿风也不知道陈老所中的是什么毒吗？"凌能丽脸色有些难看地道。

蔡风摇了摇头，望了陈楚风一眼，关心地问道："陈老，你现在有什么感觉？"

陈楚风的眼中神光尽失，张开有些发黑的嘴唇，虚弱地道："有点冷。不必为我担心，反正老夫这把老骨头也该死了，活了近七十年，也感到知足了。现在死去也不算英年早逝！"

蔡风感到陈楚风的皮肤很烫，但他却说有些冷，这究竟是什么毒物？怎会如此奇怪？不由问道："有没有传太医？"

"田福已飞马去王宫找太医了。"凌能丽答道。

蔡风深吸了一口气，道："来，让我试试将毒逼出来。"

"没用的，老夫的功力虽然算不上绝世，但当今之世比老夫功力更高的人也不多了，本以为凭借自己的功力早已不畏百毒，但这种毒性实在古怪，竟是专为我所设。再高深的功力也无济于事，反而会将毒性愈摧愈烈！"陈楚风无可奈何地道。

蔡风一呆，伸指紧紧按住陈楚风的巨阙和幽门两穴，两股浩然真气注入陈楚风的体内，目光却盯住陈楚风的脸。

陈楚风一震，两眼翻白，差点昏死过去，顿时吓得蔡风忙缩回手指，急问道："没事吧？"

陈楚风好半晌才缓过气来，苦涩地一笑道："还死不了，这怪毒对任何外来功力都有抵抗之力，看来是不能以功力强逼了。"

蔡风转身来到四名护卫身前，只有俩人仍在喘息着，而另俩人显然已经身亡。每个人的嘴唇都已发裂，呈现乌青之色，却说不出话来，裂口处也没有鲜血外流。似乎这毒性自根本上改变了这几人的肉色。

蔡风感到有些心寒，沉声道："将他俩抬到院外去！"

守在四名中毒护卫身边的亲卫忙将两名仍有气息的护卫抬到院外。

蔡风望了陈楚风一眼，坚决地道："我一定会为你解去这毒性的！"说完大步行出偏旁。

陈楚风涩然一笑，心中微微有些感慨，这一辈子他又留下了什么？一切的一切都犹如置身梦境一般……

蔡风望了望湛蓝的天空，忍不住轻轻吸了口凉而清爽的空气。

"阿风，你要干什么？"凌能丽望着蔡风，有些不解地问道。

蔡风没有看向凌能丽和凌通，只是向三子道："守住西院，除太医之外，不准任何人前来骚扰我！"

三子有些不解，但蔡风说得严肃，也便照办。别府之中有一半护卫全都调到了院外。

蔡风望了望那两名躺在担架上、脸色呈暗灰色的护卫，向凌能丽和凌通道："你们退开些，我要引动天雷！"

"引动天雷？"凌能丽奇问道。

"天地浩然正气乃是万邪不侵之气，也是万邪的克星，我不相信以天雷之怒会驱除不了这小小的毒性！"蔡风自信地道。

"阿风可想好了？会不会对你有什么危险？"凌能丽关心地问道。

"是啊，蔡大哥，如果因此而伤了你，那可就更坏了。"凌通也担心地道。

"你们退开，让我试试！"蔡风不再答理他们，静立于秋风之中，如同一株枯萎的树。

凌能丽、凌通和三子全都吃了一惊，蔡风似乎在刹那间生机全无，再也感受不到其气息的存在，好像他完全隐入了另一个空间。

静，一片死寂的静，凌能丽、凌通和三子不敢大声喘息，手心都渗出了冰凉的汗水。他们不明白蔡风究竟要如何引动天雷。他们以前从未见过蔡风的这种行动，也就根本不知道其中有无危险的成分。

有风吹过，但地上并无落叶，可却吹来了寒意。

风，绕在蔡风的身边盘旋、旋转，掀动了他那袭长长的青衫，扬起了那头长而齐整的黑发。

风越来越大，众人的眼中似乎可以看到风的实质，那如烟如雾的风，在蔡风的四周围成了一个圈子，将地上的两名中毒护卫也笼罩其中。

蔡风依然静立，如风中的枯树，感觉不到一点生机，这让凌能丽有些担忧，但凌通却似乎再一次对蔡风升起了无穷的信心。他仿佛可以捕捉到一股澎湃的能量正在那看不见的虚空中扩张和涌动。

这种感觉极为清晰，凌通知道这应是来自蔡风，正如虚空中刮起的风。此时的凌通，其功力绝对可以列入一流高手之境，只是他始终无法明悟蔡风的那种精神层次。

三子似乎也有所觉，只是他并没有如凌通那般捕捉到虚空中一股澎湃的力量。

蔡风的两只手掌稍稍动了一下，指尖上扬，担架上的两具躯体竟然升了起来，缓慢而又实在，似有一张无形的床托着他们上升，那原有的姿态也没有丝毫的变动。

凌能丽的眼中闪过诧异的光彩，但仍无法明白其中的含义，蔡风如何接引天雷，如何驱毒？

两具躯体脱离担架缓缓上升，当高达四尺之时，蔡风倏地双掌猛然向天空插去。

一道虚无的光华竟如开天巨刀般刺向湛蓝的天空，两具躯体也不可思议地头上脚下立起，如两支利箭一般，升上半空。

蔡风忽地消失，如一阵被吹散的空气，消失在众人的眼皮底下，也消失在虚空之中，是那么突然，那么不可思议。

天空倏暗，一柄巨刀直刺天幕，在雪亮的光华之下，地面反而暗淡了，那两具升上半空的躯体也似乎被镀上了一层佛光。

“哗……霹雳……轰……”光天化日之下竟然滚过一阵沉闷的雷声。

一道强烈无比的电光破开白云，直劈向那柄插入天幕的巨刀，再如一条光龙接引而下。

蔡风的身影陡现，定在半空之中，如天神般泛起一层祥和的佛光。光龙直接隐入佛光之中，蔡风的双手竟变成了透明之色。

“沧海无量!”三子忍不住低低惊呼，这不是与泰山之顶时蔡风发出的“沧海无量”相似吗？三子的心在颤，热血在沸腾奔涌，只为再见这让人永远也无法忘怀的场面。

凌能丽和凌通心中也产生了莫可名状的震撼，这是一种与黄海登入天道完全不同的两种感觉，但却有着一种让人欲顶礼膜拜的冲动。

凌通的眼中闪过无限的仰慕和向往，蔡风在他的眼中，永远都是那么深不可测，无法估量。而眼前的一切更让他激动如狂，对武道的向往也更为迫切。

蔡风那双透明的手，似乎成了有着两团佛光的灯，散发着柔和而又朦胧的光彩。

那两具竖立在虚空之中的躯体，迅速坠落，准确无比地落在蔡风那散发佛光的手上，头下脚上。

蔡风的双手轻旋，托住两具躯体的百会穴，也在同一时间，两道电火破空而至，直劈在两具躯体竖立向上的脚掌中心。

凌能丽和三子全都为之大惊，那两具躯体的衣衫尽数化为灰烬，肉体似乎变得透明。在众人的眼下，肌理之中的暗灰色如刀刃上褪去的水痕，一直向百会穴萎缩。

那灰暗色褪去之处，成了透明的淡红色，更笼罩了一层淡薄的佛光。

如此异象只让凌能丽、三子和凌通看得呆住了，他们从来都没有想到过世间竟然会有这种祛毒疗伤之法，但他们都知道这种现象就是表明有效。

雷声滚过，如万马奔腾，如海啸山崩，云走风移，阳光失色，但那电火却自天空中唯一一片未曾移动的白云之中射出，沉沉击在两名护卫的足心。然后便见那两具朦胧透明的躯体周围散发的佛光更强，也显得更亮。

阳光斜斜自乌云之后射过几缕光彩，侧照在虚空中蔡风的身上，似乎是一种巧合，又似乎是一种必然，总之一切的结果都完全超出了人们的想象之外，都是那样的不可思议和让人震撼。

元叶媚和刘瑞平骇然自里屋走了出来，却惊见这一异象，也禁不住感到骇异莫名。当太医赶来之时，雷电已渐近尾声，蔡风的身子自虚空之中缓缓降下，身上的那层佛光也渐渐隐去，只是那双手依然透明红润。

黑色的血汁自那两名护卫的口鼻之中涌出，但他们的肌体已经恢复了正常，甚至比未中毒之前更为红润，更为光滑细腻。

凌能丽、刘瑞平及元叶媚全都转过身退入内屋，不想看到两具赤裸的躯体。

蔡风再次如枯萎的树，云层渐散，风也渐停，那两具躯体依然在蔡风的两只掌心倒立。

风止，蔡风这才长吁了一口气，那些墨汁般的毒血便落在蔡风那只晶莹而透明的手心，他却似乎毫无所觉。

三子似也长长吁了一口气，见蔡风并没有大碍，那颗悬着的心也平息下来。上前接下那两名赤裸身体的护卫，立刻有人送上两张毛毯。

蔡风深深吸了一口气，向太医道：“擦去他们头上的黑血!”

三子顺手摸了一下俩人的脉门，发觉俩人的脉搏极为正常，并无什么异象，那本来乌黑干裂的嘴唇也变得红润起来。

“阿风，真有你的!”三子忍不住赞道。

“那当然，蔡大哥无所不能，只差没成仙成神呢。”凌通兴奋地道。

蔡风涩然一笑，道：“我必须休息一会儿，才能为陈老行功。”

三子一呆，凌通也愣了愣。

蔡风的确没想到这种毒性如此厉害，虽然他为陈楚风驱除了体内的毒性，但付出的代价却是两个月时间。

蔡风的功力两个月来都未曾恢复，也许是那日为陈楚风三人行功驱毒时的心情无法与泰山之顶的心境相比。所以，那股浩然正气在他体内几乎封锁摧损了一半经脉，才把陈楚风的毒性逼出。虽然蔡风已是百毒不侵之躯，但却无法抗拒那无与伦比的浩然正气的负作用。正所谓物极必反，水满则溢。皆因蔡风心中仍有尘念未去，这才伤了自身。

两个月来，蔡风只休养了一个多月，剩余的时间则仍旧上阵作战，在以战养战之中，蔡风的伤势这才渐好。

但他足足让元叶媚和刘瑞平诸人担心了两个多月，万俟丑奴和胡夫人也在为他担心，不过这段时间蔡风并无所失，反而在与兰致远之战中占了上风。毕竟，蔡风的作战并非全凭自己的武功，更多的则是依靠智慧，所以他并不需自己出手。

骆非不得不佩服蔡风的本事和能力，虽然他行军打仗常常不择手段，但总是很有效，也会出乎人的意料之外，常常以奇兵出奇制胜。蔡风的确是个绝世高手，也是一位罕见的将才，他会利用任何可以利用的条件，丝毫不漏地对敌人施以攻击。

蔡风的兵力不断绕袭庆城，断截西峰官兵的外援粮草供应，虽然暂时没有攻下西峰，却连劫两次粮草，这对于高平义军来说，的确是件好事。此时正值寒冷的严冬，若是不能对士卒的营养进行补充，只怕战斗力会大减。再说粮草本是高平义军的缺乏之物，截下官兵的粮草，对众义军来说可谓起到了雪中送炭之效。

兰致远几乎气得要吐血，此刻西峰城内的粮草十分紧缺，天气又如此寒冷，官兵人人受冻不说，还要挨饿，这对军心的影响极大，只不过要让兰致远弃城远走，又有些舍不得，更何况蔡风又怎肯放过他?

对于原野之上作战，蔡风的奇兵突出，会成为任何敌人致命的杀招。若说到攻城战，并无技巧可言，所以孙武当年将攻城战列为下等战，只有当迫不得已时才会选择攻城战。若在寒冷的冬天，城头只要泼水即结成冰，那些钩索之类的攀城物毫无作用，因此在冬天是最不易于攻城的。要想攻下一座城池，至少需要花费多于对方十倍的兵力，有时十倍兵力也不一定有效，除非你别有花招。但兰致远对蔡风的战术并不怕，他自然知道如何守好一座城池，包括任何一道防线。只是，他无法保证在原野之上与蔡风作战时会不中计。

蔡风的确狡猾如狐，更具备豹子的行动速度，如同猎豹猎狩食物。当这只野兽发现豹子的存在之时，已经迟了，这就是蔡风的可怕，似乎他可以出现在任何一个都有可能出现的地方，但他若在这个地方出现之时，一定会让敌方受不了。

兰致远所领的官兵与高平义军交战已达十余次，但只有两次占了优势，也就是这两次，他的信使冲出了重围，向萧宝寅请求粮草的援助，只是粮草运至中途时被蔡风所夺。这就像是蔡风故意布下的陷阱让他钻一样，使得兰致远对自己都失去了信心。

此刻的天气的确十分寒冷，前段日子还下了一场大雪，积雪有尺余深，在这种天气里，步兵不利外出，唯有骑兵四处巡逻。

马蹄全都以厚棉布包裹着，以防止马蹄被冻坏，这样马匹行走起来便无声无息，骑兵也更具神鬼莫测的机动性。只可惜兰致远的部下只有一千多骑兵，无法与蔡风拥有的大量铁骑相比，萧宝寅在华亭又被赫连恩缠住，无法在如此寒冷的冬天派兵来援，这让兰致远有些泄气。

尔朱荣已调集骑兵七万，步兵三万，凑齐十万大军，以自博野逃回洛阳的候景为前锋，东出滏口，增兵邺城。

葛荣的兵力强盛至极，前锋已过汲郡城，指今日的河南淇县。气势直逼洛阳，根本不容尔朱荣再拖延下去。

大战一触即发，此时正值春节时分。天寒地冻并不适合两军交战，包括葛荣和尔朱荣在内，他们都明白，此刻无论是步兵还是骑兵，都不适合作战。加之一场大雪使得一切都不再方便，即使要战，也只能等到明年的春暖花开时节。

第二年立春之时，蔡风体内的伤势完全恢复过来了。

这个春节，蔡风过得倒是十分惬意，有几个乖乖宝贝相伴，也不寂寞。自从他行走江湖以来，都未曾好好过上一个安稳的春节，这个春节总算让蔡风舒坦了一段日子。

前方的战事交给了骆非和田福，唯剩西峰一座城池，根本就没什么大不了的。在蔡风的预料之中，西峰城的官兵应该快要投降了，众兵士已经饿了这么多天，也够可怜的，只可惜，战争本身就是一件极为残酷的事，没有仁慈可讲。

凌能丽和凌通也留在高平过了一个快乐的春节，唯一让凌通有些牵挂的便是身在南梁的双亲。

靖康王派人捎来信，并送来了十万两白银，也可以说是帮助高平义军吧。

这样的事情萧衍还是极为乐善好施的，也十分大方。萧衍自然想让北魏越乱越好，最好是各路义军把北魏弄垮，然后他可以趁机分一杯羹，抑或到时挥军北上，来个统一南北，至少也要夺回一些城池。所以，靖康王并不反对凌通寄身于高平义军中，也不反对凌通与北魏的头号大敌蔡风在一起。

萧衍虽然被蔡风重伤过一次，落得差点命丧异地，但他并不怪蔡风父子，他只是恨极了石中天。毕竟，蔡风并不是与他直接作对的对象，反而是他太过贪婪。此刻蔡风在不断地将北魏的厉害人物一一除去，对他来说，倒是一件大好事。

最让萧衍欢喜的却是得知石中天身死的消息，不仅石中天身死，黄海更是已经飞升。这对于他来说，也算了却了心头的一个大患。

黄海与萧衍乃是头号情敌，虽然事过境迁几十年，那分恨意却仍未在黄海心中抹去。萧衍也知道黄海的可怕，不过这些年来，黄海曾销声匿迹很长一段时间，对他的威胁也大减。此刻得知黄海继天痴之后步入天道——武学的至境，萧衍在松了口气之余也微微有些失落之感。

不可否认，黄海的确是一个不世奇才，只是那偏激倔犟的个性实在让人害怕。但黄海能悟透天道，飞升于北台顶的确有些出乎萧衍的意料之外，那就是说，黄海至少已经抛开了任何牵绊，不再被世俗所累，早已断了情缘。

萧衍可以完全松一口气了，再没有任何顾忌，所以心情大好之下，便让靖康王给高平义军送来了十万两白银。

万俟丑奴与萧衍算是熟识，但他对萧衍并没什么好感，只是既然有人送来了十万两银子，不要白不要，不看僧面也要看佛面。毕竟他还有一个师姐在世，但对萧衍的好意却并无多大表示。

凌通倒也清闲，只是听说萧灵和安黛公主吵着要来高平，心头又禁不住沉思不已。

凌能丽听到剑痴自南朝传来的消息，不由又好气又好笑，禁不住把凌通叱了一顿。

凌通也只好受了，谁叫什么郡主呀公主呀都来缠他？不过，他却有些不以为然，心中忖道："这怎能怪我？只能怪她们嘛，你不也对蔡大哥痴缠吗？怎能就一棒子打死一船人，说我花心呢？"

蔡风对凌能丽训斥凌通只好睁一只眼闭一只眼，问题是他没有发言权，凌能丽是在指桑骂槐，他也只好认了。

在这几个月中，叶虚的实力继续东扩，他们的速度虽因严冬而受阻，但众兵士却蓄势以待，只要等到天气一旦转暖就会大肆东侵。

高平义军的战事也渐趋紧张，向北直抵黄河，控制青铜峡，这是趁着坚冰封住黄河之时直过黄河，主控大河两岸。皆因河套西部以银川平原最为富饶，只要控制了那处平原，就可以为军队多提供许多粮食的来源，也更容易积累资本。

粮草、军备，是任何义军都不能缺少的，是以河套西部对高平义军来说，可算是极为重要的一片土地。

关中侯莫所领的义军也闹得极火，就连尔朱天光也没有讨到好处。关中盆地的粮草还算丰富，又有伏乞莫于的联合，这股实力迅速壮大，加之莫折念生的残余部众也有少数人加入这群义军之中，所以这支义军的实力并不比高平义军逊色。只是这支义军所看中的却是巴蜀那块富得流油之地。

侯莫借秦岭之利与尔朱天光的铁骑周旋，倒也不会被很快消灭。

尔朱天光也是没办法，秦岭山脉使他的铁骑失色，反而常常遭到侯莫的步兵反噬，加之又有秦岭群盗相助，侯莫倒也风光。

尔朱荣和葛荣也在紧急调动兵马，要打一场硬仗，这两个极具代表性的顶级人物终于决定交战了。

蔡风却脱身不开，他必须加紧清除萧宝寅和兰致远诸人，也好全力应付东进的叶虚和沙耶拉。对于沙玛的偷袭之恨，他并没有忘记，最可怕的却是叶虚身边的那个用毒高手唐艳。陈楚风几人所中的奇毒定是这心狠手辣的女人所为，这使得蔡风不得不重新估计叶虚的实力。如果此时他身边有另外一个用毒高手田新球，那一切都好办了，只可惜田新球已无法再出现在他的身边，蔡风感到有些可惜。

蔡风并不畏惧剧毒，他早就已是百毒不侵之躯，只是担心那妖女会对刘瑞平诸女下毒。最后，还是凌能丽提出一个好点子，她去少林寺向达摩拿一颗舍利子来，舍利子乃是可解百毒的圣物，只要有舍利子，什么毒物都不用担心了。

游四收到这封信时感到有些意外，却是海盐帮的帮主飞鸽传书，说是元定芳和颜贵琴诸人要返回中土，由蔡宗和蔡新元相护。

这倒不是一个坏消息，而且另外一个消息更让游四欢喜，元定芳顺利产下一子，但因海上风浪太大，怕孩子受到风浪的惊吓便不准备将之带回中土，而是交给蔡伤夫妇，又专门有奶娘带着，倒也为蔡伤和胡秀玲添了几分乐子，整日以孙为乐，也是极为逍遥自在。

游四也为蔡风感到高兴，不禁向往起那种世外桃源般的生活来。

想着想着，也的确够惬意自在，不用钩心斗角。自耕自织，偶尔兴致所至可以吟诗作画，调琴下棋，真是自由自在。

游四放下手中的短信，顺便以墨砚压于桌上，立身行了出去。他尚要去一趟衡水，为葛荣的后备做好仔细的安排。

兰致远终于忍受不住饥寒之苦，在众多兵士纷纷打开城门投降的情况下，只好正式宣布投降。

在高平义军接到这个喜讯之时，蔡风也同样接到了另外一个好消息，那就是元定芳回中土的消息。这的确是一个让他欢喜无限的好消息，他一直心悬海外，愧对元定芳。此刻元定芳已打算回中土，他决定好好为她补偿一下。让蔡风感到欣慰的，还有双亲的近况，二老终于可以另一种形式过一段平静而美好的日子了。

令刘瑞平和元叶媚兴奋的却是元定芳产下的幼子，女人那种天生的母性表露无遗，对小宝贝的期待可是高于一切的。

今天的三子也是魂不守舍，时而突然独自发笑，时而又独自发呆，只看得凌通莫名其妙，这天也没心情去好好练剑，因为三子的兵刃有好几次被他击落，这是以前不曾有过的事情，是以凌通兴味索然。

几月以来，凌通的武功倒是进展快速无比，在蔡风的亲自指点下，几乎脱胎换骨，将寒梅七友注入他体内的功力尽数发挥。只花了两个月工夫，凌通就能在内力上与三子战成平手，现在，他体内那股真气已经超越三子。只不过，三子的根基扎实无比，自不是凌通所能相比的。虽然凌通在功力上胜过三子，但在武学的境界上，仍无法越过三子。而三子的刀道更在与蔡风一起分享凌通北台顶那段神秘记忆之后，又攀上了一个新的境界，那是对刀的一种明悟，而凌通却不能做到。是以，一直以来，凌通若想战胜三子一招半式都很难，要击落三子的剑更是不可能，所以今日他才会感到兴味索然。

三子根本就不理会凌通的心情，独自钻到自己的卧房闩起门来，翻出颜贵琴那张画像，只看得入神。

这是三子逼着游四画出来的，游四可不敢得罪这位好兄弟，也便只好乖乖执笔，偷偷捕捉颜贵琴的一举一动，一颦一笑，将之描在纸上。这也是三子的命令，绝不能让第三个人知道，更不能被颜贵琴发现。是以，这张彩画只有游四和三子俩人知道，为此，三子还被游四笑了很长一段时间，三子自然无话可说。不过，如果这事让蔡风知道了，肯定会笑破肚皮，拿去当话柄了。

赫连恩固守华亭与萧宝寅久持不下，万俟丑奴聚众商讨对策，不仅仅是对付萧宝寅，还要顾虑域外联军，以及自西宁东进的吐谷浑大军。尽管吐谷浑大军并未直接与高平义军接触，但却不能不把它算进去。因为胡琛之死与万俟丑奴受伤，使得高平义军与吐谷浑大军结下了深仇大怨。

不过，蔡风并不认为域外联军对高平义军有很大的威胁，至少那群人并不能团结一心，也就不足为虑。虽然此刻由叶虚所领，实则这是几股相互竞争和排斥的力量，只要稍加利用其中的利害关系便可让他们土崩瓦解。唯一可虑的仍只有吐谷浑的大军，因为这些人代表的全都是一方利益，统一指挥之下，这一群如狼似虎的铁骑便犹如一根毒刺，随时都有插入对手心脏的可能。但不管如何，蔡风仍得先以全力将萧宝寅的兵力解决。

第一百九十四章　无形之敌

葛荣对自己的大军信心百倍，毕竟，他的大军是尔朱荣的数倍之多，以如此优势的兵力岂会畏惧尔朱荣的区区十万人马？因此，他欲与尔朱荣摆阵于邺城城北，以大决战之势与北魏仅余的一支强大军事力量对决，只要杀败了尔朱荣，那北魏的整个江山也就成了囊中之物。

尔朱荣虽然感到了压力，但他却绝对不会气馁，也有着必胜的信心。他从来都不曾对自己的计划怀疑过，也从没有失误的记录，这就是神话的来源。

也许，天下人都可以说他是名过其实，但有两个人绝对不会赞成这个观点，一个是他自己，另一人则是蔡伤，他的宿敌。

尔朱荣所要做的却是秘密聚结数百名铁匠铸造一批神秘的武器，这些武器将会是他制胜的杀招。

此刻他手中的把玩之物，就是秘密铸造的神秘武器样品——是根长达五尺八寸的铁棒。

铁棒粗如鸭卵，重十五斤四两七钱，绝对不重一分，也不轻一厘。棒头稍粗两分，这粗出的一段是自棒头一尺二分处起，渐渐变粗。最粗之处也就是棒头后三分处，因为棒头为圆球形，上面按有短钉三十六个。短钉并非钉，而是一个个细小的圆疙瘩，以手抚摸上去并不刺手。

棒呈黑色，在棒的另一头，有一个极为牢固、也打造得十分光滑的把柄，把柄之处微微凹陷，此刻以红巾稍缠一圈，以防滑手。

尔朱荣握住这根铁棒，看了又看，然后重重一挥。

“哗……”一声爆响，一张檀木桌竟被砸出一个大洞。

尔朱荣身边的那个老工匠吓了一跳，连大气也不敢喘，有些小心翼翼地小声问道：“大司马可还满意？要不要小人再去作修改？”

“嗯，很好，正是按我的要求所铸造，长五尺八寸，重十五斤四两七钱，足以在马背上与地面之人交战，而且力道很沉……很好，这一仗回来论功封赏定记你头功！”尔朱荣极为欣赏地望了望手中的铁棒，赞赏地道。

“谢谢大司马。”那老工匠忙跪下谢恩。

“嗯，这些兵器现在已铸造了多少根？”尔朱荣淡然问道。

“连续十多日来，已经铸造了六千七百根，明天定可达到七千五百根。”老工匠自信地道。

“很好，你办事我放心，也不会亏待你的。”尔朱荣满意地道，但旋即又问道，“你可给这兵器起了名字？”

“小人不敢擅作主张，还请大司马赐一美名。”老工匠诚惶诚恐地道。

“嗯，就叫它为神棒吧，专打牛鬼蛇神，我要让葛荣永远都不得翻身！”尔朱荣豪气冲天地道。

“大司马必胜，北魏必胜！”老工匠无限崇慕地道。

“噢，这根神棒上还绘有龙虎纹。”尔朱荣似乎有所发现地道。

“啊，大司马果然神眼，这本是为大司马所铸造的，也是神棒之王。它并非由寻常铁质铸成，而是渗有乌金、玄铁所铸，小人经过七日七夜的火炼和煅打而成，更以童子之血滴入其中，使其具有灵性。小的特地在棒上以乌金暗线印出龙虎之纹！”老工匠微微有些得意地道。

“哦，这虎有些特别，只不知图案为何意？”尔朱荣眉头微皱，淡然问道，他对神兵利器并不在意，武功达到他这个境界的人已经再也不需要兵器相助。

“这图纹乃是虎生双翅，意为如虎添翼，更有虎褪其皮而生翅化龙，高翔苍穹之意。”老工匠眼睛盯着尔朱荣的脸色，小心翼翼地道。

“虎褪其皮而生翅化龙，高翔苍穹?!”尔朱荣眉头一皱，重复地念了一遍，蓦地转头逼视着那老工匠，眸子里闪过两道凌厉无比的光彩。

老工匠心头大震，但却硬着头皮又道："普天之下，唯大司马才配为主，以大司马的智慧及武功，若不为天下之主，何人还敢自立？这不只是小人的一人之见！"

尔朱荣突然大笑起来，神情极为得意，又重复念道："虎褪其皮而生翅化龙，高翔苍穹！好，说得好！这是一幅好图案，明天前来军中领取黄金千两，这根神棒本司马就收下了。记住，今日之事不准泄露半个字，否则小心你的脑袋！"

"谢谢大司马，噢，不！谢谢皇上！谢谢皇上……"

"去吧，好好给我将神棒的任务完成！"尔朱荣不再答理老工匠，吩咐道。

"是，是……"

凌通跟着蔡风转战沙场，倒也了解到战争是如何的残酷，在生与死之间，忘乎所以，也显得极为快意。

这些日子以来，凌通过得比在建康更有意思多了。在建康除了读书，学做生意外，就是玩，似乎太过单调，没有刺激可言。而在这里，没有谁会将他当祖父一样供起来，反倒觉得生活更实在一些。只可惜，这些实实在在的日子已经没有几天好过了，因为靖康王已派信使前来催凌通返回建康了。如果凌通再不回去，萧灵和安黛公主就要找到高平来了，靖康王当然不能让她们冒险，所以只好招凌通回去了。

凌通在心中直将萧灵和安黛公主骂得狗血淋头，也大为恼怒，忖道："这两个小娘们儿可真烦，老子刚刚才过上几月快活的日子，就闹得不可开交了，回到建康看我怎么修理你们两个小娘们儿。"

这几月中，凌通在武学上大有进展，蔡风毫无保留地将黄海曾授予他的左手剑法以及他自己对剑道的一些心得全都传授给凌通，至于凌通今后的成就如何就只能看他的造化了。

凌通心中微微有些不舍，但想到南朝也的确有许多事情待办，反正现在已经找到了蔡风和凌能丽，不怕往后没有见面的机会。何况破魔门的残局仍等着他回去打理，他根本没有太多的时间逍遥江湖。此刻的凌通可不同于往日的凌通，天下虽大，他却不能自由自在地逍遥江湖。

蔡风对凌通的去留并不在意，去则利于凌通的发展，留也可让凌通受到战火的历练，两者都不会耽误凌通的成长。

凌通走了，走时正是惊蜇，也是泰山之战的一周年纪念日。

天气仍然寒意未减，积雪却是初融，黄河也已解冰，还可看到一些乳黄色的叶芽自树干之中生出，倒是有了些春意。

齐王别府外，五匹健马如风一般驰到。之后尚跟着一辆华丽的马车，马车以五匹健马所拉，车夫是个五短身材的中年人，脸庞呈紫糖色，扬起马鞭时的姿势极为优美。

“吁——”车夫吆喝一声，一带马缰，刹住车速。

“希聿聿……”几匹健马一声轻嘶，全都停了下来。

“来人下马！齐王别府不准马匹进入！”齐王别府门口的两名护卫叱喝道。

五匹健马之上的人翻身落下，动作利落得如同利刀切菜，更优美得如同拈花。

那两名护卫的眉头微微一皱，他们感觉到一股迫人的压力直逼而来。

向他们行来的却是一个身着狼皮的大汉，这人并不帅气，但却极富霸气，犹如一柄刚出土的古朴利刃，轻轻一步，已生出了千军万马的凛冽之气。

“你们是什么人?”那两名护卫十分戒备地问道。

“去通知你们齐王，就说海外来客，快些!”那身着狼皮的大汉沉声道。

“海外来客?!”其中一名护卫狐疑地望了大汉一眼，谨慎地问道，“你叫什么名字?”

那汉子正要回答，这时一名极为俊逸潇洒的蓝衣年轻人踏上一步，有些不耐地道：“快开府门，我是蔡新元，少夫人自海外归来，叫齐王速速迎接!”

那两名护卫大惊，他们自然听说过蔡伤寄居海外之事，也知道与三子齐名的另一人蔡新元，即蔡伤的书童。此刻知道这些人正是自海外归来的少夫人等人，自然吃了一惊，其中一名护卫迅速飞奔入府内，另一人却不敢怠慢，忙大开齐王别府的红膝大门。

那身着狼皮的大汉正是蔡宗，他一挥手，吩咐道：“三叔，将马车赶进去!”

那五短身材的赶车中年人挥动着马鞭在空中轻轻抽了一下，“啪”的一声，五匹健马立刻涌向府内。

蔡宗大步向齐王别府内行去，蔡新元缓步以趋，另外三人也牵马而入。

葛家军此刻兵驻临章，大部队已逼临邺城，但这时他们却听到了一个最不好的消息，怀德和葛悠义竟然打了个大败仗。

怀德和葛悠义二人领军负责困死邯郸，以十万大军封锁一个邯郸，居然打了个大败仗，且怀德战死。

葛荣几乎不敢相信这是事实，那已经快到弹尽精绝、正准备投降的邯郸居然反败为胜。

败了，并不是很重要，重要的却是邯郸如果被官兵占了主导地位，那么葛家军的后路很可能就会被封死，只会成为孤军深入。

怀德和葛悠义大败，这已是不争的事实，这让葛荣似乎感觉到了一些什么，抑或此时才发现，原来一切并不是完全在他的掌握之中。

葛荣知道具体详情时是在怀德战死的第二天，军中探子飞骑来报。

葛荣的心情更不好，因为困锁邯郸的那十万大军败得有些莫名其妙。皆因葛悠义和怀德的兵力布置全都在别人的掌握之中，数次都中了敌人的伏击，不仅如此，十万大军的剩余兵力更遭到邯郸城三万兵力的内外夹击，简直一败涂地。

这一消息让葛荣惊骇莫名，照这样看来，很有可能是葛悠义的军中出了内奸，泄露了军中机密，这才导致十万葛家军的惨败。如此一来，葛荣的后方便显得有些单薄了，虽然仍有肥城的蔡泰斗与高傲曹可以保住一条线路不被切断，但魏县仍有些威胁，唯有蔡泰斗领兵攻下肥城，那葛家军仍可立于不败之地。以葛荣手中的二十万兵力，足以抗拒邺城和邯郸自侧面攻来的官兵力量。只要游四的粮草能够安全运至，这一场仗仍是胜券在握。

葛荣对游四极有信心，便如同他对自己有信心一般。

蔡风的欣喜简直无以复加，他连夜自张家川赶回来，哪里还有心思研究边境的战事？他把一切都交给了赫连恩，只要赫连恩守好张家川，就不用惧怕萧宝寅的反扑。

萧宝寅这连日来可谓连连踩“马屎”，走了霉运，撞上了蔡风这个冤大头，竟被打得撤出张家川，逃至崇信，其势力却已明显减弱，无法大举反扑，只是封城坚守。但蔡风也一时难奈其何，皆因地理所限，骑兵很难发挥其优势。吴陇之地，沟壑纵横，骑兵反而没有步兵有利。

但一切蔡风都不再管，连夜同三子只带了十八名护卫飞驰赶回高平。

蔡风心念元定芳，而三子却另有所思，心情的急切绝不下于蔡风。

当蔡风赶回高平时已是第二天早晨，蔡风八个时辰马不停蹄，在这一段绝对不算平坦的路上根本未曾想过休息，若非坐下所骑的全都是千里挑一的名驹，只怕早就已经累死了。更且这段山路坎坎坷坷，夜晚行路极为危险，但蔡风和三子仍是早早地赶到了高平。

蔡风行至高平城门口，城门刚刚打开，守城的将士见到蔡风和三子的眉头都结了霜，变成了白色，顿时惊得说不出话来，还以为是发生了什么天大的事情。

蔡风哪里有心思理会这些将士，直奔齐王别府，也即是上将军府。

当蔡风和三子快马赶到别府前时，府门尚未打开，他们相视望了一眼，相互忍不住笑了起来，同时飞身掠起，越过府门。

十八护卫跃下马背，牵着蔡风和三子俩人的坐骑，开始拍门。

在府门大响之时，蔡风和三子的身影已经出现在内院的大门外。

“什么人，胆敢擅……是上将军！”暗中站岗的护卫立刻发现了他们的身份，不由大感惊讶。

“不必吵醒别人。”蔡风淡然吩咐道，同时又转向三子明知故问道，“三夫人在哪里休歇？”

三子望了望蔡风，有些无可奈何地笑了笑，摊摊手，如同蔫了一般，答非所问地道：“我不能再奉陪了，必须先回去睡一个大头觉！”

蔡风笑了笑，低声笑骂道：“胆小鬼，没有一点魄力和胆识，你给我在贵琴的房门口站着，一步也不要移动，让她早晨一开门就看到你。嘿嘿……那种场面可是够刺激的，也最有效！”

“你尽出些馊主意！”三子不由笑骂道。

“这可是经验之谈，哪是什么馊主意，真是无可救药，看来你小子还得学乖点！”蔡风说着重重在三子的肩上拍了一下。

“你以为人人都像你一样，那般死皮烂缠？”三子没好气地道。

那两名站岗的护卫在一旁却不敢插话，三子与蔡风如此对话的确似乎不分尊卑，但既然蔡风不怪，他们也就只好睁一只眼闭一只眼，因为三子的身份便如同蔡风的兄弟一般。

蔡风不由得摇头苦叹道：“不听兄弟言，吃亏在眼前。你小子还准备这么拖下去吗？趁早快刀斩乱麻，人家一个大姑娘家自海外归来，不陪她父亲，你以为真的只是为了照顾定芳呀？傻拉巴叽的，你不表白，难道还要人家姑娘找你表明：三子大爷，我爱你爱到骨头里，你娶我吧？……”

“你别说得这么肉麻好不好？”三子俊脸一红，相责之言却是有些无力。

那两个护卫在心里笑得连肚皮都有些发痛了，弯下腰去，却又强忍着没出声，害怕三子责怪。

“去吧，按我说的去做保证没错。她打开门的时候，你便轻柔地唤一声：‘贵琴。’她一愣的时候，你就赶快说：‘你为什么现在才回来？我已经盼了你十年了。’……”

“哪有十年这么久，才十个月零二十四天!”三子分辩着打断蔡风的话道。

蔡风一呆，如傻子一般盯着三子，那两个护卫也停止了笑，呆了一呆。

“你看着我干什么?”三子被蔡风看得心里直发毛，忍不住惊讶地问道。

蔡风再也忍不住爆笑起来，那两个护卫也无法再忍，“哈哈……”大声笑了起来，三人只笑得三子莫名其妙。

“你们笑什么？有这么好笑吗?”三子不服气地问道。

“哦，不……不笑……我不笑……”过了好半晌，蔡风才摸了摸笑得有些发痛的肚皮止住大笑，仍然强忍着笑意道，“你小子可真够痴情的，居然将时间记得如此清楚。不过，我所说的十年只是一种夸张的说法。有人说‘离别一日如隔三秋’，那十个月当然可以说成十年了。”

“这岂不是睁眼说瞎话吗?”三子极不服气地道。

“不可救药，这样多有情调，你这人怎么如此不解风情？真拿你没办法。如果你当着贵琴的面说等了她十个月零二十四天，保证你再说三句就会激动得不知道该说什么了，我这是救姻缘，你可知道?”蔡风教训道。

三子想想的确也是，他虽然心中急切如火，自张家川赶了回来，但他实在不知道回来之后如何去面对颜贵琴，俩人到一起后又该说些什么。此刻到了府内，马上就可以见到颜贵琴了，反而因俩人近年未见，而使三子心生手足无措之感，这才只好想先找个借口去睡一觉了。此刻听蔡风这么一分析，的确有理，但他仍然担心地问道：“如果她说，哪有这么久又该怎么答呢?”

“这还不简单，你怎越活越笨？刀法有了进步，锋利了，舌头却变钝不少，真拿你没办法。你就说：哦，是我记错了吗？那大概是二十年……”

“慢着，慢着，这不越说越离谱，时间也越长了吗?”三子急道。

“你真傻，对于女孩子的心理，你怎么一点也不了解？你这么一说，她反而以为你一见到她，就激动得语无伦次了，不但不会生气，相反会投以甜甜的一笑。只要你小子到时候不要看痴看傻就行了。”蔡风以一个过来人的口吻教训道。

那两个护卫越听越精彩，越听越有趣，竟忍不住在笑的同时，也为蔡风的分析所深深折服，他们似乎没有想到齐王不仅仅武功绝世，智慧过人，对女人更是有着如此深刻的理解。

“那后来呢?”三子竟有些急切地问道。

“你就应该抓紧时间对她说：我爱你！记住，说这三个字时，声音一定要温柔而坚定，表情要一本正经，知道吗?”蔡风认真地道。

三子忍不住松了一口气，但很快又道：“要是她不笑，只是说：‘哪有这么长时间？只不过几个月而已。’那我该怎么办呢?”

“你的脑子今日怎么如此呆板？你一边说话时，一边想好对策嘛，对付女孩子，一定要灵活多变，随机而动，她如果这么问的话，你就说：‘是吗？不对吧？我怎么觉得竟像是经过了几个轮回的周转，至少也似过了几十年了。也许……也许是我太想你了吧。’”说着蔡风顿了一顿，又提醒道，“说到这里，你要看着对方的眼睛，只要紧盯着就行，千万不能移动。”

“这是干什么?”三子不由得搔搔腮，有些傻兮兮地道，一副认真求教的样子。

“你小子尽浪费我见定芳的宝贵时间。算了，送佛送上西，就指点你到底吧。”蔡风叹了口气道，大有朽木难雕的感慨。

“记住了，这是你表达的最好机会。你如果紧紧盯着她的眼睛，她一定会低下头去，不敢与你对视。而这时，你便伸手抓住她的双臂，趁机说：‘我爱你!’知道吗？切忌你的目光不要移开她的眼睛，一定要与她对视到底，就像你的对手，一直让她低下头不敢与你面视为止。然后，剩下的事就由你自己去解决了，如果你还解决不好，那就找块豆腐撞死算了!”蔡风没好气地道。

三子和那两名护卫全都呆了一呆。

“不理你了，我要去找我的乖宝贝了!”蔡风不再答理三子，兴高采烈地快速向后院奔去。

三子望了望蔡风消失的背影，心中一阵忐忑不安，有激动也有惶恐。

半晌才咬了咬牙，向那两名仍立在一边的护卫道：“带我去颜姑娘的住处！”

那两名护卫暗自偷笑，但仍是乖乖带路，此时那十八名护卫也全都已牵马入府了。

“嘭嘭……”敲门之声使葛明自沉思之中苏醒过来。

“谁？”葛明警惕地冷声问道，声音倒有几分威严。毕竟，他是齐天王的儿子。

“无名三十一！”门外传来了一个轻悠的回声，显得极为恭敬。

“这么早有什么事吗？”葛明依然不放松地问道。

“末将有东西要献给少主！”无名三十一的声音显得极为沉稳，也微微有些急虑。

葛明收拾好桌上的线路图，起身打开房门，只见无名三十一的脸色有些阴沉。

“什么东西？”葛明有些不解地问道。

无名三十一却挤身跨入房门之内，右手顺便关上房门，行为之怪让葛明吃了一惊。

“你要干什么？”葛明惊问道。

“大司马叫末将为少主送来一样东西。”无名三十一压低声音道。说话间，已将左手的一个布包拿了出来，放在一张椅子上。

葛明身子一震，眸子里暴射出两道极冷的异彩，浑身更散发出一股浓浓的杀气，冷声问道：“你到底是什么人？”

“无名三十一！”无名三十一重复道。

葛明凝视了无名三十一良久，冷问道：“那你刚才在说什么？”

“虎生双翅！”无名三十一突然莫名其妙地说出四个字。

“褪皮化龙！雨过天晴！”葛明也沉声道。

“江南落雪！我是无名三十一！”无名三十一悠然道。

“你是朝廷的人？”葛明有些疑惑地问道。

“少主无须奇怪，葛家庄虽然强大，但我们朝中的探子同样无处不在。大司马让我为少主送来了这份大礼！”无名三十一不经意地说了声，伸手解开布包，露出一个木匣。

“是什么东西？”葛明警惕地向外望了一眼，冷冷地问道。

“少主亲眼看看不就知道了吗？”说话间无名三十一的手已经揭开了那个木匣。

“尔朱兆！”葛明忍不住低声惊呼出来，这木匣子之中竟然是一颗人头，而且如此出乎人的意料之外，这竟是那个寄居于柔然多年，更曾为尔朱荣立下不少汗马功劳的尔朱兆，怎令葛明不惊？

“是大司马派人出手的，大司马说了，他的一切只属于他的儿子，而大司马一生中也只有少主这一个儿子，而这个尔朱兆正是那影子的亲生儿子。是以，他根本没有资格继承大司马的一切。”无名三十一的目光一动不动地注视着葛明，口中淡然道。

葛明半天才回过神来，深深望了无名三十一一眼，吸了口气，神色微缓，问道：“你一直都是我阿爹的人？”

“不错，大司马身边有葛荣的人，同样在葛荣的身边有很多都是大司马的人，只要大司马一声令下，我们全都可以为大司马而死！葛荣自以为自己聪明绝顶，但与大司马相比，却不可同日而语！十八年过去了，如不是今日面见少主，我的身份永远将是无名三十一。是以，葛荣打一开始就注定只会败亡！”无名三十一的语气极为阴冷，似乎从来都不将葛荣当作自己的首领。

葛明扭头望了望窗外渐渐升起的太阳，背对着无名三十一，深深吸了一口清晨的凉爽空气，心头有些发凉，但也有些感动，喃喃自语道：“既然你不仁，我也就只好对不起你了。”说着蓦然回头，紧盯着无名三十一，阴冷地道，“你回去告诉阿爹，我知道该怎么做，让他放心好了！此物你也一并带回去，这里并不安全！”

无名三十一笑了，笑得极为邪异。

太阳已升得很高了，可是木门一直都不曾开启。

三子如同呆头之鹅，愣愣地站在木门外边，却不知该如何是好。虽然刚才蔡风教他的那些话似乎很有道理，但是木门不开，再有道理的话也说不出来，他就只好苦等了。他心中在暗责颜贵琴是只大懒虫，这么迟了还不起床，害得他站了一个多时辰，现在已经日上三竿了。

那些路过的护卫如同看怪物一般望着三子，全被三子那没好气的目光吓得匆匆离去，却没人敢说话或上前搭腔。

三子看到众护卫似笑非笑的眼神，俊脸也不知红了多少次。他长这么大，还从来都没有如此尴尬过，本想离开，却又怕颜贵琴在他离去的一刹间开门而出，所以他只有怀着无限的希望，在门外苦等了。

“三爷，你怎么在这里？”一名丫头端着一盆热气腾腾的水走了过来，惊讶地问道。

三子有些不好意思，道：“把水给我吧，我伺候颜小姐就行了。”

“这……这怎么行？还是让奴婢来吧，我去唤醒颜小姐！”那丫头急道。

“不要，她可能累了，就让她多休息一会儿吧。至于这盆水嘛，就交给我，这是命令！”三子严肃地道。

那丫头有些不明所以，三子的眉毛之上明明仍有水珠，一看就知道是霜花所化，定是昨日连夜快马赶回，自己不知道累，反倒说颜贵琴累，这的确有些讲不过去。但三子如此一说，她作为一个下人哪敢多嘴？只是暗羡颜贵琴好福气。

三子接过水盆，便听身前的木门“吱呀”一声开了。

“你这个傻瓜蛋，还和以前一样呆！”颜贵琴一脸温柔地笑骂道，眸子中却闪过一丝狡黠的色彩，表情也微微显得有些古怪。

三子一呆，听颜贵琴这么一说，满肚子想好的话竟不知从何说起了。望着颜贵琴一身绒装，早已梳妆好了的样儿，三子显得有些木讷地道：“你……你……”

“我怎么了？快进来吧，都站了近两个时辰，也不觉得累吗？真是一个呆子！”颜贵琴让开身子，轻轻拉了一下三子的衣角。

那丫头不由得掩口低笑。

“去干你的事，别在这里待着!”颜贵琴向那丫头叱道，同时朝三子露出一个妩媚无比的娇笑。

此时的三子已经醉在了颜贵琴的笑容中。

“看你这副傻样，还不将水放下?”颜贵琴轻笑道。

三子一惊，突地想起了蔡风所教的三个字，不由痴痴傻傻地道：“我……我……”

“你怎么了?”颜贵琴似乎明知故问地道，同时接过三子手中的水盆，放在桌上。

三子说了一半，竟接不下去了，禁不住急得伸手搔头，一副傻样，平时的八面威风尽失。

颜贵琴终于忍不住“扑哧”一声笑了出来。

三子更窘，却“我……”不出一个所以然。

“你有话要跟我说吗?”颜贵琴落落大方地问道。

“是呀!”三子这才松了一口气。

“那你说吧，我听着就是了。”颜贵琴妩媚地瞟了三子一眼，一本正经地道。

三子吸了口气，理了理心中乱成一团的话语，可仍不知该从何说起，蔡风所教的那些话竟然派不上用场，不由干笑着问道：“你……你怎么知道我在外面站了将近两个时辰?”

颜贵琴“扑哧”一笑，道：“你呀，说你不呆，却呆成了这副模样。其实人家早就起来了，你以为本姑娘很懒吗?”

“不，不……那你……你怎么不开门?”三子奇怪地问道。

“可你又为什么不敲门?”颜贵琴反问道，俩人不由得相视一眼。

三子又搔了搔头，似乎头皮很痒似的，同时也投以傻傻的一笑。

“你有什么话没说吗?”颜贵琴又如逼供一般问道。

“我……我想说，你怎么现在才回来?”三子终于把蔡风教的话搬了出来。

颜贵琴一乐，搬张椅子递给三子，娇笑道："这我可不懂了，此地又不是我的家。"说完一边拧了拧水盆中的毛巾。

三子一呆，心头暗骂："死阿风，怎么就没想到这一句话该怎么回答呢？教的'招式'一点也不管用。"但旋即又想起蔡风所教的后面一些话，可又不敢厚着脸皮说出，不由干笑道："也是，也是……"

"也是什么？"颜贵琴擦好脸，奇问道。

三子望了望她那张风吹即破的俏脸，禁不住嗫嚅道："我是说你讲得很对。"

颜贵琴再笑，如绽放的鲜花。

蔡风一副死相，直到午时王宫有人前来传话之时方才从被窝中爬出来，由元定芳侍候着穿衣换袍，调水淋浴，简直是享尽了人间的艳福。

元定芳这次回来，丰腴了许多，更有一股动人的风韵，只让蔡风爱怜无限。在被窝中，听她软声细语地讲述海外的生活，的确是一种连神仙都羡慕得死去活来的享受。

早膳蔡风没吃，元定芳也被蔡风缠着没吃。是以，中午王宫内设宴，为元定芳和颜贵琴等人接风洗尘，不过诸人却婉拒了，并没有参加宴会。毕竟高平并不是葛家庄，在很多方面都要注意影响，不过唯蔡风例外。

在宴会上，蔡风心情大畅，胃口也大开，吃得满嘴都是油，连胡夫人和万俟丑奴也禁不住为之莞尔。

蔡风此刻是高平王宫之中的特殊人物，便如同万俟丑奴一般，当没有其他大臣在场时，可以如同家人聚餐一样，气氛极为活跃。

此刻的蔡风，在高平义军和百姓心中，几乎成了神话人物一般，武功盖世，也使得高平义军军心大振，因为他们相信，没有蔡风克服不了的困难。是以，蔡风每次出战，几乎所向披靡，至少也会立于不败之地。只凭这无与伦比的战略战术，足以定下高平的军心。

高平义军从来都没有这一刻如此充满希望，更有着无比高昂的斗志，而这一切只从蔡风奇袭崔延伯，更射死崔延伯那一刻开始。是以，蔡风在高平义军心中的地位是举足轻重的。

叶虚的大军压境，很快会对高平义军构成威胁。不过，这一切对高平义军的军心已毫无影响。

茶足饭饱后，蔡风自王宫中赶回齐王别府，蔡宗却在等着他。

田福来报，说蔡宗要前往西域。

此时蔡宗坐在客厅之中，行囊也已经准备好了。其实，他的行囊并不多，这个天下几乎没有什么地方是他不能够生存的，所以行囊的多少对他并不重要。

“大哥!”蔡风大步跨进大厅，第一次这样称呼蔡宗，这位具有与父亲一般霸气的汉子正是饱经磨难的真正的蔡念伤，这也是俩人第一次相认，却是第二次相见。

第一次是在泰山之顶，第二次就是在这里。

蔡宗的身躯轻轻颤了一下，转过身来，那饱经沧桑的脸庞露出一丝欣慰而快意的笑容。

“大哥这就要走了?”蔡风略感失落地道。这时元定芳也走了进来，惑然道：“大哥不想在这里多待几天吗?”

“我答应过包向天，要代他完成一件心愿，加上我尚有一段未了的恩怨需要了结，是以我必须尽快去完成。”蔡宗平静地道。

蔡风也有些愕然，道：“但大哥也不用这么急着走呀，我们兄弟还是第一次相聚，难得能走到一起来，这样来也匆匆，去也匆匆，岂不是太让我失望了?”

蔡宗欣慰地笑了笑，那双粗糙的大手轻轻地搭上蔡风的肩膀，悠然道：“我们兄弟相聚的日子还很多，此刻三弟肩负重任，很难抽出时间好好相聚。何况，为兄心头若挂着一些事情，总会不舒服，所以我必须尽早完成。爹说，这是我必修之课，在海外，我无法安心，刀道的修为难有大的飞跃，因此我必须回到我长大的地方找回那种感觉。专志修刀，不能有太多的牵绊。”

蔡风有些不以为然地道：“刀道哪有大哥这种修法的。”

蔡宗笑了笑，道："三弟，我与你不同，你修刀乃是自心修起，而我则是以战养战，一切的一切，只能从实战之中去捅破内心的一层层障碍，最终突破肉身的极限，才能够抵达你现在的成就。"

蔡风有些茫然，这些他倒从来都没有想过，刀道会有这种修法。他自身对于刀道的突破，却是自内心开始，然后他就可以锁定一个境界。也许，这正是仲吹烟当初所说，由心向外修习的好处吧。

"大哥要去西域，让我派几名兄弟相随吧。"蔡风提议道。

蔡宗笑了笑，自信地道："不用了，三弟的心意我领了，对于西域，我熟悉得不能再熟悉，那里可供我用的人甚至可与吐谷浑的实力相匹敌，没有人能够对付得了我。"

蔡风讶然问道："大哥在西域有很多朋友吗？"

"我这次回西域就是要找叶虚算一算账，是以，我准备在西域大干一场。你放心，叶虚的联军和吐谷浑东侵的大军就交给我好了。我要他们不得不退！"蔡宗极为自信地道。

"哦，如果真是这样，那就太好了！"蔡风喜道，但也有些惑然道，"大哥凭什么如此说？会不会冒太大的风险？"

"风险是有的，但却难不倒我。在西域，至少有十五股马贼可以让我随时调用，完全可将之聚成联盟，就是吐谷浑的实力也莫奈我何。毕竟，那里有我很多的朋友。在西域，只有两个人可以威胁到我，一个是蓝日，一个是华轮，但现在他们都足不出圣殿，根本就无须畏惧。近一年来，我每日都在不停地修习刀道，现在即使叶虚亲自出手，也难奈我何。"蔡宗充满豪情地道。

蔡风听到这里也就放心了，他知道西域的马贼与塞外的马贼一样，凶悍至极，比之正规的铁骑有过之而无不及。如果一切真如蔡宗所说，就表明他至少可以掌握一千到两千要命的铁骑，这完全可以将一些小的部族吞并，蔡风自不会再有任何怀疑，不过还是道："我调五十名好手与大哥同赴西域，人多也好有个照应。"

蔡宗笑了笑，推托道："人多虽有好处，但却不利于行动，反而更容易暴露行踪，既然你一番好意，那就选十人与我一道同行吧。”

蔡风欢慰一笑，也伸出手抓在蔡宗的手掌上，他清楚地感受到那股火一样的热力。

蔡新元与蔡宗一齐走了。蔡新元可比三子幸运很多，也把三子给羡慕死了。

这次蔡新元回到中原，也是想跟蔡宗一起去看看域外风光。虽然如此一来多少有些危险，可异域的美好风光和辽阔的大草原也的确有吸引力。是以，这次跟蔡宗一起去西域的护卫们，似乎成了别人羡慕的对象，这让蔡风有些莞尔。

有蔡新元这个可与三子平级的顶尖高手相陪，蔡风更放心了不少，毕竟这次蔡宗所要做的事情并不是一件易事，可能会遇到一些难以想象的阻力。而这时候，如果多一些高手，自然便容易解决问题。

送走了蔡宗和蔡新元诸人，三子竟与颜贵琴携手而回，看着三子那副志得意满的样子，蔡风禁不住笑得肚皮发痛。

元定芳却悄悄在蔡风的耳边小声道：“贵琴说你教给三子的那些招式都没用。”

蔡风立刻一愣，笑声戛然而止，抬起头来眼睛瞪得老大，难以置信地望着三子。

三子似乎听到了元定芳的话，不由得向蔡风一声干笑，面色有些尴尬。

刘瑞平和元叶媚似乎全都知道蔡风向三子传授秘法的内情，与颜贵琴诸女只笑得上气不接下气，唯有蔡风脸上的笑容僵在那里，半晌才叱道：“好小子，见色忘义，你连这都能招……”

葛荣最怕发生的事情终于发生了。

似乎是天意的安排，蔡泰斗和高傲曹竟然也同样因军机严重泄密，而惨遭败迹。蔡泰斗更是身受重伤，退回冀州，而在肥城的兵力却被自邯郸出击和驻守肥城的两路官军压迫之下，击得溃散。

邯郸和肥城兵力联合，如一把利刃切断了葛荣的后路，加上成安的小股官兵，几乎将葛荣困在一个圈子之中。

邺城这段时间只是坚守不出，由于邺城的防守太过严密，根本无法逾越。虽然前锋军由宇文泰和宇文洛生所领，杀至汲郡城，但却是孤军深入，大部分军队却不敢冒进。

这种结果实在是大出葛荣的意料之外，他似乎无法预料到军中竟出了如此多的奸细，而且这些奸细更是葛家军中的高层人物，否则怎么可能如此清楚地知道军情分布？

葛荣迅速攻下了磁县、岳城、马头诸小城，他必须为自己筑下一个小小的防护网，因为他相信游四有能力打开邯郸与肥城的封锁，解除他的后顾之忧。

此刻让葛荣心烦的只是粮草问题，但以游四的才智，应该可顺利完成。其实，此刻葛荣若是想杀出邯郸和肥城的封锁，并不没有可能，以他的二十多万大军，足以冲破任何防守，但那只会造成极大的损失，也会使士气低落。因此，他必须及早地与尔朱荣交战，只有胜了尔朱荣，他才会有机会夺取北魏江山。不过，邺城的守兵只是坚守不出，葛荣也是无可奈何。

第一百九十五章　变幻无常

游四首先得到葛悠义和怀德所领义军的败讯，接着就是蔡泰斗和高傲曹领导的大军被官兵击溃的消息，他的心头顿时犹如火焚一般着急，尽管无数的风浪早已让他养成了泰山压顶也不会有丝毫慌乱的习惯。

但此刻的游四在揣测着这第一批粮草什么时候才能运到葛荣的手中，也不知道裴二是否能够绕开这重重关卡。

要知道，二十万大军所消耗的粮草绝对不是一个小数目，粮草可谓是行军的命脉，绝不可断。即使断了后路，也不能断了口粮，以葛荣军中现在所屯的粮草，已经不能支持多久，如果这批粮草无法及时运到的话，只怕很快就会军心动摇。因此，如何将粮草运到葛荣军中是至关重要的。

在游四的心中似乎有一种极为不祥的预感，因为蔡泰斗、高傲曹、怀德诸人败得古怪。怀德和蔡泰斗一死一伤，明显是他们身边的人所为，也就是说，在葛家军中伏有许多的奸细，而这些奸细应该极有地位，否则绝难知道军中的行军路线。

如果这些奸细知道的军情太多，那么岂不是说这次运送粮草之事也为奸细所知？如此一来，裴二此次运送粮草之行将是凶多吉少。

游四想着，禁不住出了一身冷汗，他从来都没有思及过如此可怕的结果。

“如果此刻飞马赶上裴二，让他改道而行，定是不可能了。”游四心中暗想。

“来人哪！”游四喝道。

“喳，喳……”几名侍卫快步行了进来。

“侯爷有何吩咐?”侍卫们恭敬地问道。

“给我备马！立刻去粮仓!”游四沉声道。

海外倒的确让凌能丽向往莫名，就连三子也身感大海的魅力。

长满古木的岛屿，栖满水鸟，一片肥沃的土地之中更有一个大大的淡水湖泊，风景十分宜人。

在这座栖满水鸟的岛上自然不会有毒蛇的存在，毒蛇与鸟群本就是天敌。

“我们所住的那座岛屿周围竟连着六座小岛，呈众星捧月之势拥护着核心那座岛屿，也就是我们的居所。七座岛屿都相互连通，铁叔叔和杨叔叔他们逐一看过，那里根本就不曾有人住过。每座岛上的泥土都很肥沃，只要把种子撒进去，即使再不管它，到了秋天照样可以去收获。”元定芳有些骄傲地道，似乎是在为自己曾是那岛上的居民而感到骄傲。

“那里不仅土地肥沃，还没有虎狼等猛兽，不过也没有兔子和獐子这样的野物，而海鸟则是食之不尽。那七座岛屿，老爷子给它取了个名字，叫七星岛。其中两座岛上有许多毒蛇、蜈蚣之类的。那座岛上就没有水鸟栖落。”颜贵琴一边说着，一边用手指在桌子上比画着那七座岛屿的方位。

元定芳自小受到家庭的影响，对行军布阵以及琴棋书画之类的全都精通，是以她竟能够将七座岛屿的方位具体描绘下来。不过，众人从纸上当然无法看出岛屿是什么样子。

“那里的海鸟有的很大，根本就不怕人，也不会攻击人。是以，老爷子不准我们随意捕杀海鸟，大家都是捕鱼、养畜、种稻子。当我们到达那里的时候，海岛上已经砍出几大块空地，房子全都围着那个大湖而建。夏日不热，冬天也不冷，真好。”颜贵琴娇憨地道。

“不过，你们没兔肉獐肉可吃，岂不是遗憾?”三子有点泼冷水的样子道。

“噢，难怪看你们吃山珍时，那一副狼吞虎咽的样子，原来竟是一年多没沾它们的味儿了!”蔡风打趣道。

“去你的，人家才不像你一样。”凌能丽有些抱打不平地道。

“但我们可以吃蛇肉呀，那里的蛇岛与我们住的岛屿只相隔四十多里路，铁叔叔和大公子经常去蛇岛上抓蛇，有大有小，他们似乎毫不惧蛇。嘿嘿……那蛇肉可还真的很好吃，马叔叔做出来的蛇肉比你们所吃的兔肉獐肉可美味多了，谁稀罕这些山珍？不过三少奶奶不能吃，因为她怀有身孕，所以老爷子不让她享受蛇肉的美味。”颜贵琴毫不在乎地道。

“哇，你连蛇肉也敢吃呀？”元叶媚和刘瑞平吃了一惊，感觉有点恶心地问道。

蔡风有些怜惜地望了望元定芳，元定芳却甜甜一笑，道：“公公不准我吃蛇肉，但却准我一个人吃海鸟的肉。其他的人，只能每半个月才能吃一次呢。”

“噢。”蔡风松了口气，但有些不解地问道，“海上有那么多的海鸟，为什么还要半个月才准吃一次呢？”

“老爷子说，大家不能破坏海鸟所住的环境，如果大家都乱抓海鸟的话，那诸多海鸟以后都不敢来岛上了，岂不让七座宝岛失去了生机？何况那些鸟儿十分可爱，看着它们在湖中游来游去，在小舟旁边游来游去，又怎么忍心伤害它们？而且，它们更可以预报风暴呢。风暴来临之前，它们都栖回岛上，这样老爷子就让所有的船只都靠岸，不出海。因此，老爷子说海鸟是我们的好朋友，不能乱杀。”颜贵琴解释道。

“我们打鸟都是从蛇岛上打回来的，那是鸟儿不愿意栖身的地方，落到那两座岛上的鸟儿大多不是经常栖居在我们岛附近的鸟，所以那座岛上毒蛇特别多，那些鸟儿打回来也不影响我们岛上海鸟的生存。有的时候，用弓箭射下自那两座岛上飞过的海鸟，然后就在蛇岛上处理鸟毛之类的，弄干净后再送回来，就不会影响其他几座岛上的鸟儿了。”元定芳也补充道。

众人都禁不住大为惊叹，对那种生活倒真的十分向往。

“岛上除了鸟儿之外，就没有其他的东西吗？”田禄奇怪地问道。

“怎么没有？有时候还有好大好大的乌龟爬上来，在沙滩上慢慢爬着，真有趣。好多鸟儿都落在那几乎有桌面大的壳上，它却一动不动，连头也不伸出来，真是有趣极了。”颜贵琴喜滋滋地道。

“你骗人，世上怎么会有那么大的乌龟？那岂不是成精了吗？”田禄不敢相信地道。

三子和蔡风也同样不相信，那只是在古时的典籍之中才偶尔发现有这么大的乌龟，刘瑞平和元叶媚也同样有些不信。

“那是真的。老爷子起初也以为那是精怪，后来海盐帮的兄弟说这不是精怪，且还算是小的，大的更大，人们叫它为海龟。后来老爷子让众人把那只大海龟抓住一称，竟有四百多斤。不过，大家都不敢吃它，把它放了，这只大海龟在这之后还经常在岛边转悠呢。看到人还伸出头来，似乎很友善，后来还有很多这样的大海龟爬上沙滩，一般都在晚上。海盐帮的人去海上找回几个大蛋，他们说这是那几只大海龟下的。还说这些大海龟每年夏天都会在这些岛的沙滩上生蛋，然后又离开。”颜贵琴又补充道。

这一切对于从没去了解大海的众人来说，的确很具吸引力，让他们向往不已。

“奶奶个儿子，我要快点把这里的事办完，早点去那里逗海龟玩。不过本人去时绝不会像你们那样规规矩矩，定会捕捉很多兽类，然后将之放生于七岛之上，等到将来带你们的儿子一起狩猎！”蔡风一拍自己的腿，兴奋地道。

葛荣发现裴二时，裴二已经奄奄一息，心脉尽碎，显然是受了强大的震伤，抑或是一股无比强烈的剑气将其心脉切断。

葛荣的脸色依然十分平静，在这种时候，他居然仍能平静以对，的确显得与众不同。

运送粮草的人马除裴二的重伤之躯此刻在葛荣的面前外，其余之人已全军覆灭，包括粮草。

粮草乃是义军的救命之物，但此刻却被人劫走了。这劫走粮草之人似乎对裴二的运粮路线掌握得极为精确，所以才能够设下一个使他们全军覆灭的惨局。

高欢和葛明的脸色却变得极为难看，不用问，在场的所有人除了葛荣之外，其脸色都已经变得有些气急败坏。

“我想，尔朱荣与我决战之期应该快到了!”葛荣吸了一口气，冷然道。

“天王，我看我们还是以极速攻下邯郸和肥城两城，无论如何，还是先处理好后顾之忧再全力与尔朱荣周旋为妙。”高欢眼神中充满着一股狠劲地道。

葛荣望了高欢一眼，淡然道：“我也正有此意!”

“对，既然尔朱荣不敢与我们正面交锋，我们就逼他们出来，他绝不会跟睁睁地看着我们自他们的包围圈中安然撤走!”葛明出言相附道。

葛荣扫了葛明和高欢一眼，目光又落在裴二的身上。

裴二仍处于昏晕状态，但谁都知道，他的伤势已是回天乏术，哪怕是陶弘景亲来也无济于事。

葛荣伸手按在裴二的心口上，将一股强大的功力注入其体。

裴二猛地睁开眼睛，一眼看到了葛荣，喜呼一声：“天王!”但声音微弱如蚊蚋，只让人听了心酸。想当初，这个硬汉为葛荣走南闯北，与江湖各派打交道，也是风云一时，虽无游四的名气大，可在各派各寨中的地位却并不低于游四，但现在却变得如此脆弱不堪。

葛荣勉强露出一丝笑意，但却极为苦涩，只有葛荣才知道他自己心中有多么的痛。裴二不仅仅是他的属下，更是他的朋友、兄弟。二十多年前，在抢夺王敏那一场战斗中，与尔朱家族众高手交手的人就有裴二。裴二正是那次救出葛荣的十三大高手之一，也是少数几个幸存者之一。是以，葛荣很少将他当作属下看待，在葛家十杰中，有七人是他一手所训，那是自游四之后到吴十。裴二、薛三、杜洛周这三人都是葛荣的兄弟、战友。

“是谁干的?”葛荣有些心痛地问道。

“是……是尔朱荣……有奸细!”裴二有些恨恨地道，但声音却虚弱至极。

葛荣的脸色这下子可真的变了，他似乎没想到竟是尔朱荣亲自出手，如果真的是尔朱荣亲自出手的话，那这一切并没有什么值得惊讶的。而裴二肯定也是尔朱荣亲手所伤，只是尔朱荣不在邺城，反而出现在邯郸附近，这不能不让人心惊，这也使他更为坚定自己回攻肥城和邯郸的决心。

高欢为无名五引路进入葛荣的书房。

无名三十六将在军中的地位极高，无名一乃是天王宫中的侍卫总统领，便如同朝中的都骑军统领，地位极高。是以，无名三十六将可以说是葛荣的直系实力，高欢虽为将军，仍不敢对无名三十六将有所怠慢。

步入葛荣的书房，早有侍卫通报。但葛荣依然在房中对着那张地形草图闷头苦思。

这是游四亲手描绘出来的地形图，其中的每一个细小环节都描得十分精妙，这就是葛荣重视游四的原因之一。虽然这是根据当年不颠居士的那张地图复制出来的，但与不颠居士那张地图分毫无异。

到了晚年的不颠居士，一心沉醉于书画和山河美景，如闲云野鹤一般四处云游，而所到之处，定会作画以留，不知留下了多少名山大川的地形图。二十年前，不颠居士耗尽心思，将自己所到之处绘于一张长达五丈、宽为两丈的布帛上。在他的思想中，始终有着光复汉统的念头，只望这一张山河地形图能使有志之士驱走异族，还我河山，而葛荣正是不颠居士的首选之人。是以他在将游四交给葛荣之时，连这张地图也给了葛荣。

此刻葛荣所看到的，只是游四分段画出的其中一部分。

“无名五参见天王！”无名五向高欢望了一眼，这才向葛荣道。

高欢极为知趣地退了出去。

“什么时候到的？”葛荣淡淡地问道。

“末将刚刚落马便飞速来见天王，路途不敢有误！”无名五诚惶诚恐地道。

葛荣抬起头来，目光极为深邃，望着无名五那一脸肃然的表情，淡然问道：“来这里有何事情？”

无名五不敢抬头，道：“游四侯爷亲自押运粮草到达了临漳，特让末将前来回禀天王！”

葛荣一震，眸子之中泛出一丝异样的光彩，几乎有些不敢相信，急促地问道：“游四亲自押送粮草抵达了临漳？”

“是的，侯爷知道蔡大将军和高傲曹将军战败之后，认为可能是军中高层中出现了问题，但他派快马追赶裴二爷却已来不及了。为了不误战机，侯爷决定亲自再送一批粮草前来。这一切都是侯爷一手安排，没有其他任何人插手。我们从水路到达永年时，就听到追赶裴二爷的快骑来报，二爷中伏，粮草被劫。所以，侯爷不放心这一批粮草的安全，请天王派兵接应。”无名五认真地道。

葛荣愣了愣，脸上终于露出一丝喜色，慨然道：“游四果然是游四，没让我失望!”顿了顿，又问道，“路线如何?”

萧宝寅似乎知道蔡风返回高平的消息，在这几天之中，调集大批兵力强攻华亭。而东秦州（今陕西陇县）的大军也锁住了张家川的赫连恩，攻势极强，使得高平义军十分吃紧。

蔡风心中暗自咒诅，好不容易有了几天逍遥的时光，却被萧宝寅这样一扰，立时心情大恼，只恨得牙痒痒地披挂上阵，但这次元定芳却也要跟其一起去战场，这让蔡风有些头大，虽然说了一大堆好话相劝，但仍拗不过元定芳的苦苦相缠，只好带着个大累赘上路了。而此时，也是叶虚的域外联军猖獗之时，联军再进五百里，兵临永昌堡，一路直上，胡人纷纷响应，难民纷纷东逃，造成西部大动荡。而吐谷浑的大军也跃过乐都，前锋铁椅更已抵达河口，金城郡守调集大军两万紧守河口，吐谷浑大军隔河相对，倒也无可奈何，一时凶险被灭去不少，但四处掠抢，只让当地百姓苦不堪言。

关中的义军也同样是扰得人心惶惶终日不宁。

北魏的整体局面依然是乌烟瘴气，四方动乱不安。南有暗月寨之匪，北有葛荣及伏乞莫于的残余部众，西有高平军和域外联军，中间又有关中的义军。南朝更有蠢蠢欲动之势，这不能不让人心惊。

北魏朝廷唯有苟且偷安，似乎并无其他良策。因为起义军的声势的确太大，不过，此刻葛荣的大军受阻于邺城，更被邯郸和肥城呈三角形围于中间，斩杀葛家军近十万，这不能不说是给北魏朝廷注了一支兴奋剂，也让朝中众臣看到了希望，将一切的希望只能寄托在尔朱荣的身上。如果尔朱荣能将葛荣这一支最强的义军剿灭的话，那北魏的江山至少不会太过糟糕，甚至可以稍稍平安大局。而朝廷的另外一个威胁就是来自那个几乎无敌于天下的蔡风！

元融的武功在北魏朝廷之中，是无人不知的，虽然元融从未在江湖中出过手，可是其武功之高完全可与叔孙怒雷、刘飞和尔朱荣相比，甚至更有过之而无不及。元融乃是元家整个家族的第一高手，除当年的孝文帝外，几乎没有人能够与元融的玄铁枪战成平手。

可是，元融死了，被蔡风所杀，那就是说，蔡风比元融更为可怕，那与尔朱荣相比又如何呢？

显而易见，蔡风加入了高平军之后，高平军的声势大涨，很多东进的难民都投奔义军，势力也非同小可。而蔡风之威名更足以震慑天下武林中的所有人，有蔡风在，前去高平相助的武林人士也极多。如崆峒剑派，甚至还得到了高车国之助，这就不能不让人心惊了，但孝庄帝所担心的却不是这些。

孝庄帝此刻招来的却是元修，大概只有深具王族血统的元修才是孝庄帝唯一信得过的人。

元修无语，只是静观孝庄帝。

孝庄帝眉头锁得极紧，但那清奇而端秀的仪表确有一种让人仰慕的皇者之风。

“王弟说朕现在该怎么办？”孝庄帝叹了口气，淡然问道。

元修也微微皱了一下眉头，长长吸了口气道：“臣希望皇上能三思而行，大司马此刻乃是军中支柱，如果没有了他，只怕再没有人可以对付得了葛荣的义军。那时候，只怕葛家军将长驱直入，抵达洛阳，我大魏江山很可能会葬送在那群贼子的手中！”

孝庄帝并不怪元修如此说，其实他又何尝不明白？北魏已经不能没有尔朱荣，但有了尔朱荣又成了另一种威胁，对北魏臣民而言，这是一种矛盾。所以，孝庄帝也在为之头痛。

孝庄帝不语，他也不知该再说些什么，只是闭目沉思着。

“如果皇上实在放心不下，何不请回北秀容川神山中的四大供奉？这样一来，就是大司马有什么异动，也不能一手遮天了。”元修平时同样感受到来自尔朱荣的压力，何况历史上有司马昭的前例，他实在不能不防。

“四大供奉?”孝庄帝的眸子之中闪过一丝异样的神采，但旋即又有些淡然道：“可是四大供奉只能在朝局危乱之时才能动呀，太皇曾下了禁旨!”

“皇上此刻代表着当今大魏之主，一切的律法可由皇上自更自改，太皇当年可立旨，皇上同样可废旨，而且此刻本就是国乱朝危之际，此时不请出四大供奉，那要等待何时?”元修有些怂恿道。

孝庄帝再次心动，咬咬牙，但仍有些担心地道：“如果我请出了四大供奉，被大司马所觉，他岂不是有所防范?”

“皇上多虑了，四大供奉在当今朝中，只有四大家族之主及一些王族之人才知道这个秘密，宫中的其他人根本就不可能知晓。所以，只要不是大司马亲见，定不会知道四大供奉的身份。”

孝庄帝觉得此言甚是有理，禁不住心中松了口气，道：“这件事就交给王弟去办吧，待朕亲笔下旨。”

“如此甚好!”元修微喜道，稍顿又道，“皇上，我可以向你推荐一人，此人对蔡家知之甚详，说不定将来能为皇上解决蔡家之事，还望皇上能好好用他。”

“你是说蔡伤父子?”孝庄帝讶然道。

“不错，近日来，蔡风在高平的消息不断传来，此人我们绝不能小看，以我看来，此子比之葛荣也许还有过之，说不定他才是我们真正的敌人。因此，我曾查了查当初与蔡家关系最为密切的人，若要对付此子，应自别人身上下手方才有效。”元修吸了口气道。

孝庄帝早就听说过蔡风的大名，也对蔡风存在着一股莫名的恐惧，此刻听元修如此一说，反正是死马当做活马医，暂且试试，不由问道：“不知王弟所推荐之人是谁呢? 快说，只要是王弟推荐之人，我一定重用。”

“他就是正阳关的王家!”元修道。

“正阳关王通父子?”孝庄帝反问道。

蔡风接过凌能丽手中的凤丹，一股火热的感觉异常熟悉，竟似曾相识。

“这是圣舍利中的凤丹?”蔡风有些惑然地问道。

“不错，达摩大师说他无法参悟出其中之秘，又听了愿大师所说，你与圣舍利有缘，且身兼佛道绝学，就让我带来给你参悟其中之秘。”凌能丽一边与元叶媚诸人为蔡风和元定芳整装，一边解释道。

蔡风只觉得这颗凤丹的感觉的确很熟悉，他记得在桑干河畔中了鲜于修礼的毒后，体内便有这么一股热气升起，想来就是这凤丹之功效了。只是他没有想到，慧远祖师怎会将凤丹凝于圣舍利之中？这的确有些怪异，那这颗凤丹又有何秘密呢？为什么当初慧远祖师不服食它？而葛洪大师也为何不服食它？而要一直流传到现在？难道这之中真的隐藏着惊天之秘？但无论如何，此刻凤丹就在蔡风的手中，他甚至有信心感知其中的奥秘所在。那是一种直觉，抑或是因为刚才他与丹凤接触时的那种感觉而定的吧。

“好吧，有空时我就尝尝它是什么味道。”蔡风笑着道。

“你呀，老没正经，这又不是糖果，吃出了毛病怎么办?”凌能丽没好气地道。

“即使这样，也是我吃出了毛病，又不是你吃出了……哎哟!”一句话还没说完，蔡风已重重挨了一脚，刚好踢在他的小腿骨上，只疼得他龇牙咧嘴。

“别这么凶好不好？我只是说着玩的嘛，否则怎么对得起我的乖能丽呢?”蔡风“嘿嘿”一笑道。

“呸，你爱吃就吃吧，不过我提醒你，这可是一颗如烈火般的火凤内丹哦，一个不好，就会被火劲逼得经脉尽焚。”凌能丽白了蔡风一眼，幽怨道。

蔡风一吐舌头，露出一个邪邪的笑容，左手轻轻搭在凌能丽的肩上，认真地道：“我一定能弄明白其中的秘密!”

“这还算是句人话!”凌能丽微显喜色地道。

“阿风，也该走了!”三子唤道。

蔡风眸子之中射出无限的柔情，深深注视着凌能丽，一动也不动。

四道目光在两尺距离相缠，凌能丽竟罕见地羞红了俏脸，低下头去。

蔡风收起凤丹，轻轻地在她额头亲了一下，双手搭在她的香肩上，竟感觉到她在颤抖。

“等我回来，我要向你求婚，请你再也不要躲开我，好吗?”蔡风深情而诚恳地道。

凌能丽的俏脸再次红了起来，心情也变得异常激动，被蔡风搭着的双肩更是轻颤不已，但却不敢抬头与之正视。

“我不是在开玩笑，我要用生命来换你一生幸福。我爱你，一直都是，相信我!”蔡风的语调极为轻柔，但每一个字又是那般有力，让人有一种不容置疑的信任感。

凌能丽终于再也无法控制自己的情绪，一下子扑入蔡风的怀中，竟抽咽起来。

蔡风并不感到意外，竟然读懂了她此刻的心境，只是紧紧地拥着她，以无声的沉默和宽阔的胸膛及有力的手臂表达着另一种形式的爱。

一旁的所有人全都愣住了，元定芳、元叶媚及刘瑞平在半晌过后，同时发出一阵欢呼。

游四感觉似乎有些不对劲，这是一种直觉，一种凭他多年的经验所得来的直觉。

只要再翻过前面大概有五里路的山头，就到了葛明约定的接应地点。翻过那座山头后，他肩头的重担就可以卸下了。

这批粮草的确牵动着许多人的心，一万担粮草，只光辎车就用了几百辆，这八千人的运粮队伍，耗去了几千匹驴子，队伍也真够笨重的。

如果不是游四的智慧，只怕早就被人发觉这几百车粮草的存在，那只会出现一个结局——被劫或被毁!虽然从义井达到此地，并不完全是官兵控制的区域，但以如此笨重而迟缓的速度前行，很容易被人发现，受到攻击，因此游四不得不派无名五前去向葛荣求援接应。

葛明所领五万大军，已驻扎于前面的潜龙岗，如果有五万大军接应，则再也不必顾忌官兵的骚扰，会使风险降至最低。

可是离潜龙岗越近，游四心中就越是不安，总觉得哪里似乎有些不太对劲，但却又说不上来。他心中忖道："或许是自己太多疑了，这次的行动如此缜密，应该不会出现什么差错的。"

五里……四里……三里，离潜龙岗越来越近，那座山头的景色可以看得极为清楚了。

游四终于心头一震，叱道："迅速给我停止前进，绕道向西撤退！"

"怎么了？"无名五忍不住奇问道，还有几名偏将也大惑不解，不明白究竟发生了什么事情。

"别问为什么，立刻给我向西方撤离！"游四急促地吩咐道，声音极为严厉。

车队很快就停了下来，驴马低嘶，几名偏将迅速指挥车队调头。虽然他们并不知道究竟发生了什么事情，但游四的命令却绝对没有人敢违抗。

数千名护卫士卒迅速进入紧张的戒备状态，以能够及时应付突发的变故。

望着车队向西缓缓地移动，游四心中有些急躁。

无名五讶然地望了望不远处那座山头之顶，并没有发现什么异样，不由惑然问道："侯爷，究竟发生了什么事？"

"明王的探子还未来与我们接头，而此地只距潜龙岗三里多路，这绝不符合常理，而我派出去的探子也没有在那座山头留下任何记号，这就只有一个可能，就是事情有变！"游四淡然道，说完向那群偏将喝道，"让他们快点！"

游四的话刚刚说完，不远处就响起了一阵凄厉的号角之声，跟着就是蹄声如雷滚过，只震得天地为之摇晃。

游四的脸色变得极为难看，无名五的脸色也变得有些难看，那数千押运粮草的士卒也都为之色变。

因为所有的人都已经明白，在潜龙岗等候的，不是葛明接应的大军，而是一支要命的敌骑。

游四和无名五的心直往下沉，他们似乎感觉到这个阳春三月的天气是如此阴冷。

问题出在哪里？

葛明的战甲有些凌乱，神色更是沮丧至极，还有几分怒意。

葛荣只看他一眼就明白发生了什么事情，心在发冷，脸在变色。

“孩儿遇袭了，游四竟没有到达我们约定的地点，孩儿赶到那里时竟被尔朱荣袭击……”葛明有些恨恨地道。

葛荣不再看葛明，只是冷冷地道：“回攻邯郸、肥城，你主攻邯郸，高欢主攻肥城，各自领兵四万，立刻出发，不得有误！我领大军随后就到，你们只负责阻止两城的兵力夹击，以让我主力过城！”

“父王要撤军？”葛明惊问道。

“你不必过问，吩咐每位将士带三日口粮，听命行事，不得有误！违者杀无赦！”葛荣的口吻无比严厉地道。

葛明被训斥得无话可说，只好悻悻地退下。

“让高欢和尉景来见我！”葛荣冷声吩咐道，却是对退出的葛明所说。

葛明应了一声，葛荣的眸子之中绽出骇人的杀机。

“噗噗……”一只鸟雀的扑翅之声在窗外响起。

葛荣推窗一看，却是一只洁白的信鸽。

葛荣伸手抓过那只并未逃逸的信鸽，解下脚上所系的字条，正准备拆开之时，门外传来了侍卫的呼喝：

“高将军到！”

葛荣只好将字条纳入袖中，放飞手中的信鸽。

高欢赶来的速度极快，似乎本就有事要向葛荣禀报，并非受葛明的传召。

“天王！”高欢深深行了一礼，恭敬地道。

“嗯！”葛荣淡应了一声，转过背来，神色之间似乎带着一缕淡淡的忧郁。

“是王儿让你来的吗？”葛荣问道。

“不，末将有重要的事情要禀报！”高欢有些微微急虑地道。

“什么事？”葛荣有些讶然地问道。

“宇文泰的前锋部队被贺拔岳击败，宇文洛生战死，宇文泰被擒！”高欢有些沉重地道。

葛荣再震，半晌才吁了一口气，道：“不必再与邺城相耗下去了，撤军！吩咐军中将士每人带三日口粮，你领兵四万回攻肥城，即日出发，与王儿相互协作，勿必要为大军守住退路，你可明白？”

高欢一怔，但并没有说什么，他自葛明走时的那种狼狈之状似乎知道了些什么，所以葛荣这种决定，对于他来说并不突然。

“末将明白！”高欢道。

葛荣淡淡地露出一丝微笑，在这种生死立判的紧要关头，葛荣仍能笑出，的确十分难得。

“你立刻去准备，任何事情越少人知道越好！”葛荣道。

高欢再怔，但也明白了葛荣此话的深意，认真地道：“末将知道该怎么安排。”

“去吧！”葛荣不想再多说。

高欢起身头也不回地走了，他知道自己完全没有必要再说什么。

葛荣展开字条，却发现几行小如蝇头之字：“天王身边的亲近人中有内奸，尔朱荣似乎对天王的所有安排知之甚详，望天王小心，属下正在细查奸细是谁，不久再行汇报。”落款却是一柄窄长的剑身，但并无名字。

葛荣眉头再锁，并非因为这不知姓名的落款，而是这奸细究竟是谁？

夜很凉，阵阵冷风，发出凄厉而不规则的低啸。狼嚎虎啸，使这个夜晚变得更为阴森。

洞中，一阵阵低沉的喘息之声和呻吟之声传出。

月色很淡，根本就不可能有人能够借月光看清洞内的景物，但却可以嗅到洞中的血腥气味。

无名五轻轻敲打了一下火折，那微弱的火星闪过，却发现游四的脸色极为苍白，或许是由于失血过多的缘故吧。

游四的身边，除无名五之外，尚有他的三名护卫，这是五十名护卫中能杀出重围的几个幸存者，但此刻却已是满身鲜血和伤痕，而数千运粮士卒则死亡殆尽。只不过，此时这些幸存者的眼神依然是那么坚定，在那闪过的火星之下，可以发现他们的眸子折射着一股冷厉的杀气，他们是一群不怕死的人。

“侯爷，你感觉好些了没有?”无名五低声地问道。

游四轻轻地呻吟了一声，有些惨然地道：“我还死不了！你快去通知天王，明王可能会是奸细，让天王小心!”

无名五的心在发凉，他实在不愿意接受这个现实，因为事实太过残酷，不仅仅是对义军，也是对葛荣本身的残酷。

这些日子以来，怀德战死、蔡泰斗重伤、高傲曹兵败，葛家军已被这个神秘可怕的奸细弄得惶惶不可终日，而此刻，两批粮草被劫，这一切的一切只因为奸细的存在。

“也许不是明王!”无名五依然不想承认这是事实，不由辩解道。

游四惨然一笑，道：“至少他失约未在潜龙岗接应，就可证明他有……问题……咳咳……”话未说完，游四已咳出了一小口黑血，又接道，“这次的粮草运行计划都是我一手安排的，根本就没有人知道我的行走路线，你又说只跟王天禀过，而天王将任务交给了明王。潜龙岗并不是我原先要行走的路线，可是明王却一定要让我转至潜龙岗，这些你都知道。因此，这次泄密的人明王的嫌疑最大……”

说到这里，游四又开始喘息了，似乎有些呼吸困难，或许是因为伤势的确太过严重，那群伏击他们的快骑之中有着许多高手，游四能杀出重围已经够幸运了。况且那些人知道今日乃是游四主持大局，全都以游四为目标，这使得游四的压力大增，才受了如此重伤。

粮草再丢，游四欲哭无泪，虽然责任不在他，但他的心中却很痛。

无名五不再言语，洞内再次陷入了一片死寂，这里也是属于太行山脉的一处，林密岭深，游四几人身藏洞中，还算比较安全，但那些人绝对不会放过游四。

游四几乎是葛家军中除蔡风之外的第二号人物，在葛家军中有着举足轻重的地位，如此重要人物，尔朱荣的确不肯放过。

“咳咳……”游四再次猛咳，他的背上有一个乌黑的掌印，这是让游四难以承受的重创所在。

“侯爷，属下背你去临漳，只要找到了天王就不怕了！”一名护卫坚决地道。

游四惨然一笑，道：“我这个样子能走多远？他们肯定四处布下了天罗地网，正在寻找我们呢。如果没有我这个累赘，你们也许还可趁黑逃走，我看还是你们几人先走，找到天王告之情况，再来这里接我吧！”

“这怎么行？说不准下一刻他们就会找到这里，以侯爷的重伤之身，怎么可能是他们的对手？我看还是大家一起走吧。”无名五认真地道。

“不行，这样只能使你们的行动受到限制，万一遭擒，到时谁去将这个消息告诉天王呢？”游四坚决反对道。

“无论如何，我们是不会弃侯爷而顾自脱身的，要死大家死在一起！”那三名护卫毫不畏死地道。

游四有些微恼地道：“这是命令！”

“说不得今日只好违令一次了！”无名五的语意极为肯定地道，说着不由分辩地制住了游四的穴道，一把抱起游四，向那三名护卫道，“咱们走！”

游四无可奈何，但却心急如焚，他似乎可以预料到阻力的存在。

葛荣并不是一个坐着苦等之人，是以他决定提前出发，连夜赶路，而且是选择后半夜。他并没有按照与高欢相约定的那个计划行军，而是提前了时间，这是葛荣与葛明另外商行的计划。近日来出现了这么多的变故，使葛荣感觉唯一可以相信的人，就只有他的亲生儿子葛明。

对于有内奸之事，使得葛荣怀疑每个跟随着他的人，包括高欢。在他的眼中，唯有亲生的儿子才是真值得信赖的。

尉景有些惊异，但军令如山，葛荣的命令更是不能有丝毫的违拗。于是，他只能早早地指挥大军起程，退出临漳，直返邯郸和肥城。葛荣要自两城之间返回冀州，再重新布局南下。俗话说：“留得青山在，不怕没柴烧。”

第一百九十六章　舍身护主

尔朱荣仔细地查看着那一张不是很明了的地形图，几支火把便支撑在他的身后，将那张几乎有桌面大的地形图照得十分清晰。

这是尔朱荣今晚第三次拿出这张地形图仔细琢磨着。

“葛荣呀葛荣，枉你聪明一世，却也终有如此惨败的一天。”尔朱荣低低地自语道，更有着一种说不出的得意，似乎一切都已经掌握在他的手心之中。

尔朱荣身后没人敢说话，甚至连大气都不敢喘，只因为尔朱荣身上散发出来的那股张狂气焰，在每个人的心中都植上了一层深深的阴影，那是一种无声的压力。

“贺拔岳！”尔朱荣低呼道。

“末将在！”贺拔岳恭敬地应了一声，踏前一步。

“你立刻让那选编的七千轻骑的所有兵器全都更换为神棒！”尔朱荣淡淡地吩咐道。

贺拔岳一怔，有些惑然，若是将七千轻骑手中所有的兵器都换成一根十五斤四两七钱的铁棒，对敌岂会造成杀伤力？不由有些不解地问道：“大司马难道要以神棒对敌？”

“你知道什么？人马逼战，刀不如棒。你命令那七千轻骑必须以棒出击，至于交战之时，不必在意斩敌多少脑袋，只要以神棒驱赶，打乱葛家军逆贼的阵脚之后，再将之逼散。如果七千轻骑中有不服从命令者，杀无赦！”尔朱荣冷杀地道。

贺拔岳恍然，不由大感佩服，唯有尔朱荣才能想出如此绝妙的战术。

“斛拔弥俄突!”尔朱荣又唤道。

“末将在!”一名鼻高发黄的大汉站了出来，大声应道。

“你领一万将士伏于望谷左侧，听到号角之声，便领兵冲杀……”

游四望着这座空城，有些发呆，他还是来迟了一些。一路上，无名五诸人背着他竟没有受到任何阻力，可是葛荣竟然离开了临漳。

无名五也禁不住为之发呆，葛荣的行军速度实在太快了些。

“我们快追!”游四急道。

“往哪里追?”无名五有些不解地问道。

“天王定是向邯郸方向去了。”游四肯定地道。

“让我去!”无名五急切地道。

“你们哪儿也不用去!”一个极冷的声音遥遥传了过来。

游四脸色为之一变，扭头向声音传来之处望去，禁不住骇然低呼:“葛六!”

无名五也心头一颤，扭过身来，眸子中闪过一股冷烈的杀气，他知道此人才是真正的尔朱兆。

“哈哈哈……”来人的笑声中充盈着一股莫名的得意。

“游四兄，真是幸会，我们兄弟俩又在这座空城之中见面了!”来人正是曾经为葛六的尔朱兆，那张面孔竟与葛明收到的礼物面孔一模一样。

“你这个叛徒!”游四冷冷地低叱道。

“我本就是尔朱兆，尔朱家族的合法继承人，又何来‘叛徒’之说?念你是个人才，只要愿意降我北魏朝廷，本人保你荣华富贵享之不尽!”尔朱兆淡笑道，同时移动着步子向游四逼来，在尔朱兆的身后还有两名气势不凡的中年汉子，他们给人的第一印象，就像是一柄锋利无匹的剑。

“呸，你们尔朱家族没有一个好东西!”无名五冷叱道。

“五爷，你带侯爷先走，这里就交给我们吧!”那三名护卫似乎清晰地感受到了来自尔朱兆身上的压力。

无名五望了望重伤的游四，知道今日若是跟尔朱兆硬拼的话，必定凶多吉少。因为他们虽然在人数上占着优势，可每人多多少少都受了些伤，这就使得战斗力大打折扣，而且又要护着游四，这就更成了累赘。

“好，你们小心些！”无名五轻轻说了一声，一夹游四，向城外掠去。

“想走？没那么容易！”尔朱兆轻笑声中，无名五只觉城门口几股汹涌的劲风直扑而至。

无名五大惊之下，两只巨大的手掌已经袭入了他的三尺之内。

掌心乌黑，显然含有剧毒，无名五哪敢怠慢？刀出如电，自斜侧角划出，但不得不放下游四。

“叮……”一声轻响，无名五只觉手心一震，显然刀锋被硬物所阻。

“嘿嘿，尝尝老子的黑心爪！”那个在城门口伏击的人尖声厉笑着再次挥拳而出。

游四的三名护卫大惊，纷纷出刀向那人挥去，每个人的刀势都疾若奔雷，隐约间，风啸雷鸣声不断。

“别急，还有人陪你们玩呢！”尔朱兆轻笑声中，他身后的俩人如箭般向三名护卫的背门射去。

尔朱兆根本就没有动手的意思，只是在一旁欣赏着这场好戏。

无名五刀锋一抹，雪亮的光彩与朝阳相辉相映，的确有一种惊心动魄的力量。

那人忙收拳，也不得不收拳，除非他不想要这只手。但就在他收拳的时候，骇然发现无名五的刀只是虚招，真正的实招却是脚。

自刀锋之下踢出的那无声无息的一脚，借着雪亮的刀光掩护，竟让人忽视了。

“砰！”无名五的一脚正踢在那人的小腹上。

那人惨哼着倒跌而出，无名五迅速扶起游四就向外闯，但才闯出三步，他不由得再次驻足，因为他的面前站着两个一身衣着如火的怪人。

无名五想起了财神庄的那群血焰杀手，血焰杀手共有十三人，在财神庄中死去了数人，但这俩人却出乎意料的出现在这里，而且是在这般要命的时刻出现。

无名五知道这俩人的实力，无名十八曾与其中一人交过手，虽然最终赢了，但赢得并不容易。而此刻他又受了些轻伤，怎能是这俩人之敌？但无名五绝对不会屈服，即使死，也要战死！

死，对于无名三十六将来说，根本就算不了什么，他们绝对不会在意生死，因为他们本就是死士，可以为一个命令去死。

无名五的眸子之中闪过一丝冷杀而深沉无比的厉芒，如刀一般锋利，他松开游四的身子，紧了紧手中的刀柄。

游四艰难地移了移身子，他的三名护卫已与另外三人战成一团。

这三名护卫也是千里挑一的高手，就因为游四的身份重要，所以他身边的人绝对可怕。虽然尔朱兆身边的那两名中年人和那个被无名五一脚击飞之人的攻势极狠，但并不能使这本已受伤的三名护卫有丝毫的慌乱。

“果然是强将手下无弱兵！”尔朱兆望了望三名护卫出刀的手法和力道，忍不住赞道。

“你也是有其叔便有其侄呀！”游四也淡然回敬道。

尔朱兆心中并无怒意，反而有些暗自得意，他并不认为自己像尔朱荣是一种屈辱。相反，还是一种荣耀，因此闻听游四之言后只是淡淡地笑了笑。

“你似乎很得意，的确犹如你叔父一样是贼臣孽子！”游四笑了笑，嘲讽道。

尔朱兆大怒，哪想到游四只是绕个弯子来骂他，还连尔朱荣也骂了进去。

“你简直是找死！”尔朱兆怒喝着向游四逼来。

葛荣心中微沉，尔朱荣终于还是来了。

这一战他等了很久，但这一刻的时机却是对他大大不利，只因为战争需要讲求士气。此时，葛家军的士气绝难以达到最佳状态，因此这一战来得并不是时候。

对于葛荣来说，此刻两军交锋并不是时候，可是对于尔朱荣来说却恰恰相反，这本来就是相互对立的。

葛荣停止行军，他并未直接与尔朱荣相遇，而是前方探路的探子禀报出尔朱荣的行踪。是以，葛荣决定停止行军，布下战阵，与尔朱荣相对。

大决战的序幕已经拉开，在兵力上，葛荣仍占着绝对的优势，虽然分出了八万大军让高欢和葛明率领，但如今他的身边仍有十余万大军，这股力量足够与尔朱荣一战。

葛荣也有绝对的信心，不仅是对他自己有信心，而且对葛家军同样有着强大的信心。

十余万大军足够将尔朱荣踏为肉泥，甚至可以如车轮一般碾过去，将尔朱荣那股人马碾碎。

葛荣的帅旗高高飘扬于天空中，迎着朝霞，在如蚁般密集的士卒围护之下，确有一种君临天下的气势。

葛家军很快散漫而开，分左右两翼向前推移，而中部主力更以锥形阵势直逼前路，同时以雁行之阵相辅。尔朱荣就等在前方的路上，是以葛荣必须杀过这段路途。

与尔朱荣一战，乃是决定性的一战，这一战迟早要来，只要能大败尔朱荣，北魏朝廷就会如同失去了支柱一般瘫倒，那么葛家军直进洛阳则并不是一件很难的事。因此，尔朱荣可以说是葛荣宿命中的大敌。

铁蹄之声渐渐漫山遍野地传来，葛荣的眸子之中闪过一阵异样的杀机，在朝阳的光辉中，那乌黑的眼珠，反射着一缕冷厉的光芒——尔朱荣终于来了。

“杀……杀……”尔朱荣的身影最先出现在葛荣的眼中，那是一匹枣红色的战马，银鞍，金镫，而尔朱荣的手中则持着一根长约五尺的铁棒。

“锵!”一声龙吟般的轻啸刺破如潮水般的喊杀声，直冲云霄。

那是葛荣的刀，一柄被一层血红色的光润所笼罩的刀，以君临天下之势对着朝阳连斩三下。同时，更传出葛荣那惊天动地的高呼声：“杀——”

“杀……杀……”箭雨纷飞，直逼向尔朱荣冲来的七千铁骑。

尔朱荣对这些羽箭根本就不放在眼里，马速猛增，自箭雨中穿过，直冲入那锥形阵势的锋端。

锥形阵势的锋端也是由骑兵所组成，在葛家军未能来得及放出第四支箭时，双方已经短兵相接。

尔朱荣身后的七千铁骑尽用铁棒，唯有横劈直砸的动作，但却有着无穷的威力。

“呜呜……”号角声响起，四面所伏的官兵也如潮水般直涌出来，虽然这些埋伏的人马与葛家军比起来少了许多，但这些人全都是骑兵，以快得让人无法及时反应的速度冲至。

无名五终于出刀，但这一刀有些苦涩，抑或并不是刀苦涩，而是无名五的心苦涩。他似乎可以料到是什么结局，但是他却不能不战，这是他的使命。若他逃走，至少有五成活命的机会，但若是苦战，那就没有任何机会了。

尔朱兆也出手了，抓向游四的咽喉。其实，他并没有击杀游四之心，如游四这样的人才，若能收归己用，那倒的确是一件极好的事，问题只在于如何让游四屈服。

游四丝毫没有畏惧，只是露出一丝难以察觉的笑意。

尔朱兆的手法极快，但他却需要越过一段空间。

尔朱兆越过这段空间的时间，足够游四做出许多小动作。毕竟，游四的速度绝对不慢。

游四出手，立掌横截，普普通通、简简单单、有气无力的一掌，却让尔朱兆大吃一惊。

尔朱兆在游四的手心发现了一点东西，那是一颗球状之物，呈火红色，泛出一层金属般的光彩。

尔朱兆认识这东西，就是天下间极为有名，甚至可以列为火器之王的轰天雷。

游四手中竟有轰天雷，这的确让他吃惊不小，也惊骇莫名。此刻，他才想起了游四那惨然而又莫名其妙的眼神。

尔朱兆骇然抽身倒退，他不想死，与一个重伤者同归于尽，那是只有傻子才做的事情。

游四有些疯狂，他竟选择了与敌人同归于尽的打法。以游四的身份和地位，本不应如此选择，但是这是万不得已之时才这么做的。

游四并没有追袭，而轰天雷却消失在他的手心，并没有抛出去。因为他知道，对于尔朱兆这种高手来说，掷出轰天雷只是一种浪费。

尔朱兆与游四相隔两丈而立，干笑一声，心中微微松了口气，道："游四兄何必如此想不开呢？以你的智计，如果弃暗投明，那可是前途无量呀！"

游四如同什么事情也没有发生一般，笑了笑道："有些时候往往事与愿违，我游四自娘胎出来就是这样一副臭脾气，想改也改不了，也许来世投胎之后，会好一些。"

"游四兄真的如此让我失望吗？"尔朱兆心中微微有些怒意，游四似乎有些不识抬举。

游四不屑地一笑，悠然而无惧地道："你又是什么身份？如果是尔朱荣说出这番话，我尚可以考虑。至于你嘛，若有些失望，那是很正常的！"

尔朱兆大怒，眸子之中闪过一缕冷厉的杀机，淡然道："既然如此，我只好送你一程了。不过，我可以告诉你一个事实，葛荣今日是死定了，你的葛家军兄弟也会四分五裂，不复存在！"

游四脸色大变，声音极冷地道："大言不惭，也不怕风闪了舌头！"

尔朱兆有些怜悯地望了游四一眼，蓦地一弹指。

游四心中暗惊，他的伤势虽重，但眼力依然十分犀利，竟清晰无比地捕捉到那几枚泛着蓝光的细针。

针，直射向游四的心口，绝对是致命的，不仅仅是因为所射的方位，更因为针上淬有剧毒，所以这是必杀的杀招！

葛荣横刀跃马直逼尔朱荣，他的心头微微有些发凉，只因为尔朱荣那种爆破式的骑兵战略。

葛荣的确没有想到尔朱荣的七千铁骑不用斩马刀，反而以铁棒驱砸人头，居高临下竟然会产生比刀更惧威力的效果。

葛家军的阵形被尔朱荣的铁骑冲击得一片凌乱，众义军的脑袋不是被砸得稀巴烂，就是击昏过去。

尔朱荣所过之处，人仰马翻，葛家军的战士四处逃窜，而尔朱荣身后的铁骑更将战果不断扩大。如此一来，葛家军的阵形就随着这支铁骑而波动，混乱四散扩张，直至影响全军。

尔朱荣的铁骑根本就不停留，这正是骑兵的优势，只要他突破了葛家军外围的骑兵阵圈，进入了内部核心，就会犹如虎入羊群，无人能阻。

尔朱荣暂时并不想与葛荣正面交锋，只是不想被葛荣缠住，他知道葛荣的刀法并不会比蔡伤逊色多少，这样一个可怕的高手，正是唯一一个可以阻止他的人。是以，尔朱荣避开葛荣的追袭，而选择一些人多的地方冲杀，只求将葛家军的阵势全部打散。

官兵外围的铁骑只是在葛家军的外围不停地冲杀，由外向内攻击，而尔朱荣冲入了葛家军的腹部后，又由内向外冲杀，里应外合，只杀得葛家军手足无措。

葛荣所过之处，也若斩瓜切菜一般，官兵没有一招之敌，皆因葛荣的宝刀实在太过锋利。

双方的战意大涨，而官兵更是舍生忘死。皆因尔朱荣竟一马当先，领兵杀入敌阵，这对激励士气有着无可估量的作用。

尔朱荣终于还是不能不与葛荣正面交锋，因为葛荣的杀招太狠，若再这样下去，只怕他身后的七千铁骑恐怕要被葛荣击杀一半，这对于他来说，自然有些得不偿失。

葛荣与尔朱荣相对，四道目光在虚空中擦起了两团电火。

越过千军万马，越过尸身辎车，越过血腥的空间，俩人的杀机在虚空中愈酿愈浓，愈浓愈沉。

天空似乎在刹那之间变得暗淡，这个喧嚣而残酷的世界刹那间自俩人的心间抽离。在他们的心中，他们的眼中，只有对手！只有对手的刀，只有对手的棒。似是千百个轮回后的夙敌，骤然相遇。

相遇，交锋，出手。

天空一片宁静，宁静中酝酿着杀机，杀机中夹杂着血腥，血腥后是两双眼睛，一切的一切，如同噩梦初醒。

葛荣和尔朱荣，终于交手了。

游四没有死，他的眼中出现了一张美丽得让他感觉置身梦中的俏脸。

那种美，那种感触，几乎让游四怀疑自己已经死了，步入了天堂仙界。

不，那是一种妖狐般的美，一种莫可言状却又可以清楚感受到邪异的美丽。

只是惊鸿一瞥，在对方那顶深罩的宫纱飘起的一刹那间，被游四窥视到了。

一身素绿色的长裙洒开，如一片淡薄而异样美丽的云彩，有种说不出的飘逸与潇洒，犹如天女散花般的长袖，在天空中浮动着一层灵幻的圣境。

“天魔舞!”尔朱兆惊呼声中，那几枚小针已经消失在虚空中。

一切都是那么突然，一切都是那般出乎人的意料之外，包括这位突然出现、毫无征兆的神秘女子。

“嘭嘭……”尔朱兆的身子被一股强劲的气流抛了出去，他无法抗拒。

“公子!”那本来与游四三名护卫缠斗的几人忍不住惊呼道，一齐向这突然出现的神秘女子攻来。

游四似乎忘了自己身在何处，脑子之中浮起的尽是那张充满邪异灵气的俏脸，与那双足以让任何男人为之下地狱的眸子。虽只是一刹那间的感觉，但却如同一生一世般那么清晰。那种成熟的美绝对与凌能丽、刘瑞平和元叶媚的美不同，但却更具勾魂慑魄的魔力。

神秘女子发出一声脆笑，声音如同银珠落玉盘一般清脆，又似黄莺初啼般直入人心。

“噗……呀……”几声惨叫过处，扑向神秘女子的三人如同纸鸢般飞了出去。

游四还没有回过神来，便觉身子一紧一轻，耳畔有风呼啸，更嗅到一阵醉人的幽香。

“祝仙梅，我叔父不会放过你的……”尔朱兆气极败坏的声音传入了游四的耳中。

“侯爷……”无名五和那三名护卫放下敌人，跟在神秘女子之后狂追。

游四心头一醒，是因为尔朱兆呼出的那个名字让他心惊。

“你是祝仙梅?!”游四说出话来，才知道自己的声音很微弱。

“你不必问得太多！”神秘女子冷然道。

“你要带我去哪里？”游四又问道。

“到了你自会知道……”神秘女子似乎讨厌游四问这问那，竟制住了他的穴道。

“守护天王……”宇文肱高呼道。

葛荣感到一阵心力憔悴，他从来都没有这种感觉，但是今日他却面对了尔朱荣，一个曾被誉为天下最可怕的剑手。

葛荣的心力憔悴并不只是如此，更是因为尔朱荣的武功高得出乎他的意料和想象。

的确，尔朱荣的武功之可怕已经不是语言可以描述的，在葛荣的估计之中，自己就算无法胜过他，至少也可与之战上千招，但葛荣估计错了。

葛荣的确有些失误，他只接下了尔朱荣十五招。在第十六招时，他败了；第十七招时他受了伤。当尔朱荣击出第十八招时，无名八将一齐联手出击，终于接下了尔朱荣那惊天动地的一击，但无名八将有俩人因此而受了伤。

尔朱荣便如同一尊发怒的魔神，凶、野、霸、狠、狂……

葛荣坠落于地的那一刹间，亲卫们便已将他团团围住，更有近百名好手无畏地直扑尔朱荣，以人海战术缠斗尔朱荣。

尉景和宇文肱分别指挥两股人马，奋力冲杀。葛荣也不得不跟着撤退，这是没有办法的事情。

这一场大战的战局很明显，虽然尔朱荣的铁骑死伤惨重，但他已经胜了。葛家军的战斗力明显薄弱起来，因为阵形已乱，主帅受伤，再加上尔朱荣给众人所造成的心理压力，让葛家军步入了生死存亡的边缘。

尉景无畏地冲杀，他所领的仍有一万骑兵，而宇文肱则有骑兵八千，另外还有散骑四千左右。

尔朱荣的大军是清一色的骑兵，达数万骑之众。因此，葛荣唯有在大队骑兵的相护之下撤走，向葛明所在的方向撤走。

这次两军交战，葛家军的境况很惨，大多数四处逃窜，也有不多的步兵在骑兵之后奔逃，但这群人也最为可怜，无一不是惨遭屠戮。

有些人则干脆投降，但总的来说就是葛家军大势已去。

葛荣重伤的不仅仅是肉体，更有心灵，他的心很痛。他似乎没有想到会有今日，他是真正地败给了尔朱荣。在战略上，在武功上，他输了，而且输得如此之惨，以两倍的兵力却仍只换来了一个惨败局面……

游四醒过来时，却发现自己在一张散发着淡淡幽香的秀榻上躺着，温暖的被褥让他有些愕然。

想到葛荣的战局，他哪有心思在这温暖的被窝中躺下去？睁眼四顾，却并没有发现那个神秘女子的影子，不由伸手掀开被窝，伤口的扯动之痛让他记起自己仍是重伤之躯。不过，此时他身上已缠满了绷带，只有一条内裤穿在身上，显然有人为他上了药。

“难道是那神秘女子所为？”想到这里，游四心里泛起一种异样的感受，但想到尔朱兆说出的那个名字，他的心不由凉了半截，“难道她真的是魔门阴癸宗的妖女祝仙梅？”

游四本是白莲社的后人，对魔门之事所知绝不算少。因此他听到尔朱兆呼出“天魔舞”三字时，就想到了神秘女子可能是魔门之中的人，因为这是魔门的三大绝学之一。当尔朱兆唤出神秘女子为“祝仙梅”时，他自然不会再怀疑。

“祝仙梅！”游四心头有些发冷地呼道。

屋子中空荡荡的，却并无人回应。游四心头微微有些烦躁，屋内几个大火炉使得室内极为暖和。此季已是三月，本就只有稍微的寒意，可是这屋子之中仍燃着几个大火炉，让人觉得毫无寒意之感。

游四掀开被子，走下秀榻，他要找回自己的衣服。

“吱呀……”门被打开，那神秘女子缓步行了进来，淡淡地望了游四一眼，并没有为游四那赤裸着的身躯而脸红，只是冷冷地问道：“你的伤势这么重，却不躺下休息，爬起来干什么？”

游四大为尴尬，自己如此赤裸地站在一个美人眼下，确实难以适应，忙退回床上钻入被窝中，道：“我的衣服呢？快把我的衣服找来，我要走!”

神秘女子看着游四那尴尬和脸红的样儿，不由得“扑哧”一笑，脆声道:“瞧你还是个大男人，难道你这副身材，还怕人看吗?”

游四大为气结，更有一种受辱的感觉，恼道:“我身材不好吗? 就是不好也用不着你来评头论足!”

神秘女子似是一怔，旋即又笑道:“你们男人就是这副德行，我本以为游四是个了不起的人物，原来也只是个鼠肚鸡肠之辈。”

游四也大感奇怪，自己平时涵养极好，怎么今日却如此轻易地动气了呢?

男人的心思本就是极为奇怪的，每个男人都绝不想在美人的面前丢人，更不能被美人小看。

“我的衣服在哪里?”游四又问道。

“你的伤势很重，难道真要走吗?”神秘女子淡然问道。

游四心中极恼，就因为这美人贬低了他的身体，受不了这种窝囊气。

“那是我的事!”游四不忿地道。

“你的衣服破烂不堪，已不能再穿，我已叫人赶做了一套衣服，不过是改剪的，我立刻就叫人给你送来!”神秘女子似乎明白游四为何要走，并没有多说什么。

游四一愣，不再作声，他也不知道自己今日为什么会有这种情绪，更不明白是对还是错。当然也不知道对方是谁? 为什么要救他? 这里又是何处? 甚至连谢都未曾谢一声，而他也不知道自己这个样子能行出多远。

他所受的伤势的确太重了。

“你不必赌气了，先留在这里休息两天，待伤势稍好后再走吧。”神秘女子淡然道，话语之间多了几分温柔和诚恳。

游四心中去意更决，他不想让一个美女小看，是以他不再说话，直到送衣服的人赶来。

葛明的大军抵达邯郸三十里处，果然依照葛荣的计划驻足于前路，不过是一副如临大敌的架势。

望见葛明的大旗，葛荣的心稍稍松了一口气，能够跟上来的只有三千多骑，其余的不是四散而逃就是被射死，但葛荣仍极为侥幸地摆脱了尔朱荣的追袭。只是葛荣极为心痛，此次南征，竟损失了二十多万大军，而能否返回冀州还是个未知数。不过，与葛明这四万大军会合，葛荣有信心突破邯郸和肥城的封锁，返回自己的势力范围。

"父王，你怎么了?"葛明策马远迎葛荣，见葛荣身受重伤之状，禁不住疾呼道。

葛荣挥骑来到葛明所扎下的营帐前，士卒们全都严阵以待。三千骑兵也全都下马，这一阵疾奔和厮杀也的确够辛苦的。

"怎么只有一半人?"葛荣虽然是在重伤之时，但仍可清楚地感觉到葛明扎下的营并不够四万兵马居住，这才有此一问。

"孩儿已调出两万大军前行探路，为父王开道，以确保无碍!"

葛荣这才稍稍放心，在众人扶持之下步入大营之中。

行了半晌，宇文肱突然有些惑然地问道："明王，你所统领的本是我的将士，怎会有这么多的陌生面孔?"

葛荣一惊，抬头一望，突觉背上一痛，竟感到一阵昏眩，也就在这时，他听到了宇文肱的怒吼之声：

"葛明，你这叛徒！噗噗……"

葛荣的身子飞跃而出，这之间葛明竟与宇文肱连对了八掌。

"天王!"几名护卫惊呼着扑向葛荣，但自斜侧掠出两名士兵，以更快的速度接过葛荣，并利落无比地制住了其穴道，大喝道："全都不许动，否则我就杀了他!"

葛荣的感觉依然在，只觉得一只手爪极为冰凉，而这只手爪正捏在他的咽喉处，整个身躯也正被身后这人所挟。

葛荣的护卫只好驻足，双眼怒视着对方。

"明儿，你想干什么?"葛荣有些难以置信地问道，同时更有无数的弓箭手拥至，大战一触即发。

葛明潇洒地转身，缓步踱到葛荣的身边，悠然一笑，问道："你是真糊涂还是假不明白?"

葛荣的心开始下沉，变得冰冷，声音有些发涩地道："难道你不是我的儿子?"

"是，我就是葛明，体内流着的是和你一样的血。但是，你并没有资格做我的父亲!"葛明极为冷漠地道。

"所有的军情全都是你出卖的?"葛荣冷冷地问道。

"也不全是，但此刻已经没有必要说这些了，因为从明天开始，葛家军将不复存在!"葛明狠声道。

"明王，天王怎么说也是你的亲爹呀?血浓于水，你怎么能这样对待天王?"宇文肱似乎仍想挽回局面地道。

此刻，葛家军的三千铁骑均已下马，否则一阵乱冲乱杀，或者还有机会冲出去。可此时只有待宰的份了，数以万计的劲箭瞄准了他们，只要他们稍有异动，保证会变成刺猬。是以，连宇文肱也不敢乱来，只能委屈求全。

"哼，在这个时代，只有权力和财富才是最值得人向往的，亲情又算得了什么?何况这二十多年来，他根本就未对我施教半分!"葛明不屑地道。

"这一切我都会补偿给你的，你不为我着想，难道也不为你娘亲想想吗?"葛荣吸了口气道。

"你还记得我娘亲呀?你会补偿给我?补偿什么?我看你还是给蔡风好了。你还记得我是你的亲生儿子吗?我是什么，是明王!明王是什么东西?算哪号人物?人家蔡风可是齐王，是齐国的齐王呀!哼，我还没见过这样的父亲，我可不想将来也做个什么齐国的明王，一颗受人摆布的棋子!"葛明愤然道。

葛荣和宇文肱全都为之默然，如果葛明是因为这才背叛葛家军，那他们的确没有话说，就是宇文肱也觉得葛荣将来很有可能继位给蔡风。也的确，在葛家军中，除蔡风配坐第二把交椅外，谁还配呢?蔡风可以说是葛家军中的另一根支柱，除葛荣之外的另一根支柱。就是宇文肱也觉得只有蔡风才配接手齐天王的位置。

葛荣不禁惨然一笑，他实在没有料到自己机关算尽，却败在自己亲生儿子的手中。所有的这一切只因算错了自己的亲生儿子，而输得一败涂地，这的确是一种悲哀，也让葛荣感觉到愤怒。

“你不必不服气，今日之败，乃上天早就注定!”一个极为洪亮而沉稳的声音传来。

“尔朱荣!”众人都忍不住惊呼出来。

游四总想再多走几步，离那温柔居越远越好。可惜，他的脚不争气，竟无论如何也无法挪动。也许，是他所受的伤势的确太重的缘故吧。

这一口气之下，游四竟行出了六七里路，但却花了近两个时辰。

“咕……”竟是肚子里传出来的声音，此刻游四才想起自己从昨晚到现在，还粒米未进。此时又艰难地挪移了六七里路，竟然无法控制自己的肚皮。

游四望了望已偏西的夕阳，心中苦叹：“我游四风云一时，却想不到也有今日这种下场，真是世事无常!”

游四回头望望，由于山林的阻隔，再也无法看到温柔居。不过他不想再回到那种地方，他也不明白为什么，也许是因为着急葛荣的军情，抑或只是因为那神秘女子不经意的一句话。

游四不由苦涩地笑了笑，暗忖道：“如果我没有看到她的面容，她说出那句话后我会不会也同样生气呢？抑或，如果她长得很丑，我会不会同样生她的气呢?”

游四实在觉得有些累了，就坐在地上休息了一会儿。然后竟然手脚并用，缓慢地向前爬行，他要找一个山洞，哪怕十分阴暗，十分潮湿，他也不会嫌弃。他宁可住一个阴冷的山洞，也不想走进那温暖的居所。

直到夜幕即将降临时分，游四才爬出了四里多路，手掌竟磨出了血，伤口也渗出了血，衣裤亦被荆棘划破。但他无怨无悔，只是找不到山洞居住，这对于他这个重伤者来说，可是一件极度危险的事。

山野中，经常有野狼出没，也许还有猛虎，如果没有可以寄居的山洞，他就真的只有死路一条了。很难想象，以他此刻的力量如何与虎狼相搏?

游四望了望，四周一片寂静，偶尔有几声鸟叫狼嚎，使林子之中平添了几分阴森。

游四知道自己再也不能奢望找到一个可以寄居的山洞了，于是只好闭眸运气，只希望在天色完全黑下来之前，恢复一些功力，能爬上一棵安全些的大树。在树上，虎狼就难以对自己产生威胁了。

来者正是尔朱荣，一匹枣红色的战马，银鞍金镫，气态非凡。

“阿爹!”葛明恭敬地叫了一声。

“嗯，明儿做得很好，阿爹他日绝对不会亏待你的!”尔朱荣满意地赞赏道，说完目光转向葛荣。

葛荣的心底一阵绝望，尔朱荣亲自来，他只有一条路可走，那就是死!但他仍有一点希望，那就是只要尔朱荣此时不杀他，他便有机会翻身。

“葛荣，你服气吗?”尔朱荣淡然一笑，问道。

“败军之将何足言勇?!”葛荣不屑地一声冷哼道。

“哼!”尔朱荣讥讽地嘲笑道，“你不该有泰山之行，否则你也不会败得如此之快，可惜……不过更可惜的却是，本人自今往后会失去一个可以成为对手的对手!”

葛荣不语，他不知道自己在泰山之行出现了什么问题，想到这里，他不由顿悟道：“难道明儿认亲的事是你故意安排的?”

尔朱荣微微有些得意地笑了笑，道：“如果不是我有意安排，你根本就不可能活着离开泰山!”

“那你当时为什么不直接将我击杀?”葛荣冷冷地问道。

“因为你仍有很多利用的价值!”尔朱荣高深莫测地笑了笑，接着道，“将他带到帅营之中，这些人降者免死，不降者杀无赦!”说到最后，尔朱荣的杀气大炽。

第一百九十七章　自封为王

葛荣被带入尔朱荣的帅营，帅营中除葛明之外，就只有尔朱荣，其余的人全都被撤出。

葛荣微感有些诧异，但此刻他已经没有太多的奢望可以逃走。

“我的武功是不是比你想象中要高明很多?”尔朱荣有些得意地问道。

葛荣一呆，却并没有否认。

“哈哈，也的确，天下间又有几个如同我这般的奇才？也只有我才配主宰这个天下!”尔朱荣一入帅营，立刻狂态毕露。

“孩儿以阿爹为荣!”葛明拍马屁道。

尔朱荣得意无比地笑了笑，道：“葛荣，如果你愿意臣服于我，我可以不杀你!”

葛荣眸子之中闪过一丝不屑之色，淡然道：“我并不是一个甘于屈服人下的人，这一点你不会不知道。”

“正因为如此，我才要你臣服于我，难道你不觉得我才是真命天子吗?”尔朱荣眸子之中闪过一缕狂野的光彩道。

“哼，但你还不是北魏之主!”葛荣不屑地道。

“这还不简单？只要我动个小指头就可以成为北魏之主，灭了你这支最强盛的义军，谁还敢与我作对？此刻就是蔡伤和黄海亲自来，我也不怕。谁能胜我‘道心种魔大法’第八层境界？天下间唯有我可以练成魔门至高武学，也只有最聪明也最有实力的人方配主宰这个天下。难道你不这么认为吗?”尔朱荣狂傲地道。

听到“道心种魔大法”，葛荣心头一动，他隐隐感觉到尔朱荣的狂态毕露，就是因为这种绝世魔功。否则，一个超级高手怎会如此张狂？如此激动呢？心中不由暗忖道："哼，练死你，最好是走火入魔、经脉爆裂而亡！"口中却激将道："这只是你自己的想法而已，我却看不出你有什么聪明之处。"

"哼，你可知道，我是如何成为今日主宰北魏的人吗？只有你这只笨虫和傻瓜还蒙在鼓里。泰山之行我之所以没有杀你，就是不想让别人认为我只是趁人之危，我更需你出手去击杀那个讨厌的元融，干掉神池堡那群老不死的。没想到你跟蔡风那小子还真合作，不仅帮我杀了元融，还帮我干掉了另一个心腹大患崔延伯。哈哈哈……你们的一举一动全都在我的掌握和算计之中，难道你不觉得我是天下间资质最高的人吗？"尔朱荣无限得意地道。

"神池堡也是你故意安排的？"葛荣倒吃了一惊，问道。

"哼，否则你休想动它分毫！"尔朱荣自信地道。

"那对你又有什么好处？"葛荣大惑不解。

"这是我尔朱家族的秘密，此刻告诉你也无妨。我之所以让明儿引你去进攻神池堡，一是因为神池堡中有太多你渗入的奸细，与其留下一个被蛀虫噬过的木头，倒不如烧了这截木头，再去寻找新的。这样就可清除你所有的眼线，至少可让你的人原形毕露，而神池堡的真正实力却一直在我的身边。另一个原因则是为了逼出我的影子，甚至杀了他。因为任何威胁到我的人都必须死，而他却是我的胞兄，面容体骼与我一模一样，但我却无法杀了他，因此只好借你之手去替我完成这一切了。难道你不奇怪为什么区区数百骑能安然自神池堡返回葛家庄吗？"

"原来所有的一切你早就布置好了？！"葛荣心中变冷，此刻他才发现尔朱荣实在太可怕了。他从来都没有想到会有如此狠辣、计划又如此周密的人，心中更为自己感到悲哀，还以为自己找回了最爱，又找回了亲生儿子，原来这只是一场梦，一个圈套，一个由自己亲生之子所设的圈套，葛荣忍不住心中隐隐作痛。

"你说得没错，这一切的一切，全都是我一手策划的，你只不过是局中的一颗棋子。此刻，你的利用价值已经快完了，所以我不必再对你留情。不过，你还有最后一点利用价值，知道吗?”尔朱荣声音变得温柔地道。

葛荣的心如同裸露于冬日的寒风中，与刚才的心境全然不同，禁不住哆嗦了一下，冷问道：“你想用我作饵，引来蔡风?”

尔朱荣笑了，笑得极为灿烂，半晌才道：“你还算是个聪明人，不错，我要押解你回洛阳!”

游四被一阵低低的号叫之声惊醒，当他睁开眼之时，却见几只恶狼在身前一丈开外虎视眈眈，凶光闪闪地紧盯着他，露出贪婪的舌头，不住地舔着唇腭。

游四心中一惊，不知不觉中天色竟然已经全黑，这一天他饿着肚子，虽然体内稍稍积存了一点微薄的真气，但根本就不可能用来对付这几只贪婪的野狼。

游四抓紧置于膝上的利剑，由于他的身子紧靠着大树，是以几只野狼无法自身后偷袭。否则，只怕此刻游四早已葬身狼腹了。

游四缓缓支起身子，警惕地与恶狼对峙着，心中一阵苦涩。想不到堂堂一位侯爷，却会受狼的欺负，游四忍不住叹息了一声。

几只恶狼见游四靠着树干立起了身子，禁不住发出低低的“呜呜”声。

游四向怀中一摸，那颗轰天雷已经不在，显然是被神秘女子给他换衣服时拿去了，否则有一颗轰天雷在手，心里定会踏实些，此刻他心中有一种空荡荡的感觉，死亡的阴影迅速笼罩过来。

树叶浓密，树枝横生，夜风愁惨。

游四的手触到了一件硬物，那是伸入怀中摸轰天雷的左手。

硬物，是一支旗花，如果他要再回温柔居，只须射出这支旗花，就会有人前来接应他。想到温柔居，想到那美人的讥讽，游四心中一痛，咬咬牙，自怀中掏出旗花向几只恶狼砸去，他的身子却迅速向身后的树上攀爬。

旗花没响，是因为游四并不想发出警讯，哪怕客死异乡，葬身狼腹。

几只恶狼似乎吓了一跳，向一旁跃开，游四拼尽全力向树上攀爬。

大树很陡，虽然游四恢复了一些功力，却十分有限，这种平时根本不用费力的活动，今日却难比登天了。

才爬上八九尺之时，就听到一阵风声响过，一只恶狼跃身扑上。

游四一惊，双脚踏在一根极细的横枝上，挥剑向后斩去。

“噗……”利剑斩在了恶狼的身上，但是恶狼那股强劲的冲击力使游四手中的剑几乎把握不住，更让他心惊的却是脚下所踏的树枝“咔嚓”一声折断了。

那树枝的确显得太过脆弱，无法承受游四的身体重量，在那只恶狼的惨嚎声中，游四的身子也飞坠而下。

另外几只恶狼怎么会放过这个大好机会？全都飞扑而上。

游四暗叫一声：“吾命休矣！”

“噗噗……呜呜……”几只恶狼惨嚎着飞跌而出，并迅速奔散。

游四一惊，睁开眼时，发觉自己斜靠在一截粗枝上，首先映入眼帘的是一张美丽得让他心魂为之飘摇的俏脸，竟正是那神秘女子，只是此刻她并没有戴面纱。

游四的鼻孔之中渗入一缕缕清幽的体香，如兰似麝，只让他心旷神怡，茫然忘记了身在何处。

神秘女子与游四并肩坐于那截粗枝上，近在咫尺。

“没见过你这么倔的男人，这又是何苦呢？”神秘女子满含幽怨地道。

“又是你救了我？”游四心中有些酸酸的不痛快。

“除了我还有谁？”神秘女子轻笑道。

“你为什么要救我？”游四并不领情地道。

“就因为我不想你死！”

“我们非亲非故，我的生死关你什么事？你究竟是什么人？”游四惑然，声音仍是很冷地问道。

“我并不想瞒你，我叫祝英，祝仙梅是我姨娘，我救你只是想让尔朱荣多一个可怕的敌人而已。所以我也不想让你感谢我，只是我也不想勉强你留下来，因为你是男人，男人总是自以为是，你也一样！”神秘女子叹了口气，似乎有些怅然若失地道。

游四一呆，冷冷地问道："你也是阴癸宗的人？"

"不错，但魔门中人并非全如你所想象的那般坏。只不过是我们做事的原则有异于你们这些所谓的正道人士。不管你怎样看待阴癸宗和我，我只希望你能留下来养好伤再走。因为你若这样离开，只会葬身兽腹或是送死，而尔朱荣也不会放过你的。"祝英淡然道，语调之中似乎带有一丝淡淡的忧郁。

游四呆了半晌，他心中早已感觉到眼前之人乃是魔门中人，却没想到自己三番两次被她所救，此刻眼前这女子更是坦然相待，他不知该如何面对。如果是别的女人说出这样一番话来，他一定会十分感动，但对方只是魔门中最善于迷惑男人一宗的高手，他又不能不时刻警惕自己的心神。

"你还在生我的气吗？"祝英突然问道。

游四不以为然地道："我为什么要生你的气？"

"我知道我说错了话，其实我只是想开个玩笑而已，难道你不觉得自己浑身肌肉充满了活力吗？白天算我不对，现在向你道歉总行了吧？"祝英轻声软语地道。

游四心中一荡，禁不住暗自提醒自己不能中了对方的美人计，不由淡然道："过去的事就不用再提了，我还没谢祝姑娘的相救之恩呢。不过，正邪势不两立，我不想再麻烦祝姑娘了，你还是请回吧。"

祝英愣了一愣，心中大为气恼，她从没见过这么不领情的人，语气禁不住有些发冷地问道："就因为这样，你才要走吗？何为正？何为邪？难道我做了伤天害理的事吗？我有乱杀无辜、欺诈拐骗吗？我就不明白，你们为什么总喜欢一棒子打死一船人！你看看你们，刀枪相见，尸横遍野，你们让多少无辜者受害？你们让多少孤儿寡妇无家可归？饿死的，冻死的，病死的，害死的，这都是谁的过错？而我们只是想置身于事外，不伤民，不害人，反而是邪魔歪道！我本以为游四是个了不起的英雄，现在看来，也许我真的想错了！"

游四闻言不由呆愣了半晌，不知道该如何去辩驳，心中忖道："难道真的是我错了？是啊，她们有何错？为什么她们就是邪魔歪道？而自己却心安理得地杀人，邪是什么？正又是什么？”

“这是你的刀和火器，全在这布包中，还有些银子和几件衣服及伤药，希望你保重！”祝英那宽大的袖袍之中竟滑出一个长布包，外面由绸缎包裹而成，虽然此时的光线十分暗淡，但游四依然看得很真切。

游四看得更真切的，却是祝英那满含幽怨的眼神，似乎一潭忧郁的清水，粼粼的波光之中又有几点怅然和失落。

游四心中一颤，他突然感觉到自己做错了一件什么事，更像是打碎了一只珍贵的花瓶一般。

祝英已飘然而去，唯有一缕淡淡的幽香仍飘散于空中，如兰似麝。

游四此刻便知道，将来自己很可能会后悔，因为他此时有了一种怅然若失的感觉，也就在这刹那间，他觉得生命竟是如此的空虚！

游四的伤势渐好，但是心中的疼痛却愈烈。

收留游四养伤的是一名猎户，一处偏僻而幽静的山谷，唯有一个老迈的猎人独自生活着。

老猎人今日照例上山打猎，留下游四独守着一间破旧的茅草屋。

游四又再一次打开布包，布包之中有两幅画。一幅是他在四年前所绘的“幽兰图”，另一幅却是游四自己的肖像。

游四轻轻摊开两幅画卷，这是祝英留于布包中的物件。

这幅“幽兰图”乃是临摹之作，但与游四所绘的那幅真迹几乎毫无差异，若非游四，其他人还真的无法分辨真伪。“幽兰图”的右下角更有四句小诗：“寄空谷兮本自醉，笑世俗兮花自赏，一度凋零一度开，且笑痴狂独飘香！”

这首诗的前两句正是四年前由游四亲题于“幽兰图”的右下角，后面两句则是别人填上去的。

而这幅“幽兰图”临摹之作上面的四句诗词笔迹娟秀，显然出自女子之手，而这应该是祝英所作，包括这幅画，很可能是祝英亲笔临摹。

游四禁不住心中又泛起一阵惆怅，而另一幅画像竟是游四只穿着短裤的赤身画，更将几处伤疤描得清清楚楚，那种尴尬的眼神，那红脸的表情，淋漓尽致地表现在这幅画上，显然出自祝英的手笔。

画工极佳，使游四深有知音之感，而祝英所摹的“幽兰图”显然并不是近日之作，应有一年多或更长的时间了，包括那两句补上的诗词，这似乎隐含深意的语句，让游四呆了半天。每次打开画卷，他都会禁不住涌现出祝英那种幽怨而空灵的眼神。这一刻，游四开始后悔了，但他并不知道自己所做是对还是错。不过，他已管不了这些了，他必须尽快赶回冀州处理军务，更要查出葛荣的消息，此时的游四可谓心急如焚，根本就没有时间顾及儿女私情。是以，他走了。

游四走的时候老猎户还没回来，但游四留下了一锭银子，记住了这个地方之后，毫不犹豫地走了，他尽量让自己不去想那两幅画的事情。

外面的情况比游四想象的更糟糕多了，河间王和高阳王再次背叛葛家军，向朝廷投降，并杀死葛家军的守将。

高傲曹降敌，高欢被困自降，何五与蔡泰斗负守一隅，仍在面对着官兵强大的攻势。

冀州城大破，尔朱荣挥军北上，宇文肱战死，葛悠义战死，宇文泰投降，葛存远孤军奋战于获鹿，只有六万多兵力！

柳月青自立为王，驻守晋州，余花侠兵退沧州，形势危急。

葛家军四分五裂，葛明更是叛乱的奸细，冀州的葛家庄毁于一旦，由尔朱荣亲率大军攻入，与奸细里应外合，薛三和无名一战死。田中光败走沧州，一路上的葛家军纷纷投降，更有人传说葛荣被押送洛阳斩首。

游四欲哭无泪，才几天时间，怎么会变成这样？一切的变故都似乎那般突然。

太行各寨各洞的人物，大多数都潜移太行山，回归各洞各寨。鲜于修礼和杜洛周的旧部都趁机反咬一口，拔刀相向，这使得尔朱荣长驱直入，数万铁骑几乎无人可挡，就是蔡泰斗和何礼生也只能且战且退，由新乐退至定州，再与保定、燕州的据军联合，准备反击。虽然稍稍稳住了阵脚，却元气大伤，总兵力不过十余万人，而尔朱荣此刻的兵力却达三十万之众，就是余花侠、葛存远、蔡泰斗的兵力加起来也不够这个数，更何况连葛荣都不是尔朱荣的对手，他们又怎能与尔朱荣相抗衡？

这些人强撑着，唯望蔡风能够尽快赶回来主持大局，大概也只有蔡风才有能力与尔朱荣对阵，但若是等蔡风回来，恐怕时间来不及了。自高平赶回河北，至少也要十天半月，而且消息不可能马上传到蔡风的耳中，即使蔡风收到消息后马上赶回，恐怕也是二十多天以后的事情了。这时候，几路义军的粮草已经无法供应，又不能够相互呼应。唯一境况稍好一些的是蔡泰斗与何五所领的那支葛家军，他们与北部相接，仍有大片土地，此季又快入夏，自己筹备一些粮食还是可以的。何况，又有塞外的突厥、契骨、契丹诸国支持，粮草方面还可撑一段时间，但士气却已低落得无以复加，人心惶惶不可终日，看来大势已去。

葛家军本就是各组实力的组合，平时全靠一个葛荣将这些实力相结合，如今葛荣这根支柱已倒，而蔡风又不在，游四生死未卜，各路人马谁也不服谁，各自为政，正好被官兵各个击破。

尔朱荣的兵力达到三十万之众，再加上其他各路守城的官兵，人数几达五十万。此刻即使葛家军中战将如云，士气如虎，也必将遭到官兵的无情攻击。

蔡风收到确切的报告之后，如遭雷击，他怎么也没有想到事态的发展变化如此之快。

蔡风不能不赶回，当他第一次收到飞鸽传书之时，还以为葛家军打了几场普通的败仗，应该还有一些支撑的力量，于是他就加紧对萧宝寅的攻势。

在蔡风大败萧宝寅的时候，冀州又有快骑赶到，那是葛荣兵败后的第十一天，信使到达高平后，只说出了冀州的大概情况，就因劳累过度而休克。战马更是跑死十匹，十天十夜没有半点休息，这才让蔡风意识到了事态的严重，但是他仍没有想到葛家军会败得如此之快，如此之惨。是以，他只得向万俟丑奴和胡夫人及赫连恩说了一声，更将元叶媚诸人安置于高平，只带了三子及两百轻骑连夜赶往河北。

蔡风走的时候并没有忘记将凤丹交给凌能丽，并把近日来所悟出的心得一并告之，让她加紧时间再去感悟其中的秘密。

万俟丑奴和赫连恩虽然不舍蔡风离去，但却不能误了葛家军的大事，毕竟蔡风是葛家军的第二号人物，除葛荣之外的最高首领。不过此刻萧宝寅重创大败，高平义军声势大增，只要小心应付，根本就不会有什么问题，是以万俟丑奴也就让蔡风离去了。

胡夫人和胡亥却是依依不舍，本要送蔡风，却被蔡风婉拒了，原因只是不想太过张扬，他想秘密返回河北，免得一路上遇到阻袭。是以，胡夫人没有透露蔡风连夜赶回河北的消息。

元叶媚诸女虽然担心，但却也无可奈何，总不能跟在爱郎身边，作为他的累赘吧？只好泪洒而别。

游四最先找到的人是柳月青，但柳月青并不怎么愿意与游四配合，只是一意孤行，更反劝游四与他携手合作共创一片天地。

游四只好愤然而去，当他找到葛存远时，已是伤好后的第十天，此刻葛存远已是满面风霜，憔悴了很多。见游四来到，欢喜之情无与伦比，但却并没对眼前的形势抱以乐观的态度。在他的眼中，这次唯有一败。

游四也知道葛存远的苦处，其属下有六七万大军，却粮草紧缺，很难运作。葛存远领军驻扎的城池靠近太行山脉，但也因此使粮草无法运作，有利也有弊。大军不像小股乱匪，随便钻入哪处山林都可以躲进来。

葛存远最担心的仍是葛荣的安全，他可以不要这里的城池，但却必须设法去洛阳救回葛荣，这才是至关重要的事情。

此刻游四赶来，刚好可代葛存远去了却这个心愿，他根本就无法抽身前去洛阳，六七万葛家战士要靠他主持大局，更何况他极为相信游四的才智。唯有游四或是蔡风才有可能完成这项艰巨的任务。

游四的心如刀割，痛得十分厉害，葛存远的确是个忠厚的人，无论什么时候，都只会先想到别人，这或许正是他部下的六万多将士都忠心于他的原因之一吧。这也使葛存远所领的大军一次一次挫败了官兵的攻袭，尔朱显寿也数攻无效。

尔朱显寿乃尔朱天光的亲弟弟之一，武功智谋在尔朱天光各处战斗中也表现得极好，但以优势的兵力却难以动摇葛存远，从而使葛家军稍稍找回了一些自信。

由于缺粮，游四在军中也只能与葛存远一起喝稀粥，吃菜饼，只不过比普通将士多了一个菜饼而已，但游四并无怨恨，反而深受感动。

游四自从跟随葛荣以来，还从未吃过这些无法下咽的粮食，可这次他竟一口口地吃下去了，连眉头都未曾皱一下。

葛存远边吃边笑，游四的吃相让他觉得好笑，似乎在刹那之间，这等如草的粗粮竟也变得有滋有味起来。

游四也禁不住笑了笑，但笑得有些苦涩。

“有吃的就已很不错了，那些难民有时候好几天也吃不到一点东西，我们已经算是足够幸运了。我本想让弟兄们自己也去学学种粮耕田，但战事紧迫，这种做法肯定不行。”葛存远笑着道。

游四心中一酸，他只当葛存远是在说笑，倒并没大意。

“如果这个天下稍稍安宁一些，我让众将士白天耕作，晚上练兵。这样一来便可以减少那些百姓的负担和苦难，也就不会出现那么多的难民受苦了。只可惜时不与我，尔朱荣不给我们时间。”葛存远叹了口气道。

游四闻言禁不住愣了愣，葛存远的想法的确是一个很不错的点子，游四就没有想到这一点。不过，正如葛存远所说，这需要一个安宁的环境，眼下即将面对尔朱荣无情的攻击，一切都只是空谈。

“你在这里休息一天，明天去泰斗和礼生那里看看，组织一些人前去洛阳，我相信泰斗和礼生应该会想出一些对策。如果能够将我们两支大军联合起来，再招回一些兄弟，加上一些自冀州转移的财力，也并非没有一战之力。不过，这一切要等风弟自高平回来才能行动，否则谁也不是尔朱荣的对手。唉，要是师伯在就好了！”葛存远不无感慨地道。

想到蔡伤，游四也禁不住多了一份怀念，如果蔡伤在中土的话，怎会出现这种局面呢？如果冀州有蔡伤驻守，别说尔朱荣以少胜多，就是再给尔朱荣一倍的兵力，也无济于事。可是蔡伤此刻却在海外，而究竟在海外哪里？他却是不十分清楚。

“不，我马上赶到定州，天王的事，一刻也不能迟缓。”游四果断地道。

葛存远望了游四一眼，叹了口气道："那好吧，愿你一路顺风！"说完伸出手与游四握了一下。

游四心中有些激动地重重握住葛存远的手，眸子里射出一种真挚的情感。

蔡泰斗与何五见到游四还活着，欢喜异常，几人能重聚一起，的确是极为难得。

只是蔡泰斗和何礼生的情形比游四想象中要好一些，他们早就做好了一切准备，就算兵败，也绝对有机会直赴塞外，在那辽阔的草原和沙漠，有足够他们存身的空间，同时又有突厥和契丹的相助，在塞外正如鱼得水，绝对可以保留一片属于自己的天空。

葛家军的势态极好，蔡泰斗和何五的部下骑兵也较多，是以在士气方面虽然低落了一些，但也并非无一战之力。当然，若想与尔朱荣硬撼，自然有败无胜。在兵力上的不足是一个问题，而以葛家军的整体素质根本无法与朝廷的铁骑相比，兵败只是迟早的事情。问题是如何将时日延续，以便能有更多的时间为前去塞外做好充足的准备。

以这一批强大的兵力，足够在塞外建立一个国家。而突厥也极希望有这样一个国家的存在，只要存在着这样一个国家，就可以多一份制衡柔然的力量。

何礼生曾随杜洛周北攻柔然，是以他对塞外的生活比蔡泰斗知道的多一些，更明白塞外的局势并不如想象的那么简单，而且民族的界限划分极强。一个不好，只会导致葛家军全军覆灭。

别看此刻突厥族对葛家军这么友好，那是因为他们看重中原的货源，如果突然之间葛家军失去了这个优势，则成了附庸，而突厥族又大部分在西北之地，中隔柔然，这之中的关系还不如契丹，所得之利也不若契丹。若是北入塞外，还是契丹可靠一些，是以何五正在为一切做好准备。

游四并不反对这样做，虽然很遗憾这些年来在中土所经营的实力，但却不能盲目而不考虑实际。如果葛家军在中土实在难以待下去，还不如去塞外发展，只要一有机会，就立刻反扑中原，这也不谓不是一条道路。

现在唯一的问题就是如何将葛荣自洛阳救出来，然后再回塞外，这样才是最好的结局。

蔡泰斗和何礼生都不反对救出葛荣，何礼生对葛荣极为忠心，是条硬汉，而蔡泰斗则是因为葛荣是其师叔，必须要救。只是这里的军事不能有半点松懈，蔡泰斗和何礼生更不能分身前去洛阳，因此只好抽调一批好手去洛阳大闹一场。不过，最让人欣慰的却是，太行各路兄弟也派出一大批高手相助，也只有在此刻，葛荣平时的恩惠才得以体现。

葛荣的势力本来就是遍地开花，其财物和所经营的行业之多，是难以估计的，就是游四也不能完全清楚。

游四知道，自己仍有一个极为重要的任务，那就是回冀州拿回那本最为重要的账本，和一些关系到葛荣整个商业命脉的资料。如果这些东西被尔朱荣发现了，其后果绝对不堪设想。

只要那账本没被尔朱荣找到，葛荣就不算全败。至少带着那无法想象的财富可以去塞外建立一个富有国度，从而也多了几分反扑中土的胜算。

游四已经前去洛阳，相随的有三百多名一流好手，其中有葛家庄内部的残余力量，有太行山三十六寨十八洞的高手，也有军中高手。这些人如果暗中行事，足够将洛阳闹个天翻地覆。

冀州之战，葛家庄中的高手并未全军覆灭，高手毕竟是高手，其生存能力与普通士卒当然不可同日而语。何况葛家庄的高手足够组成一支军旅，如此多的高手，又怎会没有大批的漏网之鱼呢？

尔朱荣也无法阻止这些高手的脱逃，他甚至为攻下葛家庄付出了惨重的代价。在重创葛荣之时，他没有受伤，但在攻破葛家庄之时，他反而受了重伤。他本以为自己已经天下无敌，自从将“道心种魔大法”练至第八层之时，就连蔡风、蔡伤、黄海这类级别的高手也不在话下，可是那次，他着实领教了葛家庄众高手的厉害，以及那几大阵势的可怕。

尔朱荣受了重伤，但却也使无名一和薛三战死。无名三十六将也只有六七人逃得余生，另外是一批由葛荣当年亲手训练的死士。这些人个个如同杀手一般，武功之高虽比不上无名三十六将，但狠辣却有余，尔朱荣的铁骑就因为这些人而死去上万，更有许多将领死于非命。

尔朱荣不得不承认葛家庄一役是他有生以来所打的最为恐怖的一仗。

天下第一庄果然名不虚传，比之四大家族中任何一个家族的实力都更为强悍，包括尔朱家族和元家。也只有这一刻，尔朱荣才发现，其实神池堡与葛家庄相比，只是小巫见大巫，绝不夸张。

自葛家庄逃出的高手大概有数百之众，而那些死士却是尽数死去，因为他们的职责全都是为了保护葛家庄。这群人对葛家庄的忠心程度让尔朱荣大感吃惊。

葛明也受了伤，是伤在葛家庄一役，贺拔岳虽然身经百战，但却在这一战后，花了三天时间才将自己的心情调整过来。他们终于以最深切的体会感受到葛家庄的可怕。虽然有内线为他们打开了城门，使得数万官兵铁骑顺利入城，可他们损失的人马绝不比攻城战少。

他们都相信，如果不是内应打开城门让他们直入，他们根本就不可能破得了冀州。只要给冀州足够的粮食，就是十年、二十年也不可能攻下这座可怕的坚城。

葛家庄中那些修花剪草、扫地打杂之人都有着惊世的武功，在千军万马中冲杀无忌。若非尔朱荣打一开始就调集了一批高手加入骑兵之列，而且以六万大兵攻击葛家庄数千人，方才险险胜过庄内这群让人心寒的对手。只可惜仍让这些人带着一些重要物什和葛荣的夫人及王敏逃脱了。只不过王敏后来又重新返回，竟在尔朱荣和葛明的面前自杀而死。

这样一来，似是给尔朱荣和葛明的心上刺了一刀，葛明更是病势加重，虽然他对葛荣没有一点感情，可是对他的母亲却有着极为深厚的情义。王敏一手将他养大，却在他的眼前含怨自尽，死前那凄切而伤痛的声音犹如千万根钢针刺在葛明的心头。葛明知道，母亲临死之前十分痛恨他，他甚至不知道自己的做法究竟是对还是错。但是，有一点是毋庸置疑的，那就是他很痛苦！

一路上的消息几乎让蔡风的心都麻木了，情况比他想象的更糟糕许多。他几乎不敢相信这是事实，可是这的确是不争的事实。

葛荣兵败被押解洛阳，而冀州失陷，各路兵马叛变，一切都显得那般突然。

事实上，蔡风不能不接受，他并不是一个不接受事实的人。在他的心中，也知道此刻葛家军的确是大势已去，眼下最要紧的却是必须救出葛荣。

葛荣对于蔡风来说，比权力和金钱更为重要。因为蔡风本来就不重视权力和金钱，而葛荣自小就视他如己出，对他宠爱有加，此刻葛荣有难，他岂能不救？是以，蔡风决定改道前去洛阳。只不过，他的三百亲卫分作五组行动，他并不想打草惊蛇。这对于蔡风来说，绝对没有任何好处。

蔡风将自己的行踪以快骑通知葛存远和蔡泰斗，不过他却必须前往获鹿一行，只因为探子来报葛存远的情况极为危急，他不能不先解葛存远之危。因此，他所领的一组人马首先取道获鹿，而三子则主持洛阳大局，负责那二百五十名护卫在洛阳的行动。

尔朱显寿数战均未能占到优势，也显得有些急躁。他的兵马驻扎于获鹿城外十里处，紧逼获鹿城，他知道葛存远的粮草有限，所以就来个围城的长久战术。

这晚，他正在睡梦之中，突然听到帐外大呼："起火了……起火了……"

尔朱显寿也是个极为厉害的人物，立刻惊醒，披甲持剑冲出。

"怎么回事？"尔朱显寿开口就向营外的众部下洪声问道。

"不好了，将军，粮仓起火了！"一名亲兵慌慌张张地奔来呼道。

尔朱显寿环目四顾，只见火光四起，更不断有新的火苗出现，显然是有人故意纵火，不由大怒，问道："什么人干的？"

"不知道！"

"备马！"尔朱显寿一声低喝。

军营之中显得慌乱不堪，有些人正在睡梦之中被大火烤醒，也有人被活活烧死。

偌大一个阵营，起了数十处火头，显然来犯者并非一人。

尔朱显寿策马向粮仓赶去，但听蹄声如雷，马厩之中也起了火，那些系马的栅栏全被人打开，数以万计的战马全都惊乱得四处乱冲乱撞，见人就踏，见营就踢，更使整个营寨乱成一团糟。

“马……马……马跑了，快拦住它们!”有人高呼道。

那些骑兵眼见战马四处狂奔乱闯，怎会忍心让自己的坐骑逃走？于是四处围截，这更使得马群狂乱。激怒了马群，并不能让人讨到好处，只会让这些不敢伤害马匹的官兵成为蹄下之魂。

那些想抓住马匹的人非但没抓住马，反而被踏死的不计其数。

尔朱显寿大惊，战马乃是他们军中的主要攻击动力，若让这些战马逃了，那就犹如斩了他们大军的腿。

“给我堵住它们!”尔朱显寿高呼道，同时策马向马群赶去，但当他接近马群之时，却感到一股绝不寻常的压力。

那是杀气，强大无匹的杀气来自马群之中。那绝对是一个可怕的高手，尔朱显寿心中很清楚这一点。

“杀……”葛存远竟然趁夜领兵冲杀而至，十里之距并不是很远，而且众葛家军全都以骑兵突袭，速度之快，远远超出了尔朱显寿的估计。只是此时的尔朱显寿根本无暇分身，只因那股霸烈的可怕杀气。

官兵的营地守兵因为营内起火以及遭到数以万计的战马冲击，顿时使得阵脚大乱。

葛存远似乎与那纵火之人配合得天衣无缝，一切的一切都是在最要命的时候发生，众官兵根本措手不及。其实他们也估计到葛存远会领兵突袭，当然有了应付之策，而且对获鹿的封锁也极为严密，但他们做梦也没有料到到乱子会自内部发生。

“杀……杀……”火光之中，葛存远犹如虎入羊群，双足控马，手中的斩马刀左挥右斩，见人就杀，见营就挑。而他身后的一万五千铁骑也豪勇无敌，人人舍生忘死，杀意和斗志之高昂，无与伦比。

官兵中迅速有人开始反击，但整个布局已乱，变成零零散散，根本无从指挥，又怎能与葛存远这支锐气旺盛的骑队相比？官兵全都是一触即溃，根本不堪一击。

尔朱显寿感觉没错，当他距马群四丈之时，他看见了一道电芒闪过。

在火把的光亮中，那道电芒犹如幽灵一般，以快得不可思议的速度向他撞至。

剑气如冰，森寒至尔朱显寿的心底。那股强大的气机更如一张巨大的网，将他紧罩于其中。

“保护将军！”尔朱显寿身边的护卫全都无畏地迎向那个突然而至的刺客。

尔朱显寿眯成一条细缝的眼睛，似乎捕捉到了一缕如鸿蒙般淡薄的青影。

“锵！”尔朱显寿出剑，剑如惊鸿，划过一道美丽炫目的弧线，直迎向那道飞射而至的青影。

“叮！”尔朱显寿身子一震，竟然自马背上被震得倒飞而出，但他的剑却挡住了对方致命的一击。

“嘶……”战马一声惨嘶，尔朱显寿几乎不敢相信自己的眼睛，他的战马竟然被劈成两半，包括那银鞍。

这些东西似乎根本就不可能阻止那道无坚不摧的剑气。

那个鸿蒙般的青影稍稍 顿，在火光之下，露出了一个模糊的人形，但却绝对没有停止，反而更加速向尔朱显寿冲至。

“霹雳……”是一道电芒自云层中划落，照亮了夜空，也照亮了地面发生的一切。

尔朱显寿身边那些攻向刺客的护卫们竟然如同风中秋叶，被一股无形的气劲逼得四散而开，根本就近不了来人之身。

第一百九十八章　刀乱军心

刺客出刀，一柄若有若无，以闪电和氤氲的气体所凝成的一柄奇刀！

刀身长有三丈，无首无尾，阔若门板，横空斩落，天地变色，气劲无坚不摧。

“蔡风！”尔朱显寿终于借着刀光看清了对方的面目，忍不住惊呼着飞退。

尔朱显寿惊骇若死，他似乎没有想到在这种情况下居然遇上了最不想遇见的人。

尔朱家族的高手也都是一群悍不畏死的死士，当这柄巨刀出现在长空之时，他们就已经感觉到似乎有些不妙了，闻听“蔡风”二字后更是心中一颤。毕竟人的名、树的影，尽管他们不畏生死，但内心深处对蔡风的那种惧怕是抹之不去了。

尔朱家族众高手全力护着尔朱显寿，更有数十人飞迎向那柄巨刀。

蔡风的身影淡薄如烟，根本无法辨认，但那些人可以肯定，在巨刀最亮的那一点，一定就是蔡风的存身之地。

尔朱显寿在挡开蔡风的第一击之时，心腔已被震得气血翻涌，手臂酸麻，对于蔡风的这一刀，他根本不敢接。他甚至不想面对蔡风这个似乎已经无敌的高手，单凭这惊天地、泣鬼神的一刀就已经击溃了他所有的斗志。

“轰……”那些攻向刀锋的数十名尔朱家族的高手，竟有十余人被劈为十截八段，血雨横飞之中，其他意欲阻止蔡风的人心胆俱寒，斗志全失，也被那疯狂的气势震得跌出。

纷乱的马群如潮水般涌至，众尔朱家族的高手也有的免不了成为蹄下之鬼，以他们的血肉躯体如何能挡住奔涌的马群？更何况这些战马的蹄下还包了铁皮，这是尔朱显寿为了对付那些扎马钉所设，但此刻却成了对付他们自己人的致命凶器。

蔡风如天神一般自虚空中冉冉降落，地上留下了一道长长的刀坑，如被天雷所击，一片焦黑。

蔡风落足于一匹奔跑的战马马背上，如浪涛中的一叶孤舟，随着马群奔涌起伏。

尔朱显寿不见了，显然是躲在其中一匹健马的腹下，他是在蔡风的精神力自他身上松懈的那一刹间逃走的。否则，他永远也无法逃过蔡风那敏锐的觉察力和那张精神大网。

蔡风冷冷地哼了一声，身形如同点水的蜻蜓，在马背上纵跃着，他想找到尔朱显寿的踪影。今日若能击杀此人，对于官兵的打击就可以增强许多，不过让他感到欣慰的却是葛存远的铁骑赶来的正是时候，并没有让他失望。

“嗖……”乱箭如雨般向纵跃于马背上的蔡风射至，那些官兵此刻似乎明白了蔡风就是今日的祸首，但他们似乎并不知道这些箭矢根本不可能对蔡风构成任何威胁，这是不争的事实。

蔡风如空气一般突然在虚空中消失，当他再次出现时，已坐于一匹奔驰在最外面的战马之上，这匹战马在蔡风的胯下立刻改变方向，朝官兵无情地冲去。

蔡风挥手，劲气如刀，所过之处，人仰马翻，根本没有任何人可以阻住他半刻。虽然他知道无法在千万匹战马的腹下找到尔朱显寿，但他心中很有把握，这一场仗葛家军绝对稳操胜券。

尔朱显寿兵败，而且败得极惨，死伤人数达五万之众，尔朱显寿更是仓皇逃脱。

这大概是自葛荣南攻以来，尔朱荣损失最大的一次，也是葛家军最为成功的一次胜利。

葛存远此战之后接连北攻，打通了新乐、平山、灵寿，突破了尔朱荣的大军封锁，与驻扎于定州的义军会合，保住了河北的北部江山。

在获鹿一战，缴获粮草近万担，马匹达八千匹，各种辎车战车千辆，俘获八千官兵，又使得葛家军声势再振。

蔡风再次回到葛家军中，葛家军的士气立刻大涨，又因为获鹿那一场大胜刺激了每名葛家军的心，使他们一扫往日的消极之态，再次活跃起来。

两股兵力一合，总兵力也达二十万余众，情况绝对不容小看，虽然不再拥有百万大军的声势，但并非没有一战之力。更何况又有蔡风这个无敌的高手赶回助阵，其声势再次让尔朱荣感到心惊，让朝中震撼。

蔡风也知道，凭这二十万兵力想要攻破尔朱荣五十万大军的确很难，想要推翻北魏朝廷更是有些困难，那样反而会使天下长久地陷入战争，让百姓长久地饱受战争之苦，这与他的意愿相违。

但蔡风绝对不会放过尔朱荣，那个毁他蔡家的祸首之一，只要尔朱荣不死，蔡风就会坚持到底，也战斗到底。他很自信，尔朱荣若想夺取河北剩下的半边土地，那简直是痴心妄想。

不过，蔡风此刻却必须赶去洛阳，时间对葛荣来说非常重要，必须尽快将他救出，然后才能从长计议。

高欢在沉思着，没有人知道他在想什么，抑或他什么也没有想。

此刻他收到了尔朱显寿大败的消息，知道蔡风重新主持着葛家军的大局，而他却已降了北魏朝廷。也许，他在想的并不是这些，或许是其他问题，但他确是有些入神了。

是他让高傲曹投入尔朱荣的军中，是他让葛家军四分五裂，虽然葛家军众人并不知道，可尔朱荣知道，他自己知道，高傲曹知道。是以，尔朱荣极为看重他。

想到有一天会与蔡风在战场上交战之时，他心中便涌起了一丝不安，并非只是因为蔡风那神鬼莫测的战术和武功，而是因为他们曾是生死与共的朋友，蔡风更是他的恩人，他又怎么能够与之对阵呢？再说，他实在没有任何把握可以胜过蔡风，就是蔡泰斗和何礼生这俩人的军事才能也绝对不输给他，葛存远更是个极为厉害的人物，葛家军仍然有着不可轻视的实力。

深夜的营地极静，高欢并没有直接参加对付葛家军，是因为尔朱荣始终有些不放心，担心高欢会徇私情而放过重要的敌人。

与葛家军对阵的是候景、贺拔岳与斛拔弥俄突。

高欢却只能闲着起到后勤作用。

有风吹入，烛焰晃了一晃，高欢伸手挡住了，拉了一下披在肩上的衣服，蓦地抬头，却发现了一双眼睛。

一双比烛火更明亮百倍、更具杀气的眼睛。

高欢的身躯轻轻颤了一下，低低地唤了声：“蔡风！”

来人正是蔡风，一身浅黑色的劲装，更衬出一股浑身如刀锋的杀气。

“你还记得我?!”蔡风的语气有种说不出的平静和冷漠，便如一柄冰冷的剑，深深扎入高欢的心脏。

高欢早就知道外面的那些护卫根本不可能可以阻住蔡风的脚步，即使放眼整个天下，也没有多少不能让蔡风来去自如的地方，这绝对不是夸张。

高欢依然坐着，强自正视着蔡风的目光，他显得有些心虚，这并不是说他害怕死亡。如果蔡风要杀他的话，在这种距离之下，就是有十个高欢也唯有死路一条，绝不可能有谁能阻止得了蔡风的一刀！

“尉景是怎么死的？你知道吗?”蔡风冷冷地问道。

“尔朱荣杀的！”高欢只是淡淡地应了一声。

“你觉得这样做对得起谁？对得起你自己的良心吗？对得起死去的兄弟们吗?”蔡风的语气依然是那般平静，但是杀意却更浓，如同烈酒一般，充斥着整个营帐。

高欢觉得有些冷，那或许只是因为蔡风无可匹敌的杀气和压力，但他心中却并没有慌乱，反而变得更为平静，如同一口枯井。

“不错，我是对不起死去的兄弟们，但我却对得起我自己。死去的人都已死了，活着的人仍需活着，每个人都有自己生存的原则。天王被擒，谁能解救？你以为挥军攻下洛阳就可以救出天王吗？想救天王就必须自尔朱荣内部入手。葛家军中有那么多奸细，如果我们不作出决定，也只可能如死去的兄弟一样，白白丧命。因此，我才决定与高傲曹一起伪降，你如果认为我有错的话，就杀了我，我绝对不会皱一下眉头！”高欢硬着头皮道。

蔡风冷冷地望着高欢，就像是在看一件死物，直看得高欢心底冒着寒气，但他却不敢移开目光，以显出其心虚。

“那天王此刻究竟被关在何处？”蔡风冷冷地问道。

“我也不清楚，我仔细打探过，却并没有结果，但此刻一定在洛阳，葛明和尔朱荣知道，大概孝庄帝也知道。尔朱荣行事极为缜密，我也想很快就可查出天王的下落。”高欢有些无可奈何地道。

“哼！”蔡风冷哼一声，杀机暴绽，但却淡淡地道，“很好，连你也对我说谎！但你别忘了，没有什么人的谎话可以逃过我的眼睛……”

“我说的是真话，我敢对天发誓！”高欢心中一寒，忙打断蔡风的话发誓道，“黄天在上，我高欢有生之年一定竭尽全力将尔朱家族连根铲除，一个不留！若此生不能实现此誓，就让我死无葬身之地，祸及子孙三代！”

蔡风冷冷地望了高欢一眼，杀意渐敛，只是十分冷漠地道：“希望你不要忘记今日之誓，否则就算上天饶了你，我蔡风一定会摘下你项上人头，无论你身在何处！”

高欢微微松了口气，他心中明白蔡风绝对是一个说到做到的人，也相信蔡风一定有能力杀了他，但至少此刻他仍有活命的机会。

“你要去洛阳？”高欢小心翼翼地问道。

“我的事不必你管，这次我就放过你，但如果你所做之事太过分，别怪我没有任何情面可讲！”蔡风漠然道。

高欢讨了个没趣，但也无可奈何，他实在估不到蔡风竟会来得这么快，根本没有给他一点考虑的时间，但此刻他却可以放下那颗悬了很久的心。在葛家军中，他唯一惧怕的人就是蔡风，如果不是蔡风去了高平，他绝对不会选择向尔朱荣投降。

三子找到了蔡风，游四竟也与三子同行。这使得洛阳城内风云聚会，形势犹如平静的湖面上卷起的旋涡。

整个局面之紧张，如拉满的弓弦，只要一点小小的火种就可以引发。

蔡风并没有因人手的众多而欢喜，反而感到更为沉重。如果这么多人都未曾探到葛荣的下落，形势倒还真有些可虑。说到人数，这群人与洛阳之中的大军相比，只是少得可怜的一点实力，比之皇城之中的高手，也还要稍逊一些。救人，并非全靠武力就能解决问题，在洛阳城中，唯一可以用的就是智慧！非紧急关头，绝对不能随便动武。

“阿风，王通王老爷子想约你在牡丹亭相见，你去不去？”三子吸了口气问道。

“王通王老爷子？”蔡风有些讶异地问道。

“他现在已是北魏的正阳吴太守……”三子提醒道。

“是呀，他会不会受了什么人的指使，或是想对阿风不利？”游四不无疑惑地提醒蔡风道。

蔡风皱了皱眉，淡淡地问道：“他是怎么知道你们的行踪的？”

三子应道：“他似乎知道我们据于洛阳的分店，那是雁楼老板所转告的。”

“雁楼老板？嗯，他是我爹的至交，应该不会对我有什么不利的想法和做法。只要我小心一些就不会有什么问题，也许，他可能知道师叔的下落。你去通知雁楼老板，就说我约王老爷子明日午时在牡丹亭见面。”蔡风猜测道。

游四和三子相视望了一眼，但却并没有再说什么，不过他们相信蔡风的决策。

牡丹亭，其实是个极为热闹的小集市，只因这里可算是块风水宝地，不论是商家还是小贩，都看中了这块地方。

当然，在牡丹亭可不能存在卖菜的摊点，那只会很快被人掀掉，除非你是送给酒楼的菜，从这儿经过。

在这里的摊点多半是些小玩意儿，如折扇、箫笛、二胡、香囊等，以及一些做工稍好些的钗子。

牡丹亭，本是个极雅的名字，来这里的人当然也不会是那些土包子或是大傻二傻之流。当然，也有一些土里土气的人前来闻闻雅气，他们心想：没准也能沾上点雅味，来个时来运转。当然，抱着这种想法的人不多。

牡丹亭，顾名思义，这里植满了美丽而富贵的牡丹花，而这个季节正是牡丹怒放的时候，到这里来的不仅仅蜂多、蝶多，而王孙公子、公主、郡主也不乏其人，所以这个季节的牡丹亭真是热闹非凡。

蔡风的样子很老土，但并不像一个土包子，至少身上穿着一袭不俗的儒衫。之所以说蔡风老土，是因为他的穿着极为普通，显得穷酸了一些，但并不俗，倒颇有几分书生之气。

牡丹亭，自然是文人墨客的聚集之地，这个季节的牡丹亭，就犹如建康的秦淮河，抑或玄武湖，总有一些文人墨客忍不住吟诗作对，或是高歌一曲。当然，这些人多半是感慨自己怀才不遇，生不逢时。

那些王孙公子对这些人都是不屑一顾，有时候也会逗上一逗，寻点乐子。

若是在尔朱荣来洛阳之前，这里情况会更遭一些。

“让开，让开……”几个家奴似的汉子粗声粗气地呼喝着，那种耀武扬威的样子倒像是一只刚胜了一场的战狗，在向主人邀功。

蔡风让了一让，目光扫过那几名家奴身后一匹健马之上的年轻人。

那年轻人极为气派，只是脸上竟也抹了一层淡淡的粉，让蔡风看了大倒胃口。不过，这是洛阳公子的普通嗜好。

“呜呜……”几头高大的黑狗被几名狗奴牵着，看那架势，倒似乎马上那年轻人是只狗王，蔡风不由觉得有些好笑。

路人纷纷让开，似乎是见了老虎一般。

其实，蔡风认识这年轻人，此人正是河间王元琛的儿子元豹。此刻元琛又反出葛家军，归属朝廷，是以元豹仍可在洛阳横行无忌。就因为其家中有着享用不尽的钱，又身为世子，自然身份不可同日而语了。况且，河间王和高阳王当初都是极力赞同孝庄帝掌位，自然得到孝庄帝的扶持。

蔡风移开的目光却发现了王通。此刻的他已易容成一张连他自己也不认识的脸，别人自然更是无法认识他。

元豹策马缓过，蔡风却缓步向王通靠去。

“客爷，买根笛子吧?”一个小贩在路边轻唤了一声。

蔡风斜望了一眼，不由会心一笑，顺便买了一根笛子，这才大步向王通行去。

王通似乎也感觉到了蔡风的存在，步子停了一停，蔡风已来到了他的身边。

“雁楼!”蔡风轻轻地若无其事地说了两个刚好王通可以听到的字。

王通怔了一怔，一个字也没有说，也转身缓步向雁楼行去。

尔朱荣大为震怒，蔡风一出现就打得尔朱显寿惨败，这使他不得不重新对蔡风作出估计。

此刻葛家军的阵容基本上得到巩固，他若想再去将葛家军的城池攻破，只怕还有些困难。不过，尔朱荣此刻却没有多少心思攻城，只是因为他接到了一个特别的消息，守卫北秀容川的四大高手已经被孝庄帝暗中请回了洛阳。

在洛阳，尔朱荣可谓眼线极多，不过尔朱荣得到的这个消息并非来自洛阳的内线，毕竟，在洛阳仍有一批孝忠于帝皇之人。而四大供奉的行踪更不是普通眼线所能知道的事情，因此这个消息只是来自一封莫名其妙的信笺。

信中没有署名，也没有地址，但这封信上却清楚地写出四大供奉的特点、名字，以及什么时候进入洛阳的。

这寄信之人似乎知道尔朱荣对四大供奉心存顾忌，这才特意提到四大供奉。尔朱荣极为清楚这个寄信之人绝对没有安什么好心，甚至有着想看两虎相争的念头，但又知道他一定会作出反应。

的确，尔朱荣必须作出反应，不管这寄信之人出自何种目的。

尔朱荣最恨别人在他背后搞一些小动作。若想攘外就得首先安内，如果他无法摆平洛阳之事的话，根本就没有心思去对付葛家军。而孝庄帝之所以请回四大供奉，当然极有可能是为了对付他，如果真是如此的话，说不定当他胜了葛家军之时，接踵而来的就是灭顶之灾，所以尔朱荣不能不立刻作出反应。

尔朱荣在猜测着这寄信之人很有可能领导着一股在他与孝庄帝之间的实力，只有当他与孝庄帝战个两败俱伤之时，这人就是最大的得利者，甚至很有可能取代俩人的位置而成为北魏之主。那这人也只有那么几个，要么是元修，要么是河间王、高阳王抑或尔朱天光。不过，尔朱荣并不想猜测太多，这些费脑不得力的事情实在不用多想。

尔朱荣要返回洛阳，而且是立刻起程，他体内的伤势已基本痊愈，并无大碍。

“我应该叫你王伯父！”蔡风淡然道，笛子却放于左手之上。

王通悠然一笑道：“老夫不客气了，令尊近来可好？”

“托王伯父的福，我爹现在很悠闲，与胡孟胡大人在一起。那里是一个与世无争的世界，自耕自织，不受世俗的限制。”蔡风轻声道，语意之中丝毫不加掩饰。因为他根本就不怕有人知道那个世界的存在，没有航海图或向导，只怕有些人永远都无法找到父亲居住的岛屿。

“噢，那可真是太好了，我真应该恭贺你爹了！”王通讶然道。

“对了，不知王伯父找侄儿有何事？”蔡风将话引入正题问道。

“噢，贤侄不说我倒险些不知该从何讲起，二十多年未见令尊，使得满肚子话理不出个头绪！”王通笑了笑道。

蔡风也淡然笑了笑，道：“伯父慢慢来，没关系，反正侄儿有的是时间，这里是特等上房，不会有人前来打扰，倒也清静，喝喝茶，拉拉家常不是很自在吗？”

王通打了个“哈哈”道：“贤侄真会说话，难怪翻手为云、覆手为雨，连北魏朝廷也闻风丧胆，官兵望风而逃了。”

蔡风也打了个“哈哈”，不置可否地道：“伯父如此说只会让侄儿变得很骄傲的！”

王通神情一肃，淡然问道：“贤侄对北魏的天下有什么看法呢？”

蔡风神色也微微肃然，吸了口气，问道：“这是今日伯父找我谈论的主题吗？”

“可以这么说！”王通并不否认，目光紧紧地盯着蔡风。

蔡风端起那杯菊花茶，浅饮了一口，吸了口气，似乎已透过墙壁望遥远的天际一般，然后才缓声道：“北魏都乱成了这个样子，还有什么好说的？整个北魏犹如一个里面全部腐烂的瓜，而这个瓜周围更围着一群饥饿的老鼠！”

“一个被饿鼠所围的烂瓜？”王通有些好笑地反问道。

蔡风并没有半点好笑的感觉，只是淡淡地继续道：“这是事实。瓜子是天下的百姓，瓜瓤一烂，瓜子就成了水深火热中的牺牲者，也跟着一起腐乱。而老鼠反而成了瓜子的救星，唯有咬破这个烂瓜的外皮，放出那些已烂成水的瓤，还瓜子一片干净的天空。也许，这些瓜子将来同样会被老鼠吃掉，但至少他们会有片刻享受温馨的机会！”

王通不由得呆了一呆，半晌才忍不住惊服地道：“贤侄果然非常人也，所看的事情竟然如此透彻，比喻如此妙到毫巅，果是有其父必有其子。”

“伯父过奖了，我只是就事论事而已。”蔡风并不在意，淡然应道。

“贤侄认为如何才是保存这些瓜子的办法呢？”王通又问道。

蔡风笑了笑道：“没有哪一种方式可以保存这些瓜子，唯一的办法，就是重新种植一个好瓜！”

王通哑然失笑，这的确是一个很好的办法，一个腐烂不堪的瓜，又有老鼠抢着吃，这些瓜子肯定保不住的。

王通有些不明白地问道：“贤侄这话便有些深奥了，我们如何才能够重新种出一个好瓜呢？俗话说：‘种瓜容易，保瓜难啊’。”

蔡风的目光紧紧盯着王通，悠然道：“伯父说的不错，种瓜容易，保住百姓却难。伯父认为眼下要怎样做才能保住百姓的平安呢？”

王通知道是在考他，也是在质问他，当下不敢怠慢地道：“要想保住百姓，那就唯有国泰民安。”

“那国泰民安又是如何而来呢？”蔡风再问道。

“国泰则需强兵，民心统一，回归朝廷，这才是国泰的保证……”

“可是眼下的百姓并不安，民心更不归向朝廷。不知伯父对眼下的北魏有何看法呢？”蔡风打断王通的话，反问道。

“民心不安，只因官贪、兵乱、民贫、朝政不稳。”王通肃然道。

“我看伯父还少说了一样，那就是苛捐杂税、徭役刑法不成章程！”蔡风补充道。

“不错，贤侄所说正是，但这正是因为朝政不稳、官贪太多之故。因为朝政不稳，税和捐才重。官贪而政不通，政不通则使百姓无法负担重捐重税而乱，这也会引起兵祸，兵祸一起，则役刑重。一切都是相互关联的。”王通也不否认地道。

“伯父认为如何才能够使国泰民安呢？”蔡风喝了口茶，悠然问道。

王通也饮了口茶，蔡风的问题总是在逼着他，使他展不开手脚，但仍很自然地道：“先稳政局，再惩贪官，最终消除兵祸、减赋减税，这是唯一的方法！”

“伯父今日前来就是为了这件事找我，对吗？”蔡风淡然问道。

“不错，我的确只是为了这件事找你。放眼整个天下，能将万民自水深火热中解救出来的人，大概也只有你父子俩人才能够办到。”王通并不否认地道。

“伯父该不是要让我做皇帝吧？”蔡风笑着打趣反问道。

王通面容一整，道：“如果贤侄想做皇帝，我王通即使肝脑涂地也会助你一臂之力，同时更相信你一定能治理好这个天下！”

蔡风倒骇了一跳，道：“伯父身为朝官，却说出这种话来，难道不怕杀头吗？”

“杀头又如何？如能以我一族之命换来天下百姓的安宁和幸福，那也是值得的。”王通大义凛然地道。

蔡风心中微微有些感动地道：“伯父又怎么知道我可以治理好天下，让百姓过上安宁和幸福的日子呢？”

王通不假思索地道：“贤侄心胸宽厚，又深知百姓疾苦，智慧过人，武功无敌，若你也治理不好这个天下，那恐怕天下间再也没有谁有这个能力了。”

蔡风淡淡一笑，道：“伯父如此为民请愿，倒让侄儿汗颜了。不过，对做皇帝我实在没有兴趣，也许我做了皇帝真的可以治理好这个天下，但我没有那份心情和兴趣！”

王通呆了一呆，有些惑然地问道：“那贤侄不准备让葛家军和高平义军南进吗？”

蔡风淡淡地吸了口气，道：“你认为高平义军和葛家军南进有几成胜算？”

王通不语，半晌才道：“我看不出胜算！”

“伯父今日找我应该另有其事，请伯父不必再拐弯抹角地跟我谈这论那，何不直接说明来意呢？”蔡风不再掩饰，他是个聪明人，自王通的话语中早就明白其另有深意。

王通再次打个“哈哈”笑了笑，道：“贤侄果然快人快语，我也不再与你拐弯抹角了，贤侄今日前来洛阳是不是为了救出葛庄主？”

蔡风暗道：“这才是正题。”不由淡然一笑，道，“不错，难道伯父知道我师叔在哪里？”

“不知道，但有人知道。”王通望着蔡风有些意味深长地道。

“谁？”蔡风的目光也紧逼着他的双眸问道。

“他就是皇上，不过他要与你做一笔交易！”王通认真地道。

“他要与我做一笔交易？”蔡风大讶，也感觉事情的发展有些好笑，反问道。

“不错，他叫我来向你约个时间相见，当面详谈。”王通认真地道。

蔡风眉头皱了一皱，感觉到此事有些荒谬，若说孝庄帝想找他面对面的详谈那可真是让人难以置信，所以他没有言语。

“他不会带很多侍卫，他要与你单独见面。”王通再次补充道。

“你难道不觉得这件事情很有趣吗？”蔡风悠然反问道，目光之中射出了一丝冷冷的讥嘲之意。

王通感觉到了蔡风言语间那微妙的变化，也没有再称他为伯父了。但王通并不介意，只是紧接道：“这并不荒谬，也绝对没有什么阴谋，我这里有皇上交给你的请柬和亲笔信。”说完便自怀中摸出请柬与信笺。

蔡风目光扫了一下那张红色的请柬，的确盖着玉玺的宝印，证明这些都不假，不由伸手接过放于桌上。

“皇上表明，地点、时间全都由你定，他一定会准时赴约。”王通又补充道。

蔡风的确感到有些不可思议地问道：“他为什么要如此降尊屈贵地来见我？难道不怕我杀了他吗？”

“我不知道皇上为什么要见你，但他相信你定不会伤害他，我之所以助他，因为他的确是个好皇帝，也是一个为百姓着想的好皇帝。”王通肯定地道。

蔡风呆了一呆，王通的这种回答也许只有上天才知道，半晌方道：“好，如果他有诚意的话，今晚仍在这里相见，时间定在二更！”

王通一愣，半晌才道：“好，我马上去通知皇上！”

“你果然准时赴约！”蔡风的确感到有些意外。

“方而无信，怎能存世？”那个背对着蔡风的人在说话间转过身来，露出一个淡然而洒脱的笑容。

蔡风的目光在孝庄帝脸上扫过，在他这个易容高手的眼皮底下，绝对没有任何假面具可以瞒过他的眼睛，只是孝庄帝并没有戴着面具。

“可答应赴约的人并不是你，你有理由推脱！”蔡风淡然道。

“身为人君，如对臣下失信，也是不可饶恕的罪过。俗话说‘用人不疑，疑人不用’，既然对他承诺过，那同样是对你的承诺，所以我不能不来！”孝庄帝认真地道。

蔡风的目光与孝庄帝的目光在虚空中相遇，蔡风竟自对方的目光中找到了若干的相似，不由得暗暗对他生出一丝相惜之感。

“难道你认为可以胜过我的刀吗?”蔡风悠然问道，同时向前逼进两步。

孝庄帝并未后退，反而露出一丝欢悦的笑容，道：“我的确无法胜你，你是如何进来的我根本就没有感觉到。如不是你开口说话，完全有可能将刀刺入我的背脊后再让我感觉到你的存在。”

“那你就不怕我会杀了你?”蔡风冷然逼问道。

“我怕，但我相信你不会杀我！”孝庄帝似乎极为自信地道。

“为什么?”蔡风禁不住有些讶然地问道。

“因为你是蔡风，蔡伤之子！”孝庄帝极为简单而有力地答道，但目光却是那般坚定。

蔡风笑了，这个笑容是发自他内心的，也是极为欣慰的笑。被一个敌人所信任，这的确让他感到自豪，也不禁对孝庄帝多了几分好感。

孝庄帝也笑了，笑得那般自信而又优雅，一身粗布衣服并不能掩饰他那自然流露的皇者之风。

“我可是你的头号敌人，也杀死了你那么多的爱将！难道你就不想杀我吗?”蔡风饶有兴致地问道。

“想，而且是想得要命，但我却知道，任何想杀你的人都得付出沉重的代价，而这个代价我还付不起！”孝庄帝毫不掩饰地道。

蔡风望着这个身着一袭粗布衣的北魏皇帝，的确有些荒谬的感觉，但仍悠然道：“你对自己如此没有信心？只凭外面守候的四大顶级高手就有能力胜过我，只要你再调集一些宫中的高手，不是有足够的能力将我杀死吗?”

“但那样一来，我不可能在这里与你相见了。更何况我此刻还不能杀你!”孝庄帝笑了笑道。

“你有事情找我?”蔡风问道。

“不错，我要找你做一笔交易!”孝庄帝淡然道。

“什么交易?”蔡风很有兴致地问道。

“关于你师叔葛荣的交易!”孝庄帝坦白地道。

蔡风的脸色微微一变，问道:“我师叔现在哪里?”

“对于此事，必须当你答应了这笔买卖之后我才能奉告。”孝庄帝并不为蔡风的气势所动。

“我可以拿你作为人质!”蔡风冷然道。

“你没有这个必要，因为你会答应这个条件的。”孝庄帝自信地道。

蔡风有些微讶，冷然问道:“什么条件?”

“帮我杀死尔朱荣!”孝庄帝眸子之中闪过一缕杀机，冷然道。

蔡风一呆，愣了半天，如同看怪物一般望着孝庄帝，倒有些怀疑对方是不是疯了?

“为什么?”蔡风终于挤出这样一句话来。

“这其实并不是一个很难想象的问题!”孝庄帝悠然道。

蔡风若有所思，深深地望了孝庄帝一眼，但却没有言语，他仍需要孝庄帝的解释，也不想以自己的揣测去推断别人的想法。

“尔朱荣绝不是一个甘于屈居人下之人，他可以血洗洛阳，沉太后于河阴，自然也可以废了我。我不希望自己做一个有名无实的皇帝，更不想当别人的一个傀儡。若想治好天下，就必须统一皇权，这才能够施政而无阻。所以任何威胁到我的人，我都要设法铲除!”孝庄帝冷然道，也的确有一番君临天下的气概。

蔡风有些想笑，悠然问道:“可是你就不怕尔朱荣死后，各路义军会趁机攻破洛阳吗?”

孝庄帝淡然一笑，道:“放眼整个天下，除了葛荣和你蔡风之外，还没有谁能够真的对我北魏造成什么样的威胁，而眼下葛荣已武功尽失，能够对我朝构成威胁的人，也就只有你和尔朱荣了。”

“那你为什么不先杀了我？”蔡风反问道。

“还是刚才的答案，我杀不了你，也不想付出这样的代价。而另外，我必须借你之手除去尔朱荣，因为对我威胁最大的人不是你，而是尔朱荣！”孝庄帝毫不掩饰地道。

“可是尔朱荣一死，就没有人可以制约我，难道这一点你没有考虑过吗？”蔡风反问道。

“我当然想到了，所以我还有另外一个条件！”孝庄帝语气极为平淡地道。

“哦，何不说来听听？”蔡风眉头微微一皱。

“那就是我放了葛荣之后，你必须将葛家军撤出长城以外，抑或接受朝廷的招安。我同样可以封葛荣为王，让他享受朝廷的俸禄。如果你们选择退出长城之外，我绝不对你们进行干涉。葛荣只管在那里称王称霸，只要不犯我北魏河山就行。而你必须隐退江湖，不得参与义军之事！”孝庄帝沉声道。

蔡风冷冷的望着孝庄帝，漠然道：“你不觉得这条件苛刻得让人无法接受吗？”

“你是个深明大义之人，也是个体衅百姓之人，应该不希望百姓永远都活在战火之中。我提出这样的条件虽然有一些自私，但也是为了天下苍生能够安居乐业，不再遭受战乱之苦。”孝庄帝吸了口气道。

蔡风不屑地冷哼一声，道：“我并不是一个傻子，大义凛然的人我也见得多了，但真正能够做到的却没有一个！你说我是不是应该相信你所说的话呢？”

孝庄帝双目与蔡风对视，毫不回避地道：“我绝无半句虚言，也没有半点言不由衷之处！”

蔡风冷冷地与孝庄帝对视，半晌才漠然道：“你可敢对天发誓？”

孝庄帝脸色变了变，他身为九五之尊，从来都没有人敢与他平起平坐，并以这种口气跟他说话，而蔡风竟然还要让他对天发誓，这本就是对他至高无上地位的一种挑衅。不过孝庄帝忍了下来，因为他深知蔡风绝对不是普通之人可以相比的，他是一个可以左右天下局势的举足轻重的人物。蔡风也完全有理由根本就不把他放在心上，是以他一开始就不用“朕”和“寡人”这两个词，而是以普通的口吻相互交谈，但直到蔡风逼他发誓之时，他心中却有些为难了。

蔡风丝毫不让地逼视着对方，露出一丝冷冷地笑意。

“如果你是全心全意为天下的百姓着想，我自可以答应你的条件，但你似乎没有考虑到身边那一群可怜的亲王们犹如一只只蛀虫，你所面临的将是一种怎样的局势?”蔡风悠然问道。

孝庄帝的额角渗出了细密的汗珠，天气其实并不热，可是他的内心却似乎正在遭受着强烈的挤压，那是一种无形的斗争。如果他真的发了誓，那就必须去一丝不苟地实行誓言。首先就要惩治贪王，减轻赋税，可是这也将面临国库空虚、众臣反对的各种阻力，甚至会使朝廷再生变故。但如果不答应，他将面对百姓暴乱，及义军东下洛阳之危。这的确让他左右为难。不过他很清楚，若想整治北魏，就必须着手大力改革，否则绝对不可能有国泰民安的局面产生，也根本无从谈起国富民强。如果无法国富民强，不仅仅是北部的义军之乱，更有可能遭受南梁的无情攻击。因此，他必须下定决心整治北魏。

“好，我发誓!”孝庄帝微微咬了咬牙，显然有些沉重地道。

第一百九十九章　帝王誓言

蔡风露出一丝淡淡的微笑，他很清楚，如果蔡泰斗和何礼生他们仍坚持继续战下去的话，那很可能只会酿就另一个惨剧，祸及百姓，使得天下永无宁日。而如果他不答应退出战事之外的话，那尔朱荣也将成为官兵的主力，他所面对的将仍是尔朱荣掌权和葛荣死亡。在蔡风的心中，尔朱荣是必杀的，而葛荣也必救的，这两者能够齐全，也便不容他不答应孝庄帝的条件了。

孝庄帝似乎也看穿了这一点，估计到蔡风绝对不会拿他怎样，才敢单独面对这个武功几乎无敌于天下的敌人。

蔡风不杀孝庄帝，并非因为道德仁义及原则问题，而是因为蔡风与尔朱荣形成了一种均衡的制约。

蔡风如果杀了孝庄帝，最大的得益者自然是尔朱荣。那样的话，尔朱荣还真的可能一举夺权，把持朝政，使他以后对付尔朱荣的机会越来越少，更会阻力重重。

如果蔡风挟持孝庄帝的话，那样只会使得孝庄帝颜面大损，威信尽失，也同样帮了尔朱荣的大忙，到时尔朱荣势必威望大增，这是很容易想到的。所以蔡风绝不会对孝庄帝造成任何伤害，至少在尔朱荣没死之前，他绝对不会伤害孝庄帝。

孝庄能够称帝，也绝对不是一个平庸之人，而他在元家的地位本就极高，若是个平庸之人怎会让人心服呢？就是尔朱荣也不能够对他轻视。正因为孝庄帝是个聪明人，他才看透了蔡风这一点，才敢亲自前来赴会，而且提出一些让蔡风有些为难，但却并非不能接受的条件，这正显示了孝庄帝的过人才智和决策能力。

孝庄帝望着蔡风，笑了笑道："你可肯答应条件?"

蔡风回过神来，淡然道："如果你真能够让百姓安居乐业，我蔡风的私人恩怨又算得了什么？我可以答应你的要求，但我只能尽力去对付尔朱荣，因为没有人有把握能够绝对杀得了他！"

孝庄帝似乎又回到了现实，神色间没有了刚才的那种自信。的确，天下间配称为尔朱荣的对手之人，实在寥寥无几，能胜过尔朱荣的人更不知有谁。虽然蔡风被誉为年轻第一高手，甚至有人说他的武功天下无敌，但是否真的能够击杀尔朱荣，这又是一个问题了。

半晌，孝庄帝笑了笑，道："那我们的命运就连在一起了。你若杀不了尔朱荣，你我都可能唯有死路一条；若能杀了尔朱荣，你我都可以实现彼此的承诺，谁也不吃亏！"

蔡风也笑了笑，孝庄帝所说的并没有错，如果他杀不了尔朱荣，很可能就是被杀。那样的话，就不必去实现对孝庄帝的承诺了，而孝庄帝也定会因此受到攻击。

"既然如此，我们彼此尽力就是！"蔡风耸耸肩，有些无可奈何地道。

"我也该发誓了！"孝庄帝苦笑着自嘲道。

蔡风再次笑了笑，饶有兴致地望着这位发誓的帝王。

"黄天在上，我元子攸定要在有生之年倾力理政治国，减赋减税，铲贪除恶，还天下百姓一片安宁和平，以百姓安居乐业为己任，做好上天赋于我的使命。如言行不一，就让我五雷轰顶，死于丧乱之中！"孝庄帝郑重地宣誓道。

"好！你有这一番话，我可以放心了。待尔朱荣事了，我绝对不会再涉足江湖恩怨，更不会参与义军之事，也依你所说，让葛家军转移塞外，到时不愿外迁者，解散为民。在你当政之年，绝对不会出现乱子！"蔡风果断地道。

"好，我相信你的话！我会为你提供尔朱荣的行踪，更会为你安排机会。我相信我们的合作一定会将尔朱荣这个逆贼除去!”孝庄帝充满信心地道。

蔡风心中禁不住涌起了满腔的豪情和斗志，俩人同时伸出手来，紧紧握在一起，两颗本来敌对的心，此刻竟靠得如此之近，更有一种惺惺相惜之感。

“明日之后，我会尽快给你答复的。”孝庄帝道。

“很好，明日之后，我也会好好安排事情，我相信，一切都会好的!”蔡风悠然道。

蔡风回到住处，游四诸人才松了口气，他们心中一直都在担心，此刻方知是在杞人忧天。

蔡风将事情的经过和孝庄帝的要求向三子、游四俩人说了一遍，游四和三子又陷入了沉默，他们仍有些怪怪地望着蔡风。

“天王的武功被废，这肯定是尔朱荣那狗贼所为!”游四愤然道。

想到葛荣那不可一世的武功，竟然被废，可想而知葛荣此时的心情是如何了。

“我们一定要杀了尔朱荣那狗贼!”三子握拳咬牙道。

“不知齐王怎么看待这件事?”游四抬头问道。

蔡风叹了口气道：“事已至此，那已无法挽回。怒和气也解决不了问题，一切只能顺其自然，或许对师叔来说，失去武功会是一件好事也说不定。”

三子和游四都呆了半晌，也的确，事已至此，已经无法挽回，即使把尔朱荣杀了，也无法使葛荣恢复武功，因此还是不要去想它好了。首要的任务是必须将葛荣救出来，看看葛荣如何决定。

“阿风准备与尔朱荣正面决斗?”三子问道。

“是该有一个了断了。我想，以我此刻的实力，与他应该有一战之力!”蔡风淡然道。

“我们可以安排一下，以别的方式去对付他，又何必要齐王亲自去冒这个险呢?”游四有些担心地道。

“这并不只是我对元子攸的承诺，而尔朱荣更是我蔡家的仇人，我也必须与他作个了断！能够与天下第一剑手对决，也是对自己极限的一个挑战，亦是爹爹这些年来一直都未能完成的心愿!”蔡风断然否决游四的提议。

游四黯然，三子却自信地道：“阿风一定会赢的!”

蔡风笑了笑，道：“我并不想以挑战者的身份向尔朱荣约战，那样只会不利于我们行事，以尔朱荣如今的地位，一定不肯与我决斗。因此，我必须找一个让他退无可退的时机。”

“齐王可得小心元子攸!”游四提醒道。

蔡风笑了一笑，道：“这就是我不得不作出安排的原因，为了安全起见，我们要做好撤出洛阳城的各种准备，最先应将已被元子攸知道的联络点迁移，第一个就是雁楼……”

凌通居然赶到了洛阳，还有抗月一起同来，倒让蔡风有些意外。

凌通见到蔡风，不无得意地道：“我就知道蔡大哥会来洛阳，所以我便专程赶来了。”

“是呀，武帝让我带来一些高手以助齐王一臂之力，只要能救出齐天王，我们还可以自边界调来一万大军攻打洛阳!”抗月诚恳地道。

蔡风不由大感好笑，不过萧衍的一番盛情倒是不能不谢：“蔡某先谢过武帝对葛家军以及对我蔡风的支持了!”

“武帝还说他的确很佩服蔡大哥呢!”凌通欣喜地道，一脸的得意之色。

蔡风一拍凌通的肩膀，叱道：“小孩子知道什么?”

抗月笑了笑，道：“凌通所言不错，武帝的确说过这样的话，说齐王乃人中之龙，可谓旷世之奇才，应是天下武林人物效仿的对象。”

蔡风淡然一笑，却并不想作任何解释，也没有必要作出解释，只是道：“抗护卫远道而来，不如先休歇休歇吧。”

“我不累，这次我带来了一百名好手供齐王随时调遣，而抗某也想为齐王效犬马之劳，为葛家军出一份力。”抗月诚恳地道。

蔡风爽朗地笑了笑，道：“若有用得着抗护卫的地方，蔡某定会出言相请。”顿了顿，又转向游四道：“游四，你现在为他们安置一下住所吧。”

凌通大吹了一番自己在南梁如何风光，如何将郡主、公主摆布得服服帖帖之后，就将自己这段日子所创的几式得意之作利利落落地表演给蔡风看。

而在这时，王通却来了，并带来了尔朱荣的消息。

尔朱荣正在赶回洛阳的途中，而且是快骑赶回洛阳，孝庄帝让蔡风做好安排，而孝庄帝也正在着手葛荣之事。

蔡风此刻倒是胸有成竹，因为他对自己充满了自信，对任何事情也充盈着自信，他从来都没有这一刻如此相信自己的力量，甚至为自己所拥有的力量而自豪。

也许，世人并没有说错，蔡风是无敌的。昨夜，蔡风再一次领悟无空道，悟透了自凌通和凌能丽脑中得来的神秘经历，也终于启开了那扇在齐王别府中未敢启开的神秘大门，此刻的他已经看到了另一个神秘莫测的世界，比一切的想象都要美丽。

蔡风没有跨入那扇精神大门，但却已感受到来自那个精神世界的巨大能量和精神力。正因为如此，才使蔡风对一切都充满了无穷无尽的信心。

王通似乎也感觉到今日蔡风的变化，虽然蔡风在极力掩饰自己的眼神，但仍能自那双眼睛中清晰地发现另一个完全不属于这片天地的美丽世界，蔡风的眸子——无限的深邃。

王通除了微感惊异之外，并无其他，他本来就不甚了解蔡风，也从来都未曾见过蔡风的武学。他心中的蔡风，全都是自别人口中所传出的形象。

凌通对蔡风这种异象则是见怪不怪。在他的眼中，蔡风永远都是至高无上的，也永远都是他崇拜、敬慕的。那是自小时候便深深植入他心中的印痕，任谁都无法取代。无论他在别人面前多么风光和霸气，但回到蔡风和凌能丽身边时，又禁不住显出了那本性的顽劣，如一个永远也长不大的孩子。只不过，凌通发现此时蔡风的眼睛有些像黄海，像黄海在北台顶上最后一笑时的眼神。

葛荣听到了一阵极轻的脚步声，他没有睁开眼睛的意思。这是一间不算阴暗的囚室，但对他来说，却显得极为冰冷。他的双手和双足踝上，全都以巨大的铁链锁着。此刻他的功力尽失，心中反而一片恬静，只是行动起来极为困难。对于这些铁链，他有着一种不堪负荷的感觉。

脚步之声越来越近，这不是一个普通的囚室。葛荣原本是关在另外一个囚室的，那里关押了许多囚犯，不过他一个人单独一个囚室，里面还有一床不错的被子和一堆干净的枯草，这大概是对他的优待。每天，别的囚犯只能有两顿少得可怜、也差得可怜的东西可吃，而他一天可以吃三顿，而且中午更有鱼有肉，晚上还有白酒可饮。每顿都酒足饭饱，这让其他囚犯大为嫉妒和诧异不解。

后来众囚犯自狱卒口中知道他就是葛荣，一个为天下英雄所敬仰的葛荣，于是监狱之中开始乱了起来，囚犯们一个个都变得疯狂了，有的说要拜葛荣为老大，有的说要与葛荣结为兄弟，有的则想请葛荣商量如何逃出这个鬼地方。在这些人的眼中，葛荣虽然被关在监狱中，但仍然神通广大，要不怎么会受到如此好的待遇？最终，狱卒只好将葛荣押解到一个单独的石室。

这个石室本来应算是密室，但后来改修了一下，却是拿来关押着这个天下第一危险的犯人，这个密室的主人也为此而感到荣幸。

没有人敢太过亏待葛荣，就算明知道葛荣必死，他们也要像照顾爷爷一般，小心地伺候着这位曾让天下人瞩目的英雄。

没有人不知道，就算葛荣死了，仍会有人索取这群曾经虐待过葛荣之人的命，而葛荣又是天下间年轻第一高手蔡风的师叔，更是北魏第一刀蔡伤的师弟。蔡风那般神通广大，而且还有数十万高平义军，二十万葛家军，身边更有着数不清的高手，如果谁曾虐待过葛荣，万一被蔡风知道，定会遭到灭顶之灾。是以，这些专门侍候葛荣的狱卒不仅让其吃肉喝酒，还得每天为之清扫囚室，准备夜壶马桶。这些人只望尔朱荣或皇上早点下令处死葛荣，那就不关他们的事了，即使蔡风找上门来，也可以推说是被逼的。

葛荣在江湖中，朋友多得几乎分布各行各业，谁敢保证朝中没有他的人？谁敢保证府中没有葛荣的人？是以，葛荣被囚之事只有极少数人知道，而且看守之人也不能够四处乱走，这便是为了不让外人知道葛荣的囚禁之处。

“你出去吧！”说话者是葛明的声音，葛荣对葛明的声音很敏感，也不知道是一种悲哀，抑或是一种仇恨或怨愤。

“是！”那几个守候葛荣的人齐应一声，退了出去。

葛荣清楚地听出，走进囚室的是两个人。此时他的功力虽然尽失，但仍可清晰地辨别出是两个人的脚步声。

“葛荣，我们少主人来看你了！”一个浑重而冷厉的声音响起。

葛荣微微睁开眼睛，扫过葛明和另一人的脸上。那个人他认识，乃是尔朱荣八大护卫之一排名第二的尔朱仇，其地位仅次于尔朱情。

葛明和尔朱仇都微微有些惊诧，葛荣的眼神平静得让他们心惊，如一潭将枯的水。虽然清澈，但给人一种陷落之感，抑或让人感觉到一种明悟，一种在生与死之间的明悟。

“你是来杀我的吧？”葛荣的功力虽失，但一双眸子更具一种无可比拟的透射力，似乎深深地看透了葛明的心思，也将葛明的意图掌握得一清二楚。

葛明一怔，他的确似是感觉出葛荣有点不可思议，竟看出了他的来意。

葛荣淡淡地一笑，依然是那般平静，犹如一池荡开的秋水，平静之中又多少带着一点凄凉。

“你娘去了？”葛荣并没等葛明开口，又问道，语气依然显得很平静。也许，他真的已看透了生死，这或许是因为失去功力使他的一切都完全改变了。

“你怎么知道?”葛明终于忍不住心中的震撼，失声问道。

葛荣长长叹了一口气，似是在为王敏的死而伤感，也似是为上苍作出这种安排而感慨，但不可否认，他的心中又增添了几分痛苦。也许，那并不是一种痛苦，而是一种明悟。

“你的眼睛告诉了我一切。你娘被葬在何处?”葛荣吸了口气，淡淡地问道。

“告诉你又有什么用?反正你今日必须死!”葛明有些残忍地道，尔朱仇却是毫无表情。

“我只想求你在我死后将尸首与你娘合葬，你能答应吗?”葛荣淡然问道。

葛明的脸色阴沉，眸子之中闪过一丝复杂难明的情绪，愣了半晌，他才冷冷地道：“你休想，那是不可能的，娘的尸体就葬在尔朱家族的坟场中，那里又岂是你可以安身的?!”

葛荣又叹了一口气，目光冷冷地扫过葛明，似乎有些怜悯，也似乎有些悲哀，悠然问道：“风儿是不是来了洛阳?”

葛明再次表示讶然地问道：“你怎么知道?”

“如果不是风儿赶到了洛阳，你何须如此急着要杀我?而且不是将我押入刑场，却要在这囚室中下手!”葛荣淡然道。

葛明狠狠地瞪了葛荣几眼，也不隐瞒，冷冷地道：“不错，蔡风的确来到了洛阳，我们暂时还找不到他住的地方，只要我们发现了他的行踪，就是他的死期!”

葛荣突然“哈哈”大笑起来，不屑地望了葛明一眼，有些怜惜地道：“就凭你也可以胜得了风儿?就是再过三十年、四十年，你也不可能胜得了他!只怕你见了风儿后，唯有逃命一途!”说到这里，葛荣突然“唉……”的一声长叹，有些遗憾地道，“到了这个时候，你仍不能悔悟，真让我大感失望，我葛荣就当没有生过你这个儿子!”

“呸，我从来都没当你是我的父亲，我姓尔朱……呜……”说到这里，葛明突然身子一歪，软瘫于地。

“尔朱仇，你……”葛明难以置信地望了望立在他身边那个面无表情的尔朱仇，怒呼之声却没有说完，就被尔朱仇制住了哑穴。

葛荣并不感到意外，在他见到尔朱仇的那一刻起，他就已经完全掌握了会出现的局面。

尔朱仇迅速自葛明身上掏出钥匙为葛荣打开锁在身上的铁链，关心地问道：“天王，你没事吧？尔朱仇相救来迟，还请天王勿怪！”

葛荣轻轻拍了拍尔朱仇的肩头，微微有些感激地道：“我怎会怪你呢？”同时，他的目光扫了一下惊骇欲绝的葛明一眼，再次深深叹了一口气。

“天王，该怎么处置他？”尔朱仇恭敬地问道。

葛荣心头一阵疼痛，只是向葛明淡然问道：“你有什么话好说？”

尔朱仇似乎知道葛荣的意思，伸指解开了葛明的哑穴。

“尔朱仇，你竟敢背叛尔朱家族?!”葛明骇异若死地问道，他怎么也没有想到这个伴随了尔朱荣二十多年的情仇二佬之一竟然是葛荣的人。

尔朱仇望了葛荣一眼，似乎是在询问该不该回答葛明的话。

葛荣微微点了点头，有些伤感地道：“让他瞑目一些吧！”

“你知道我是谁的儿子吗？”尔朱仇冰冷地向葛明问道。

“难道你不是雪原长老之子吗？”葛明惊问道。

“不错，我正是尔朱雪原的儿子。我爹乃是三十二年前被一个用拳的神秘高手所杀的十三位长老中功力最高的一个，而你知道那神秘的用拳高手是谁吗？”尔朱仇恨恨地道。

“谁？”葛明一惊，他在尔朱家族长大，自然知道那一段神秘的往事，也就是因为那十三位长老在半年之内相继死去，使得尔朱家族衰落了一段日子，后来只剩下尔朱归和尔朱悠两大长老，并建立了神秘的元老堂。而那些长老殒命事件始终成了一个谜，就是葛明也无法得知。

“那用拳的高手就是尔朱归！尔朱荣的姑父！”尔朱仇充满杀意地道。

“啊！”葛明也吃了一惊，他似乎没有想到那个神秘如同谜一般的杀手竟然是仅存的两大元老之一的尔朱归。

“而尔朱归之所以击杀十三大长老，全都是尔朱荣父子所指使，目的就是排除异己，使尔朱荣登上族王之位。所以此时的尔朱家族对于我来说，只有仇恨而无恩情，你就只好认命吧!”尔朱仇愤然道。

“那你怎么成了葛家庄的人?”葛明仍想拖延一些时间，故作茫然地问道。

尔朱仇不屑地一笑，道：“你别想有人会在这个时候进来，此时根本没有任何人能救得了你。实话告诉你吧，尔朱荣从来都没有将你当亲生儿子看待，今日他让你前来击杀天王时，还给我下了一道密令，我本不想告诉你，但看你至死不悟，我就让你看看他的亲笔手谕吧!”说话间尔朱仇自怀中掏出一张字条，展开横于葛明的眼前。

“父死子亡，共赴黄泉!”正是尔朱荣亲笔所书。

葛明如遭雷击，几乎快要崩溃了，口中喃喃地念道：“不可能，不可能，阿爹说过让我继承他的一切，他怎会说话不算数呢……”

葛荣眼中闪过一丝哀伤和一种苍凉，更为葛明感到不值，望望可怜又可恨的儿子，禁不住再次发出一声长叹。

“你以为尔朱荣会真的将尔朱兆的头颅送给你吗?尔朱兆仍活得好好的，天下人谁都知道，就只你一个人仍蒙在鼓中，真为你感到不值。在尔朱荣的眼中，你永远都只是一个外人，一颗棋子，可你却还痴心妄想继承他的一切?哈哈哈……真是可笑。人家尔朱兆是不是尔朱荣亲生，谁也不知，但他毕竟是尔朱家族的血统。尔朱荣再怎么选择也不可能选到你，亏你还自诩聪明过人。我看你现在也该悔悟了!”尔朱仇越说越有气。

葛明如同傻子一般呆愣着，他的神情已经麻木了，这的确是一个他无法接受的事实。一切的一切，都是如此的突然，如此地出乎人意料之外。尔朱荣竟然宁可相信一个护卫，也不相信他，也难怪这次行动尔朱荣会派一名亲信与之相随，原来只是布下了一道密令击杀他。

葛荣的眼中滑下两行泪水，清澈而晶莹，犹如两颗珍珠。葛荣的目光只是望着石室之顶，并不看向葛明，心中却长长地叹了一口气。他知道，葛明是死不足惜，若非葛明，怎会有那么多的将士、那么多的无辜之人死去？怀德、尉景、宇文肱及无名三十六将等所有兄弟们都是因为葛明而亡，至于士卒及百姓的死伤更是无数统计。

葛荣永远也忘不了尉景和宇文肱和无名七、无名十六诸人那种惨死的情景，这是一群永远也不屈服的人，面对着尔朱荣也是毫无所惧。在被困于葛明所设的圈套中之时，他们仍然选择战死也不投降，临死之时，更呼出："天王，保重——"其声高昂而壮烈，此时似乎又荡漾在葛荣的耳边。

葛荣在流泪，为他自己，也为死去的爱将，抑或是为了葛明的悲哀。

"我们走吧！"葛荣淡淡地说了声。

尔朱仇自怀中掏出一张薄薄的面具递给葛荣，葛荣轻柔地戴在脸上，并将之抹平，赫然竟成了葛明的装束。

尔朱仇翻开葛明，三下两下解开他的衣服。

"爹，你饶了孩儿吧？"葛明手足无法动弹，望着摇身一变变成他那副模样的葛荣，忍不住哀呼道。

"我可以饶恕你，但那些死去的忠魂却饶不了你！早知今日，何必当初，只愿你来世不要再如今世这般。爹的确对不起你，也对不起你娘，爹会用后半生的时间为你们诵经超度。你就认命吧。"葛荣无限伤感地道。

"爹，不要，孩儿知错了，孩儿以后再也不会做错事了……爹，不要……"葛明骇然凄呼道，但尔朱仇很快便制住了他的哑穴，并将他的衣衫脱了下来。

葛荣也脱下了自己的衣服，换上葛明的衣服，再次发出一声长叹。

"怎么办？"尔朱仇望了望葛明，再望了望葛荣，那击向葛明的手掌竟有些犹豫了。

葛荣的眼中再次滑出了两行泪水，尔朱仇心中也为之一颤。

"下手吧……"葛荣有气无力地伤感道。

尔朱仇犹豫了一下，手掌重重地向葛明头顶拍落。

葛明那绝望的眼神中闪过无尽的悲哀。

蔡风极为悠闲地观赏着竞相绽放的牡丹花，心中十分平静。他知道，在不久的将来，他将面对有生以来最重要的一战。

其实，已经没有什么事情可以让他心中失去平静，尽管他这一生还只是活了二十年，可所经历的却是别人几辈子都无法经历的事情。对于战斗的体验，更是普通人望尘莫及的。

蔡风出道以来的第一个对手是叔孙家族的叔孙长虹，接着巧斗鲜于战胜高欢，再与破六韩拔陵、鲜于修礼等高手交手，后又发生了土门花扑鲁、刀疤三的大柳塔之战，之后依次出现莫折大提、萧衍、石中天、叶虚、叔孙怒雷、区阳、元融、崔延伯、萧宝寅……这些人自普通高手到绝世凶魔，自域外高手到中土绝世人物，蔡风可以说已经遍历了一些可成为江湖美谈的大战。

自道之战，大柳塔之战，泰山之战，博野之战，泾州之战，定州之战，无一不是让江湖震撼，天下皆惊。所以，蔡风绝对不会因为洛阳之战而心惊。他的生命，似乎只有通过战斗来发挥，这才是一种享受生命的形式。

一切都似乎接近尾声，蔡风知道，这一战之后，将会决定和改变很多事情。也许，他再不会回到中土，在塞外寻找一处幽谷，筑巢而居，生儿育女，但他绝不会再插手战事，这是他对孝庄帝的承诺，其实也正是他内心所想。

蔡风早将一些准备工作安排妥当，如何撤出洛阳，如何安排葛家军的后事，他都为游四计划好了，而这也正是葛家军中许多人心中的意愿。不过，在这个时候，游四却来了。

“天王，我先送你上少林寺避避，然后再去与齐王联系如何？”尔朱仇询问道。

这里是一处山头，葛荣负手望天。

天很蓝，云也很白，空阔无比的天让人的心中也舒畅了很多，也许正因为如此，葛荣才深深地吁了一口气。

半晌，葛荣才轻柔地问道：“你刚才为什么不杀了他?”

尔朱仇一呆，嗫嚅道：“其实，人岂无过？明王只不过是犯了一次不可饶恕的错误，可我们也不能就此而不给他机会。是以属下只是废了他的武功，还请天王恕属下自作主张之罪!”说话间尔朱仇竟跪了下来。

葛荣扶起尔朱仇，轻轻地叹了口气，道：“我知道你只是为我着想，唉……这一切我其实也有错，既然一切都已经发生了，就让他去吧。希望他在有生之年仍能过一个普通人的生活，你现在也不必称我为天王了，你欠我的恩情今日已经还清，以后再也不欠我什么……”

“不，天王的大恩，我尔朱仇就是粉身碎骨也难以图报，当初我兄弟二人发过誓，因此我永远都只为天王而活!”尔朱仇骇然呼道，神色间显得极为焦灼。

葛荣叹了口气，他知道尔朱仇此话绝对真诚，不由淡然道：“好吧，你愿意怎么做就怎么做吧，我想先去城南的‘天玄寺’，那里是了愿大师的一位师兄主持，也是我的朋友，他会照顾我的。你也不必告诉风儿我在哪里，对于凡尘俗事，我早已看透了，只想在这后半生中独伴清灯静心参禅……”

“天王……”尔朱仇惊呼道。

“你不必如此，此刻我功力尽失，反而佛心更坚，往日师尊所述禅理竟在生死间豁然明悟，我心意已决，但仍有一桩心事需要托你去办。”葛荣恬静地道，语调如春风一般和缓。

“天王有什么事，只管吩咐，尔朱仇就是赴汤蹈火也定会完成!”尔朱仇大义凛然地道，同时更深感葛荣那颗向佛之心已是无法挽回。

葛荣笑了一笑，道：“我只要你将明儿他娘的骨灰给我送来‘天玄寺’，上半生欠她的，我想以下半生来偿还!”

“啊……”尔朱仇禁不住为之愕然。

游四的脸色有些难看。

蔡风一眼就知道发生了什么事情，不由笑问道：“到底发生了什么事?”

“孝庄帝派人来说，天王已经逃了，明王的武功被废，但明王却什么也不肯说。”游四脸色有些难看地道。

蔡风脸上的表情也变得僵硬了，这个意外的变故的确有些出乎他的想象。葛荣武功被废，此刻却脱困而出，不知去向，那这件事究竟是谁干的?葛明这个叛徒自不会救出葛荣，如果是葛荣废了葛明的武功，那这个救出葛荣的神秘人很可能是友非敌，只是此人又是谁呢?

“明王现在何处?”蔡风淡然问道。

“明王正被孝庄帝带去问话了，孝庄帝表明，如果齐王不再答应他的条件，他无话可说，不会强求!”游四又补充道。

蔡风不屑地一笑，道:“他也太小瞧我蔡风了，你去告诉他，就说尔朱荣的事情依然按照我与他商议的原计划行事，不过我得首先查清师叔的下落，尔朱荣的事只能稍缓。一旦有师叔的下落，就立刻按计划行事。”

游四微微松了口气，蔡风的目光却落在他的手上。

“你又有佳作了?”蔡风不由笑问道。

游四干笑一声，道:“我准备给你描绘一张全家福呢，不过因为孝庄帝派来的人赶得凑巧，老爷子和你的宝贝儿子还没来得及画上去。”

“噢。”蔡风不由讶然一笑，道，“拿来看看，你画的是什么东西?”

游四抖开手中的帛卷，蔡风不由发出一声惊叹。

游四的画笔的确是巧夺天工，一男四女跃然画上，赫然就是蔡风、元叶媚、刘瑞平、元定芳，另外那人却是凌能丽。四女如众星捧月般围在蔡风身边，每人的神态各异，衣裙飘飞犹如迎风起舞，眉目生花，其眼神更如秋水一般活灵活现。只是元定芳的画像稍稍偏瘦了一些，没有此刻的她那样丰腴。蔡风在画中的表情更是眉飞色舞，一副志得意满之态，但那两点眸子之中的神光隐透着智慧和狡黠的神采，眼珠的色彩却选用了淡蓝色，犹如一望无垠的碧波湖水，这让蔡风感到有些讶然。

“我无法将你的眼神完全捕捉下来，我也不知道如何为你点睛，但每看到你的眼睛，我就想到了蓝天湖水，所以就用了蓝色。”游四解释道。

"太妙了，你小子还真有一手，我不得不佩服了，你也不用再在画上旁边加什么人了，就交给我吧。否则如让能丽看到这幅画，你可就有麻烦了。"蔡风一手抓过布帛，欢喜地道。

游四一呆，讶然道："凌姑娘不是一直陪你在高平吗？"

"但还没来得及明媒正娶，知道吗？她可凶得很，待洛阳事了之后再说吧。"蔡风笑着解释道。

游四不由得摸摸脑袋，满头雾水，不知道蔡风在玩什么花样。

尔朱荣回到洛阳，根本没有回大司马府宅，而是直入皇宫。

洛阳，便如同他的指掌，不容有半点遗落，更要使一切都由他来掌握。

的确，此刻的尔朱荣威风八面，大败葛家军，攻下冀州，一切的一切，使尔朱荣将自己的权力推上了巅峰。整个军中大权尽在他的掌握之中，谁敢不服？谁敢有丝毫的反对？

尔朱荣对孝庄帝请回四大供奉之事极为恼怒，是以他首先要做的事，就是质问孝庄帝。

尔朱荣根本没将孝庄帝放在眼里，这也使得一些朝臣心中极为不满，这一点尔朱荣也知道得很清楚。但只要那些人不公然出言反对，他也懒得管。而那些朝臣也知道，谁要敢与尔朱荣作对，那唯有死路一条，是以，这些人都是敢怒而不敢言。这的确是北魏的悲哀。

尔朱荣身边仍有两名亲卫相随，这些人入宫后完全可与宫中的带刀侍卫相提并论，甚至能够享受到带刀侍卫无法享受的礼遇。

在洛阳城中，大司马府宅中的侍卫比之皇宫中的侍卫更有地位，而大司马府宅的实力也极强，虽比不上宫内的望士队和宗子羽林，可是洛阳城的守兵完全由尔朱荣所控制，这就比宗子羽林及望士队更有实力了。而且，尔朱家族的产业在洛阳比较集中，家族成员极多，完全成了洛阳的主体，这就是尔朱荣在洛阳嚣张无忌的主要原因。

"大司马到——"太监的高呼惊动了孝庄帝。

孝庄帝吃了一惊，他没想到尔朱荣会回来得如此之快，看来蔡风并未在途中将之截住。他在大吃一惊的同时，向身边的王通使了个眼色。

王通立刻会意，自后门迅速退开。

“大司马到——”尔朱荣很快行入了御书房，而此刻王通的影子早已消失于御书房。

尔朱荣龙行虎步地行了进来，目光在御书房中凌厉地扫了一眼，没见到任何动静，倒是看到那守候在孝庄帝身边的两个太监惊惧和恐慌的表情，这才向孝庄帝微微欠身行礼道：“臣参见皇上！”

孝庄帝心中怒极，尔朱荣这种态度，哪里把他这个北魏皇帝放在眼里？那两道扫过御书房的目光倒像是在抓贼，怎么说他仍是皇帝，一国之君！

孝庄帝虽然气恼，但却不能发作，他知道这样对他不会有半点好处，反而只会更难以收拾局面。因为他知道自己根本不可能胜得了尔朱荣，而尔朱荣的嚣张也不是一天两天的事情了。

“爱卿什么时候回来的？怎么也不与朕事先招呼一声？也好让朕为你接风洗尘呀？”孝庄帝挤出一脸的笑意，悠然道，倒的确像是一个爱臣如子的帝王。

第二百章　武道无界

尔朱荣并不为之所动，反而直截了当地道："臣刚下战马，不敢劳驾皇上，只好自己来了。"

"哦，爱卿如此紧急，可是有什么大事发生了？"孝庄帝虚与委蛇地讶然问道。顿了顿又转身旁边的太监道："给大马司赐座！"。

"谢皇上！"尔朱荣并不客气，大马金刀地坐了下来，扫了孝庄帝一眼，沉声问道，"臣听说皇上派人请回了四大供奉？"

孝庄帝脸色剧变，但转瞬即逝，打了个"哈哈"，反问道："不知爱卿是从哪里听到这个谣言的？"

孝庄帝的表情变化虽然只是一瞬即逝，但没有逃过尔朱荣的双眼，他知道对方是在睁眼说瞎话，但也并不能直接点破，只是有些强霸地逼视着孝庄帝，道："皇上不必管我是怎么听到这个传闻的，不过我却不能不提醒皇上，四大供奉乃是用来守护我鲜卑祖上神物之人。如果他们擅离神山，势必会引起很大的变故。因此，不管四大供奉是否前来洛阳，还请皇上三思而行！"

孝庄帝的脸色变得极为难看，尔朱荣的确太不把他这个北魏皇帝放在眼里了，不由有些愠怒地叱道："朕的事，朕知道如何做，大司马此次放下手中的军事，匆匆回朝，难道就是为了教训朕吗？"

尔朱荣并不为之所动，反而轻松一笑，道："皇上言重了，作为北魏的臣子，就不能不尽责相辅皇上。臣只是在有些地方稍稍提醒一下皇上，以皇上的圣明，应该明白臣的一片好心。"

孝庄帝几乎怒到了极点，尔朱荣的话语的确是越来越不敬了，甚至太过霸道，那种将他毫不放在眼里的表情就是三岁小孩也可以看出。

孝庄帝的忍耐力也是有限度的，毕竟他乃是一国之君，如果连一国之君也活到这种落魄的份上了，那也的确是一种悲哀。望着尔朱荣咄咄逼人的气势，孝庄帝终于忍不住发作道："大司马口口声声说要提醒朕，那就是说朕只是个不明白事理的昏君了？既然大司马如此清醒，如此明白事理，何不由大司马来接替这个帝位？"

尔朱荣脸上闪过一丝异样的表情，不仅不慌，反而正容道："皇上误会了，臣乃一介武人，不会说奉承话，望皇上勿怪。只是此刻边关战事紧急，臣不希望洛阳弄出了什么大乱子，而导致前方军心动摇，这样只会使我们的军机受阻，所以臣才说出这些话的。"

孝庄帝冷冷地望了尔朱荣一眼，心中忖道："我是不是应该趁此机会让侍卫们一拥而上，配合四大供奉将他杀了呢？"想到这里，孝庄帝杀心大起，尔朱荣的狼子野心已经昭然若揭，对于北魏祸患无穷，如果此刻杀了他，也可免去后患。孝庄帝想着不由吸了口气，缓和了一下脸色道："既然大司马是为国家社稷着想，朕又怎会怪你呢？只是因为朕这几日心情不好，所以才会出言重了些。算了，现在朕给你引见几人。"

尔朱荣暗自得意，他知道此刻自己的气势完全已经压下了孝庄帝。把掌北魏朝政，那也只是迟早的事了。

尔朱仇的话不容蔡风和游四不相信，就是蔡风和游四不相信尔朱仇，但也不能不相信葛荣的亲笔信笺。

游四对葛荣的笔迹十分清楚，此刻尔朱仇手中所持的正是葛荣的亲笔信，信中写得十分明白，葛荣已将葛家军中的事务尽数交给蔡风和游四处理。

葛荣知道蔡风并不是一个贪恋荣华和权力之人，但是他却相信蔡风一定可以处理好葛家军的后事。此时军中不仅有蔡风，还有一位足智多谋的游四，有这俩人存在，又会有什么事情处理不好呢？

看来，葛荣已自尔朱仇的口中了解到葛家军的状况，知道葛家军此刻只是负守一隅，大势已去，他的观点竟然与蔡泰斗诸人心中所想有些相似。毕竟，葛荣起兵只是为了替天下百姓澄清世界，给百姓一片安宁，以破除魔门为己任，并不是一个野心十足的人。而此刻他的功力尽废，痛失爱人，又惨遭亲生儿子的背叛，满腔的壮志也顿时化为云烟，对荣华富贵、红尘俗事大彻大悟，这才避开尘世，连蔡风和游四这几个最亲近的人也不想见。

蔡风知道葛荣的确已经没事了，这才放下心事，也便证明孝庄帝并没有骗他。因此，蔡风决心开始实行他的承诺。

据探子来报，尔朱荣已经进入了洛阳城，而且直入皇宫，是以蔡风必须在这一段路途中，选择一个最好的下手机会。

击杀尔朱荣，在洛阳城中！

这的确是一件极为危险的事情，但蔡风根本毫不在意其中的危险。

对于自己，蔡风充满了无限的信心，没有任何困难险阻可以阻挡他的信心。

脚步之声让尔朱荣产生了一丝警惕，但他根本不会在意这些。在洛阳城内，还没有谁能够对他构成威胁，包括皇宫之中。

洛阳的皇宫中虽然人数众多，但其实力还不足冀州葛家庄的三分之一。高手之数更没有葛家庄多，他连葛家庄都破了，何况是这个了若指掌的皇宫？是以，尔朱荣在皇宫中也同样肆无忌惮，这也是他敢如此嚣张地对孝庄帝说话的原因之一。

孝庄帝的表情有些古怪，但是那脚步声终于还是传入了御书房，那几道人影也出现在御书房中。

尔朱荣的脸色变得极为难看，对孝庄帝闪过一丝冷厉的杀机，只不过一闪即逝。但是孝庄帝仍然很敏感地觉察到了，那步入御书房的四个人也同时觉察到了。

“尔朱荣，你好大的胆子，竟敢对皇上起了杀心！”那四人同声喝道。

喝声如雷，震耳欲聋。

尔朱荣心中升起一股愤怒之气，铁青着脸，向孝庄帝逼视着，根本就不将孝庄帝放在眼中，质问道：“皇上不是说没有请回四大供奉吗？”

孝庄帝干笑一声，道：“从今后他们已不叫供奉，而是护帝神卫，也即朕的贴身带刀侍卫。只因他们不再是供奉，所以朕之所言就不算有误了。至于神山的四大供奉人选，朕自会在四大家族之中另选忠诚可靠之人代替，这一点请爱卿不用担心。”

尔朱荣眸子之中闪过一缕骇人的神采，他感觉到孝庄帝此刻说话的口气变得强硬了许多，而这正是他不想发生的事情，但事实已经发生了，他必须面对。

“尔朱荣，你想干什么？竟敢如此对皇上无礼！”那四人正是元子攸自神山请回的四大供奉，来自四大家族的精英，也是绝对忠于皇族利益的死士。

而眼下这四人，正是三十年前经孝文帝亲自选拔出来的高手，甚至比尔朱荣的辈分更高一辈。虽然这些人的武功不能算是各大家族之中最高的，但也全都是出类拔萃的角色，其实力加起来绝对会惊天地动。正因为如此，孝庄帝此刻虽然仍对尔朱荣极为畏惧，却并不如先前那般连说话时都显得软弱无力，至少已镇定自若了。若能借机杀了尔朱荣，那自是孝庄帝求之不得的事，即使不能成功，也必定会使之重伤，到时对付起来就容易多了。而且此刻他更已密令王通去夺下洛阳城守的兵权，这是他必须安排的一步棋。

“四位卿家，尔朱荣目露凶光，定是想杀朕，请代朕将之拿下！”孝庄帝故作惊慌地呼道。

四大供奉立刻成四角将尔朱荣围于中心，孝庄帝身后的两名太监忙跨前护在他的身前，一副如临大敌之势。

“皇上，想必你是误会了，微臣怎敢对皇上无礼呢？”尔朱荣似乎也知道自己所表现得太过激了，忙缓和了一口气道。但在这时，他已感到一股如暗潮般的气流自身后涌来。

“几位卿家，给我拿下这逆贼！”孝庄帝高呼道，而这时四大供奉已经出手了。

尔朱荣大怒，杀机大炽，冷杀地道：“这是你在逼我，怪不得任何人！”说话之间，双臂一圈，竟如同有着千万柄剑同时刺出。

尔朱仇被游四逼着来到了“天玄寺”。

尔朱仇有些无可奈何地低声道：“天王不想有人打扰他，包括齐王和侯爷，我看侯爷还是不要去见天王为好。”

“反正已经来了，我怎能不见呢？”游四急切地道。

“可是，天王会怪我的。”尔朱仇有些着急地道。

“天王怎么能够抛下葛家军不管呢？你又不是故意带我前来，只是被逼无奈，相信天王不会怪你的。”游四哪管尔朱仇的事情，这次他来洛阳，就是为了救出葛荣。此刻葛荣就在眼前，要是让他空手而返，又于心何安？何况这个“天玄寺”并不是一个安全的地方，在洛阳城中，遍布着尔朱荣和孝庄帝的势力，若是他们发现了葛荣的下落，那葛荣岂不是又会大祸临头？所以，游四无论如何也不可能不与葛荣相见。

“吱呀……”游四不顾一切地推开了禅房之门。

“侯爷，侯……”尔朱仇只得停下叫声，他不想惊扰了葛荣的心境。

葛荣的诵经之声倏然停止，并没有回转身来，只是悠然开口问道：“是游四吗？”

“天王，正是老四！”游四“扑通”一声跪在葛荣的背后。

葛荣叹了口气，道：“你还来干什么？我不是已经将一切事情都交代清楚了吗？”

“天王，你难道就这样抛弃葛家军不管了吗？那几十万兄弟都在盼着你回去主持大局。”游四的声音有些泣然地道。

“红尘之事，我已不想再管，现在应该是你们年轻人的天下，就让阿风去安排那几十万兄弟好了。难道你不相信他的能力吗？”葛荣淡然道，不仅没有回身，甚至连眼睛都不曾睁开。

“可齐王今日要与尔朱荣决一死战，一切都是未知之数。更何况齐王他答应过孝庄帝，将不再管义军之事，只让我们葛家军撤出塞北。难道天王就这样眼睁睁地看着兄弟们固守边陲吗？”游四微微有些凄然道。

葛荣身子一震，扭过头来，眸子里射出一缕忧郁之色，问道：“风儿要与尔朱荣决战？”

“不错，尔朱荣今日刚回洛阳，但是此刻已入了皇宫，齐王与孝庄帝达成了协议，由齐王出手击杀尔朱荣！”游四见葛荣终于色变，微喜道。

“快阻止他，尔朱荣已经练成了第八层‘道心种魔大法’，武功无人能敌，你赶快让阿风从长计议！”葛荣急切地道。

这次却轮到游四发呆了，他从来没见过葛荣如此大惊失色的样子，虽然他绝对相信蔡风的武功，但是他又岂能轻视尔朱荣的实力？更不会忽略葛荣的眼力。

“天王，该不会……有什么问题吧？齐王在泰山之顶连区阳那老魔头都击败了，又怎会怕尔朱荣呢？”游四有些疑惑地道。

葛荣长身而起，忧色满面地道：“区阳是区阳，尔朱荣是尔朱荣，我是败在尔朱荣的第十六招上，对于他的武功深浅自然十分清楚！”

游四大惊，他虽然知道葛荣败了，但却没想到连尔朱荣十六招也接不了，如此就可以想象尔朱荣是多么的可怕！大惊之下，急道：“我去找齐王！”说话间飞速向外掠去。

葛荣也心急如焚，向尔朱仇道：“我们一起去！”

御书房，满目凄迷，尽是丝丝缕缕的剑气，而尔朱荣和四大供奉全都被吞噬在剑影之中。

孝庄帝大惊，尔朱荣的可怕似乎超出了他的估计，功力之高，剑术之奇，已突破了人的想象空间。

剑气之强，四大供奉根本就不能完全封锁。

逸出的剑气直射孝庄帝，书桌碎裂成两半，剑气无阻，直逼孝庄帝。

“锵锵！”却是两名太监出手了，以奇奥无比的手法封住所有逸出的剑气，孝庄帝的衣袍不断地鼓动着，他也是一位深藏不露的高手，但是他心中十分清楚，自己的武功最多只能与四大供奉之一相提并论，比起尔朱荣，仍要相差一大截。

“噗噗……”一连串爆响之后，四大供奉分四角掠开，似乎极为狼狈。

剑气尽敛之后，尔朱荣犹如风中古树，苍雄而稳健，更透着一股强大的霸杀之意，似乎自九天而降，刚沾尘土的魔神，杀意逼人。

四大供奉和孝庄帝不由得相顾失色，他们似乎全都低估了尔朱荣的厉害。

“哼，就凭你们四个老不死的，也想阻我？哼，真是不自量力！若是在半年前，以你们四人联手之力，也许对本人还能构成一定的威胁！但是现在，你们就跟昏君一起陪葬吧！”尔朱荣狂傲无比，毫不将这些人放在心上。

孝庄帝大为惊骇地呼道：“众卿家，给我杀了他！一切全由朕负责，我去下令所有宫中护卫前来助阵！”说话之间，孝庄帝已心生退意，他根本就犯不着跟尔朱荣死拼。

“昏君，哪里走？拿命来！”尔朱荣如同发怒的雄狮，飞扑孝庄帝。

“挡住他！”孝庄帝运足全身功力将一块紫砚砸了出去，身子却向后门冲去。

那两名太监双手各在自己的身前划了一个圆满的太极圈，便见他们身前奇迹般升起一团气雾，不畏生死地向尔朱荣击去。

四大供奉相互望了一眼，同时大喝一声，四条身影竟向一点挤去。

“轰！”两名太监踉跄着倒跌而退，每人竟退了十步之多，余劲未消却撞在身后的书架上。

“哗……”书架倒塌，露出一扇玄铁门，铁门在一撞之际，轰然而开。

孝庄帝如同一只灵活至极的老鼠，飞身投入玄铁暗门中。

尔朱荣身形没有半丝停滞，在孝庄帝射入铁门的一刹那间，他的右手已抓住了孝庄帝的龙袍一角。

“看你往……轰轰……”尔朱荣一句话还没有说完，就有两股沉重如山的剧劲自下而上击在他的胸膛上。

“嗞……”孝庄帝竟然回掌自断龙袍，而此时玄铁暗门正好合上。

尔朱荣狂号一声，双足暴踢，正中那两名自书架下袭出的太监双掌。

“咔嚓……”两声脆响，两名太监狂喷出一口血箭，身子如同两柄极为锋利的破竹之刀，将书架划成三块，再重重地撞在一顶香樽上，双臂尽数碎裂。

“当当……”巨大的青铜香樽如同大葫芦般在御书房中乱滚，香灰四散而飞，整个书房的空气呛人至极。

尔朱荣十分恼怒，此时那四大供奉的四条身影已撞到了一点，同时又自这一点爆射而开。

香灰如同遇到了一层强大的隔离网，竟然在四大供奉掠过的地方散开出一条清晰的通道。

尔朱荣心中一惊，他知道传说中，守护神山的人，都会有一套怪异的合击之法，而这合击之法是专门对付那些不世高手的。这种合击之法只有神山的供奉才有权知道，也由他们亲传给下一代新供奉，就连皇上也一无所知，只是这毕竟是一个传说。但尔朱荣却清晰地感觉到四大供奉在他们相互一撞之后，似乎完全变了个人似的，这种变化不能不让尔朱荣想起传说中的“神山一击”！

无论如何，尔朱荣都必须将这几个厉害的对手消灭，抑或他只想回到大司马府宅，调集人马，攻破皇城。只是此时他不得不全力应付这四人联手的疯狂一击。让他有点不好受的，是来自胸口被两个太监所击的四个掌印处。

刚才一不小心，竟然被两个老太监得手，若非他心急于抓住孝庄帝，绝不会发生这种情况。

那两名老太监的武功也的确了得，功力之高，并不下于四大供奉之一。但他们的这一击还无法让尔朱荣受伤，只是使他感到真气有些不顺畅。

不过，尔朱荣依然将全身的功力提至极限，他的躯体顿时如同焚起一层黑火。恰似来自地狱的魔神，无限的杀气带着毁灭性的力量向外不断扩展，所过之处，桌椅尽裂，墙踏瓦飞，花木枯萎。而这时一股庞大无匹的劲力自地底如潮水般涌入尔朱荣的体内。

尔朱荣的眸子之中暴闪过一团冷绿的魔火，他出手了。

双手犹如遮天罗网，更有着无数的剑，如万虫之舌，在天网之中吞吐不息。

天地在这刹那间寂灭。

“不必，这一战我必胜！”蔡风额头的两缕发丝在风中轻轻拂动着，与他那起伏的橘黄色披风形成一种无可名状的协调，蓝天、白云、楼阁、修竹以及小桥流水已与蔡风合为一体，形成了一种动态景观。

葛荣和游四在刹那间仿佛觉得自己从来都不曾认识蔡风，更觉得与蔡风是两个世界的人，他们甚至怀疑自己阻止蔡风是不是一种错误不理智的决定？

“可是他已修成了‘道心种魔大法’第八层境界！”葛荣仍然担心地道，虽然他感受到蔡风那强大的精神力和无与伦比的自信，但作为对亲人的关怀，他仍然无法放下心事。

“什么武功并不重要，而是在于实力，在于人心。没有任何武功可以击败对手，能击败对手的，也只有心！”蔡风悠然道，他似乎并不想多说什么。

“心?!”游四无法明白，尔朱仇也无法明白，葛荣竟然也无法捕捉到其中的含义。也许，含义本就很简单，不代表什么，也不包含着任何东西。

“如果自海外召回老爷子，我们不就胜算大增吗?”游四提议道。

“不必，此战绝不能退。退则永远无法胜过尔朱荣，因为在我心中早已种下了败的阴影，你们不必劝阻。这一战，我必胜！”蔡风仍然极为坚信地道，他似乎已经不再担心一切，更对这一战充满着绝对的信心。

葛荣不再说话，他似乎是第一次认识蔡风，但他也受到蔡风那种必胜之心的感染。的确，没有人敢对战胜尔朱荣有着如此不可动摇的信心，这也许就是蔡风的特别之处。

游四也不再说话，但看向蔡风的目光变得无比仰慕，就像是在看一座巍峨的高山。尔朱仇的感觉也是一样，他从来没有对任何人产生过这种感觉，那是尊敬、崇拜和向往。

“如果这一战会发生什么意外，你们也不必有任何想法和悲凄！”蔡风又道。

三人又是一呆，心头一沉，葛荣担忧地道：“你没有足够的信心?”

蔡风扭头对着三人淡然一笑，眼神空阔得如同整个天地，更茫茫不知边际在何方。

“不，尔朱荣必死，我指的是他死后会发生一些事情，我有一种预感！”蔡风淡然道。

“什么预感？”三人不由一齐奇问道。

“我会在今天打开无空道之门！”蔡风再次说出让三人感觉到莫名其妙的话。

“那是什么门？”葛荣大讶问道。

“那也就是师祖所说的武道尽头——破碎虚空！”蔡风深深地吸了一口气，终于石破天惊地说出了一句让三人的心弦狂震的话来。

这的确是一句让任何武人都会为之震惊的话，没有人会想到武道的尽头是什么，也没有人想到会有人能够走到武道的尽头。

他们的确曾听说过天道的传说，但却从来没有见过破碎虚空的先例。不过，他们没有问，因为他们知道就算蔡风说出来，他们也不会明白的。何况，恐怕就连蔡风也并不完全知道那里究竟会以一种怎样的形式在等待着他。

蔡风再也无语，但葛荣三人再不会相信他会败！

尔朱荣冲出了皇宫，他没有找到孝庄帝，但也没有击杀四大供奉。

而孝庄帝呢？难道他会凭空消失不成？

四大供奉的那一记连手怪招的确就是传说中的“神山一击”，但这一击对于尔朱荣来说，并不是存在着很大的威胁。尔朱荣破除了四人的联手一击，就是最好的证明。

御书房被夷为平地，能够看到的，只有那倒塌凹陷的玄铁暗门，里面是一条秘道，究竟通往何方，却很难得知。但此刻，皇宫内的侍卫、宗子羽林、望士队、太监高手都蜂拥而至。

也许，这些人全都是受召于孝庄帝的命令；也许，这些人只是闻声赶至。

在这片废墟中，四大供奉仍倔犟地立着，但狼狈的样子告诉人们，他们败了。如果尔朱荣要击杀他们，只须七八招即可。因为他们所受之伤的确太重。

尔朱荣的武功已经超出了人类的思维，造成的毁灭性也不能以语言去描述。刚才尔朱荣的全力一击，竟引发出九幽怨气，这才使得四大供奉无可抗拒地身受重伤。

让人值得庆幸的是，尔朱荣的嘴角也渗出了血迹，他也不可避免地受了伤，没有人能够在“神山一击”之下仍然安然无损，除非他的确已经达到了刀枪不入、水火不侵的金刚不坏之躯。

尔朱荣没有练成金刚不坏之身，他受伤了，所以在数以千计的侍卫、太监、宗子羽林赶来之前，他毫无闲情击杀四大供奉和那两名已断了双臂的太监，他觉得那样做没有意义，于是他选择了尽快杀出皇宫。

尔朱荣的心中燃烧着凶魔的血，那浓浓的杀气燃而不灭。此刻的他，形同魔神，他的两名护卫早已被乱刀砍死，而他却杀开了一条血路，冲出了皇宫。

鲜血已经染红了他的每一寸衣衫，除了那张若被魔火熏过变黑的脸上没有鲜血外，他便犹如自血缸中爬出来一样。

尔朱荣下定决心要击杀孝庄帝，一定要杀！但他知道凭借一人之力绝对无法夷平皇宫，所以他要做的第一件事就是回大司马府宅。那里有他最为精锐的部将，第二次洛阳惨变将在他回府而开始。

皇宫内敢追赶尔朱荣的人不多，几乎所有人都被尔朱荣那种如魔神般的霸杀之气所震慑。他们眼睁睁地望着尔朱荣冲出皇宫，竟没人敢追。

皇宫之内一片凄惨，宫女、妃子们一个个惊惶得如没头的苍蝇，甚至有些人吓得直哭。

高平，齐王别府。

凌能丽突然自静坐中惊醒，睁开双眼，她竟然感觉到一股来自遥远的精神力的召唤，而她的脑海中更清晰地映现出蔡风的影子。

蔡风静立于一花亭古阁边缘，一袭橘黄色的披风，发结散开，那不甚长但却极为柔顺的黑发在风中轻扬……

凌能丽大为惊讶，她无法明白为什么会这样。蔡风并非出现在她的眼中，她的眼睛透过窗子，只能看见蓝天白云，看到那温暖而艳丽的阳光。可是蔡风的影子又是那么清晰。

凌能丽合上眸子，告诫自己，这只是一种魔障。可是魔障怎会使她如此清晰地感觉到蔡风的存在？就连对方穿什么衣服、什么打扮都看得如此清楚？而且那个地方又是她从未去过的陌生之处。

凌能丽无法凝神，但却不能抛开蔡风那道清晰无比的影子，包括他的每一个动作细节。

“凌姐姐，凌姐姐……”元定芳那似乎又惊又怕的声音传入了凌能丽的耳中，蔡风的影子又在突然之间自凌能丽的脑海中消失。

“发生了什么事？”凌能丽一边开门一边奇问道。

“我见到风郎了，我竟见到风郎了……”元定芳一脸惊悸之色，但又有着无比的欣喜和骇异。

凌能丽心中“咯噔”了一下，似乎感觉到了什么，道：“进来慢慢说，你什么时候见到阿风的？”

“就在刚才，就在刚才……我见到他发结散开，穿着一袭橘黄色披风，里面是蓝色的紧身衣服，他站在一个花亭的边缘……”

元定芳那上气不接下气的声音只让凌能丽脑中“嗡”地一响，元定芳所见与她脑海中浮现的一模一样，这究竟是怎么回事？

“凌姐姐，你怎么了？”元定芳奇问道。

凌能丽愣了半晌，才道：“你那不是看到的，而是想到的，对吗？”

“咦，你怎么知道？不，也不是想到的，我平时的确很想风郎，可是这次和以往不同……”元定芳认真地道。

“我刚才也见到了他，而且与你所说的情形一模一样……”

凌能丽正说话间，屋外又传来了刘瑞平和元叶媚那娇脆而惶恐的声音。

凌能丽和元定芳相视望了一眼，她们似乎已经预感到刘瑞平和元叶媚赶来的原因。

涛声如万马齐嘶，又如百雷同鸣，看来海上涨潮了。

大海之上，苍茫一片，海天相接之处，有一道长长的黑线，似岸而非岸。

蔡伤停下正在雕琢木人的小刀，怔怔出神之际，便听到马叔在喊。

“老爷子，夫人正在四处找你呢！”

蔡伤在马叔走进呼喊第二遍之时，才回过神来，发现那飞溅而上的潮水已溅湿了他身上的衣服，手中的小木人只雕琢了一半。

“噢，我就回来了！”在潮声之中，蔡伤依然可以清楚地将马叔的声音分辨出来。

“你在想什么呢？居然如此入神？”马叔欢笑着问道。

蔡伤有些落寞之感，悠然一笑道：“潮涨潮落犹如生生死死，在永无休止地轮回着，而生命究竟要用怎样一种概念来定义呢？”

马叔也能听清蔡伤那有些缥缈的声音，不由笑道：“老爷子想得太深奥了，潮涨潮落，生生死死，谁能避免呢？只要是大海，总免不了有潮涨潮落之时，是人就有生死轮回，这是万事万物都无法逆违的自然规律。”

蔡伤立身而起，摇摇头笑道：“也许你说得对，但也有海域不受潮涨潮落的影响，也有天地不受生死之限。”

“不会吧？”马叔有些怀疑地道。

“海涛虽然汹涌，但海底却平静如死，红尘嚣乱，但虚空却宁静如死。海涛永远无法明白大海之底的静，人世又怎能明白虚空的深远呢？”蔡伤似乎有着许多感慨，悠然道。

马叔一呆，蔡伤的话似是而非，又似隐含着深意。这段日子以来，蔡伤似乎年轻了十年一般，欢快无比，今日怎会说出这般沉重的话呢？马叔不由有些担心地问道：“老爷子，你没事吧？”

蔡伤哈哈一笑，道：“没事，别往坏处想，不知秀玲找我有什么事？可还没到吃饭的时间呀。”

“是小宝宝一直哭闹个不停，夫人哄不了，估计是小宝宝要爷爷，奶娘也喂了奶，可是小宝宝不吃。”马叔无可奈何地道。

蔡伤听到小宝宝立刻就来劲了，想到今日准备为他刻这么个小木人，到现在还没有完成，不由归心似箭，道：“走，快回去！”

凌能丽与元定芳四女全都感觉到这种异象的产生。

也许，这真的有些白日做梦的感觉。即使是白日做梦，可又怎么会使四个人做着同样一个梦呢？而且梦见的景象一点不差，但众人却并未睡着，只是脑子之中突然产生了这个念头，这的确让她们百思不得其解。

“凌姐姐，会不会是风郎托梦给我……”

“闭上你这张乌鸦嘴，风郎怎会托梦呢？他肯定是因为想我们才会让我们感应到他的存在！”刘瑞平笑着骂道。

元叶媚吐了吐舌头，知道自己说错了话。

“真奇怪，我刚才的确感觉到来自很遥远的地方那股神秘的精神力，我想也许瑞平姐说得对，可能是风郎故意让我们感应到他的存在。不如我们再来试试，也许我们一起集中精神又可以看到风郎了。”凌能丽提议道。

四女你望着我，我望着你，都觉得这件事的确玄之又玄，但仍然席地坐于一张毛毡上，闭眸凝神。

奇事顿时再次发生，这次她们不仅看到了蔡风，更看见了一个满身是血的人。而此时凌能丽更感觉怀中的凤丹刹那间变热。

四女同时被惊醒，都以为是一场噩梦。

“这不是梦，阿风一定遇上了极为可怕的对手，他的精神提升至超越空间的境界。”凌能丽说着惊讶无比地自怀中掏出那颗已经变得炽热如火的丹凤，放置于四人之间。

“那可怎么办?”元定芳有些着急地问道。

“我想起了那个满身浴血的人，他是尔朱荣！我曾见过此人!”刘瑞平突然似乎记起了什么，担忧地道。

“不错，那一身浴血之人的确是尔朱荣!”元叶媚也曾见过尔朱荣，不由附和道。

凌能丽和元定芳更惊，忍不住惊呼道：“那可怎么办?”

“看，凤丹!”刘瑞平一指那颗放射出异彩，竟似生出了双翼一般的凤丹，惊呼道。

诸女更是一惊，心中惊骇之余忍不住心神为凤丹所吸引，精神竟被不自觉地引入了另一个虚无缥缈的空间之中。

她们这次感应到的，不再只是蔡风的外形，而是深藏于蔡风心中那博大而浩瀚的爱，更感受到蔡风那奔涌激昂的斗志及深邃莫测的心境……

洛阳，雁楼南角大街。

这是通往大司马府宅的最宽阔的一条街，自皇宫到大司马府宅，也只有这一条街最近。

尔朱荣静立着，如同自地底长出的一堆血木，周身散发着一阵阵霸杀的气焰，更如一团燃烧的魔火。发结散开，长发犹如被一股自下而上的旋风卷起，向着天空飞舞狂动。

街上，没有一个行人，没有人仍敢存留于这条街上，就因为这条街上散发出那足以让人窒息的杀气。

雁楼已封，这是蔡风的吩咐，一切被孝庄帝所知的属于葛家庄的财产都被变卖，自葛家庄前来洛阳的人也必须尽快撤出洛阳，以免发生任何意外。

尔朱荣停下了步子，目光却死死地盯着那个立于花亭瓦椽上之人。

那是蔡风！外披一袭橘黄色披风，里面是蓝色劲装。

阻住尔朱荣去路的，只是蔡风那种来自精神上的强大压力。

大街虽然畅通，但就因为蔡风的介入，使这条大街的另一头似乎成了一个无限深远的虚空，那也是蔡风深不可测的心境。

蔡风悠然步下瓦椽，脚步在虚空中缓缓踱过，如同踩着一级级人眼无法看见的阶梯，优雅而轻松，不紧不慢，透着一种无法形容的诡异。

蔡风的目光与尔朱荣的目光交触的刹那间，天空之中雷动云飞，本来淡淡的浮动的云彩，顿时被一股无形的力量吸扯，变成滚滚奔涌的怒潮。一道闪电也如开天辟地的巨剑自虚空中划落，正击在四道目光的交汇处，但却无法分开那交接的目光。

四道目光相互交缠，一股让人窒息的战意以俩人为中心，如旋风般向四面八方扩展。

方圆三里之内的人立刻惊呼着向这个范围之外跑去，不用任何人驱赶，每个人都有一种趋向安全的本能，包括小孩和老人。

只在短短的瞬间，长街更空、更寂，如同一片死域，那些在长街开店做生意的人，根本来不及关上铺门，便拖儿带女向外逃逸。他们并不是真的感觉到了死亡，而是受着一股无比强大精神力的驱使。

没有人明白这究竟是为什么，究竟发生了什么事，但那如暗潮的乌云已经毫无阻隔地向雁楼会聚，雷电更是四射而落。以雁楼为中心的三里之地暗无天日，但虚空中却闪射着千万道如光蛇般的电火，永无休止地劈落。

这里——如同修罗地狱，一个让人无法想象的修罗地狱。

借着电光，仍可看清尔朱荣和蔡风的面容，一个狰狞，一个祥和如禅定的老僧。但俩人之间，却有着一股强大的生机在扩大膨胀。

蔡伤的眼中闪过一丝异彩，不再哄怀中的幼儿，反而将他抱到海边。

“伤哥，小宝宝今日怎么了？你带他去海边，会被海风吹坏的。”胡秀玲担心地道。

“你看小宝宝一直都望着天空，是不是想要一只海鸥呢？”铁异游有些讶异地道。

“恐怕是吧，小宝宝对着天空那些鸟儿哭个不停，让我抓只小鸟给小宝宝玩！”颜礼敬附和道。

“不，他是见到了风儿！”蔡伤淡淡地道。

“三公子?!”颜礼敬和铁异游同时惊呼道。

“伤哥，此刻风儿不是在中土吗？小宝宝怎么可能见到风儿呢？”胡秀玲惑然问道。

“血脉相承，小宝宝天生就有着与风儿不可分割的牵连，无论风儿在哪里，他们都可以遥遥感应。你看小宝宝的眼中，竟似出现了一片虚空。”蔡伤淡然道。

众人这才注意到小宝宝并未流出眼泪的眼睛，竟泛着一层淡淡的蓝润，如头顶的天空一般，更有着一种深邃莫测之感。

这几乎有些邪门，小宝宝生下才几个月，居然犹如一个看破天地的高手……

“怎么会这样呢?”胡秀玲和众人都大惑不解。

“因为风儿已经感悟到天地之奥秘，其精神力更是破开虚空，不再受距离和时间的限制，而小宝宝秉承了风儿的血脉，自然比任何人都更能清晰地感受到风儿的存在。这才是他哭闹的真正原因。”蔡伤悠然解释道。

众人再次呆住了，他们不明白蔡伤为什么会知道得如此清楚。而蔡风此时却处身于千里之外的中原，双方又如何能感应到呢?

一切都玄之又玄。

“可伤哥带着小宝宝去海边干什么?”胡秀玲担心地问道。

“海边十分空阔，更能清楚地感受到风儿的存在，那样小宝宝会安静的。风儿此刻正在经历着他这一生中最为重要的一战。”蔡伤的目光投向了一个遥远的地方，淡然道。

“你也感应到了风儿?”胡秀玲讶然问道。

蔡伤点了点头，道:“此刻风儿在洛阳，而他的对手就是尔朱荣，刚才我在海边雕刻木人时就已经感应到了……”

孝庄帝脸上终于露出了一丝喜色，也多了一份骇异。

蔡风终于截住了尔朱荣，这令孝庄帝感到十分欣喜。但在这两大旷世高手的上空竟然出现了如此绝不寻常异象，天随人动！这怎能不让人心惊骇异?

孝庄帝同样也为尔朱荣在宫中所造成的破坏力而心惊，如此多的士卫，竟然无法截住尔朱荣，反而被他毁了御书房，伤了四大供奉以及无法计数的士卫。试想，若非是蔡风阻截，只怕后果不堪设想。

如果让尔朱荣逃回大司马府宅，那只会引起洛阳城内大乱，说不定还会重演河阴之变。那时孝庄帝唯有死路一条，宫中没有人是尔朱荣的对手，而大司马府宅中更有一些厉害的高手。不过，既然此刻蔡风截住了尔朱荣，孝庄帝就可以去完成另一件与击杀尔朱荣同样重要的事了。

王通此刻已经提着一颗首级赶到了孝庄帝面前，那颗首级正是洛阳城守之头。

“皇上，下官已经将一切都安排妥当，只等皇上一声令下！”王通俯首道。

孝庄帝大喜，手臂一挥，道：“给我迅速攻入大司马府宅，反抗者格杀勿论！”

王通等待的就是这样一句话，迅速立身而起，跃马而去。

洛阳举城皆惊，只因为雁楼上空的天象变化，使得所有人都走出家门看热闹。

雁楼之顶，一层密云下压，但在洛阳许多地方，却是骄阳如火，乾坤朗朗，使虚空中形成了两种极端的差异。但却没有人敢走入雁楼三里的范围之内，更有数不清的官兵沿着这三里之地围成一个大圈，这是孝庄帝的命令。

不准任何人干扰蔡风和尔朱荣的决斗，甚至让四大供奉和一群宫中顶级高手都守在这圈天地之外，而四大供奉期望以最快的速度治好伤，以便能走近雁楼助蔡风一臂之力。

孝庄帝绝对不允许尔朱荣活着回到大司马府宅，如今他与尔朱荣已经势不两立，到了不是你死就是我亡的地步。

“我们又见面了！”蔡风的语气极为平淡，笑了笑道，一切都显得那般轻松而自在。他似乎根本就不受这种天象变化的压力所限，不仅仅步履轻松，就连表情也带着一种无可挑剔的优雅。

尔朱荣冷冷哼了一声，的确，这次是他与蔡风第二次相见。第一次是在神池堡中，那次蔡风是毒人之身，而此刻的蔡风已非毒人，虽然他仍存世间，可神池堡却不复存在。

尔朱荣绝不敢大意，虽然他的脚底下似乎有一股无限强大的气流涌入，但他竟然感觉不到蔡风的实体，因为蔡风似乎如风、如气、如尘一般，无所不在，无所不是。

蔡风的存在不再是一个实体，而是一种精神，令人永远也无法捉摸清楚的精神。虽然在尔朱荣的眼中，蔡风的实体似乎真实地存在着，但那只是一种表面的幻象……

蔡风的脚根本未曾沾地，他所踏的，只是一层若有若无的灰色气团，在那不断飞舞的电火光泽中，显得十分诡异而不可思议。

也许，这也是一种意境，一种连绝顶高手都无法悟透的境界。只是尔朱荣对自己很有信心，因为这种意境他同样也能做到。

"你不是想杀我吗？为何还不动手？"尔朱荣冷冷地质问道，同时眸子中闪烁的气焰更烈更强。

蔡风笑了笑，道："可是你受了伤？"

尔朱荣不屑地一笑，道："出手吧！佛门的慈悲对我无丝毫用处，即使我受了伤也照样可以胜你！"

"你以为'道心种魔大法'很厉害吗？当年魔尊不也是败给了葛洪大师？自古邪不胜正，如果你愿意废掉武功，我可以放你一条生路！"蔡风说话之间，目光丝毫没有自尔朱荣的身上移开。

尔朱荣傲然地笑了笑，道："蔡风，别跟我耍小聪明，你不可能找到我心灵的空隙，也没有任何语言可以激怒我，你可以出手了！"

蔡风心中微微有些讶然，尔朱荣比他想象中更为可怕，但仍极为轻松地耸了耸肩，声音突然变冷地道："屠魔之佛，已无慈悲可言。受死吧！"

尔朱荣从来都没有一刻松懈过，他也从没遇到过蔡风这样可怕的对手。那似乎无处不在的精神力，虽然不如他功力凝集之时风云变色，但却充斥着每一寸虚空。只要他露出一丝破绽，必定将会受到蔡风那无处不在的力量，而形成的命致一击，这就是尔朱荣绝对不敢轻视的原因。

面对着蔡风，尔朱荣似乎感觉不到自己优势的存在，这是他练成"道心种魔大法"以来，首次感觉到自己失去优势，也许是因为蔡风的确有让人无法自信的实力。

那是战意，无穷无尽的战意。

战意来自天，来自地，来自空灵的虚空，来自莫测的九幽之底。而这一切，全都聚于蔡风的身上。

当蔡风踏出第七步之时，他出手了，此刻距尔朱荣却有八丈空间。

尔朱荣连眼皮都没有眨一下，也来不及眨眼，蔡风的掌已出现在他面前。

掌，名为裂天，完全不受空间的制约。

脚如剑，斜掠而上。脚，是尔朱荣的脚；剑，也是尔朱荣的脚。但这一脚踢得妙到了毫巅，恰好在蔡风一掌距他的面门三尺之时相交。

电火直劈而下，蔡风和尔朱荣掌脚相交之处的地面出现了一个烧焦的黑坑，而这时虚空中出现了一柄巨刀。

刀，只是自密云中射下的电火，蔡风竟如同神话一般，将火电收束于一团朦胧的雾气之中，而形成一柄巨刀。

其实，那并非电火所化，只是借电火之光反耀而出的异彩，但不可否认的是，这是一柄不可置疑的巨刀。

刀身长有三丈，阔若门板，插天入地，以一种无可匹御的霸杀之气向尔朱荣斩去。

尔朱荣在蔡风消失的那一瞬间，就已经感觉到刀气的存在。此刻他何尝不明白，巨刀就是蔡风的真体，刀中的电光正是蔡风体内散射出来的佛光所聚。

“轰!”巨刀斩空，地裂十丈五尺，而此时出现了一柄剑。

剑射长空，血剑！如同一道贯空的血虹。

刀没人隐，如同解散在虚空中的气体，无痕无迹。但是，尔朱荣仍是那么清晰地感觉到蔡风的存在。

“哧……”剑锋所过之处，地裂木折石碎梁断，只是蔡风的身影仍没有出现。

蓦地，剑势一顿，尔朱荣已立在雁楼之顶，巨大的雁楼竟自中间被剖为两半。当尔朱荣立身于楼顶之时，那柄剑已经消失。

利剑的消失，只因为尔朱荣那双仍沾有瓦屑的手已合并高举于头顶。

他的目光紧紧注视着那雷电交缠的虚空，密云欲坠，伸手可触，但尔朱荣并不在意这些，他在意的只是蔡风——消失在虚空之中的蔡风。

他知道蔡风在何处，那是对生命存在的一种觉悟，同时他的脚下，却仍无休无止地引动九幽怨气。

“轰……”霹雳惊魂，如同万吨陨石撞击地面所发出的声响，百里之外，震耳欲聋，云破、天开、日出。

天开日出，青虹乍现，佛光疾泻，天地一片祥和——蔡风终于再现。

蔡风再现，在虚空！牵动万缕佛光，幻出九天青冥——是剑！

王通在大司马府宅外围设下近千名弓弩手，高处还架着威力强大的弓弩机，另领数千名守城官兵及千余名宗子羽林的将士，迅速冲入大司马府宅，以迅雷不及掩耳之势控制大局，任何反抗之人，全都格杀勿论，毫不留情。

王通也恨透了尔朱家族，当初河阴之变被尔朱荣所杀的二千多朝臣中便有很多王家的人，朝中众臣都只是敢怒而不敢言，此刻终于有了对付尔朱荣的机会，岂会手软？

尔朱家族的少数高手已知道大事不妙，杀出重围，冲出府门，只可惜却成了活靶子。当然，这些冲出大司马府宅的人都是高手，围于外面的众弓箭手也一时难奈其何。当他们浑身浴血地冲出后，所面对的不是被守城官兵的围杀，就是被高处的弓弩机射死。

大司马府宅很大，但因尔朱荣挂帅出征，使得尔朱家族多半高手身在军中，大司马府宅内的反击力度并不是很强。也许是因为这件事情太过突然，他们根本没有任何时间反应。待刚刚反应过来时，又已被困，只好俯首认命。也有些人迅速自地道中逃走，也就成了官兵绞杀的漏网之鱼，只是人数很少。

那是剑，不再是刀。

剑，自九天而下，化出漫天剑影……

尔朱荣的眸子之中射出了无限的惊讶和骇异，他本以为自己的剑道已经达到了极巅，但这一刻，一切都已经改变。

蔡风舍刀不用，而化剑，这的确出乎尔朱荣的意料之外。虽然他在最紧要的关头，以强大无比的气机紧紧锁住了蔡风的精神力，而将之逼现虚空，但是他仍然低估了蔡风的实力。

尔朱荣不再多想，静立于雁楼之顶，气贯双臂，如同燃起了一团魔火……

云涌如涛，但却永远无法将虚空中的那一道裂隙补上，因此形成了一种怪异的奇象，便犹如一道巨大的堤坝筑在大海之间，两边的海潮同袭海堤，但海堤却丝毫不动。

在尔朱荣身化一柄插天魔剑之时，蔡风的剑身陡转，更有五道闪电狂烈击中他的身躯。

蔡风再次消失，却在刚才存身的虚空中形成了一团紫色的彩霞，彩霞里面，更隐显一只腾飞的火凤。

天地间霎时化成紫茫茫一片，一声直冲霄汉的凤鸣龙吟以火凤为中心，向四周八方的虚空辐射。

剑，非剑，而是刀，不！亦剑亦刀。

刀与剑，不再矛盾，同属于蔡风。凤为剑，龙为刀；青为刀，红为剑。

龙飞凤舞，乌云尽散，万籁俱寂。

虚空一片宁静，宁静中，紫霞直插于九霄外。鸿蒙之中，更若洞开一重大门，青冥浩荡，深不见底，日月照耀，金光闪闪，霓彩缭绕……

龙凤合，天地开，蔡风终于与尔朱荣的魔剑相接。

“轰……”

雁楼坍塌，一道电火自鸿蒙之中直劈而下。

紫霞飞，青虹灭，魔剑碎。虚空中那道洞开之门缓缓合上，佛光逐渐淡去，但那股祥瑞平和的意境依然荡漾不散，而阳光似乎变得有些暗淡了。

其实并不是阳光变得黯淡，只是因为虚空之中那道若门一般的奇景逐渐缩小，终成一线，却仍有一缕金光和紫霞外泻。

金光和紫霞洒落之处，正是蔡风的头顶。

蔡风负手而立，橘黄色的披风在微风中微微拂动，那散披的头发也随风而舞，但蔡风却叹了一口气，淡淡地叹了一口气，目光却久久地凝视着那金光和紫霞泻出的一线洞天。直到那线洞天消失良久，他才扭过头来遥望与他相距八丈的尔朱荣。

尔朱荣静立着，如一截烧焦了的木炭，但人形仍在，静静地立在雁楼的废墟之上。他的脚下是一片瓦砾，依然有余烟升起。

此刻任谁都无法认出立如墓碑朽木的身形就是那个曾经不可一世、风云天下数十年的天下第一剑尔朱荣！

蔡风似乎对尔朱荣的静立有些意外，因为他仍感觉到尔朱荣的生机未灭，更有着一股无比强大的力量支撑着他那具如同焦炭的身躯。

尔朱荣在受到如此强大的天火焚击之下仍然没有灰飞烟灭，这的确不能不让蔡风感到讶异，但让他心惊的却是那股充斥着尔朱荣身体的邪恶魔意，似乎带着毁灭一切生命的怨气。

蔡风不知道那正是尔朱荣借以抵抗天火焚击的九幽怨气，只可惜尔朱荣不是直接站在地面上，他选择了雁楼楼顶，使得九幽怨气不能直接注入他的身体，这才饱受雷火焚袭之苦。

“你……刚才所……所用的……是……是什么武功?”尔朱荣的声音犹如自地狱中爬起的怨魂，虚弱冰冷之中又多了一丝不敢相信的无奈。

蔡风心中稍安，尔朱荣已只是强弩之末，不由淡漠地吸了口气，道：“‘移岳诀’与‘沧海无量’!”

“泰山……沧海……并非如……如此!”尔朱荣仍不敢相信地道。

“那是因为我已不再是当初的我，‘沧海无量’是永远没有尽头的，也永远都没有一个概念，天地浩渺，沧海无量，这就是不败之道。你应该安息了!”蔡风冷冷地道，心中却没有半点怜惜之情。

“不，我没有败，我仍可击杀你!”尔朱荣战意突生，魔意更是张狂，整个身躯更生出一股青灰色的死气。

蔡风的眼中闪过一丝怜悯，一丝悲哀，而这时候，尔朱荣出剑了。

剑，呈青灰色，剑芒三丈，宽约五尺。尔朱荣更以极速向蔡风扑至。

魔意横生，怨气四溢，杀机无限。蔡风脚下未移，甚至连眉头都未曾皱一下。

蔡风没有出手，只是淡然望着那柄斜斜地疾扑而来，更充满邪恶怨气的巨剑。

三丈……两丈……一丈……五尺……三尺……蔡风仍没有动半根指头，抑或眨一下眼皮，只是轻轻地发出一声叹息。

叹息声刚落，虚空中爆出“噗……”的一声闷响。

剑灭气散，如焦炭般的尔朱荣实在无法承受体内九幽怨气的冲激，躯体竟被化为尘灰飘洒开来。

蔡风很明白这一点，他早就知道会出现这样一个结局。人的身体永远无法摆脱局限性，他在接受天地浩然正气之时，一个不好就会经脉爆裂而亡。而九幽怨气何尝不一样？甚至更损身体，此刻以尔朱荣那被天火击得体无完肤的躯体如何还能驱使庞大凶悍无匹的九幽怨气？因此唯有死路一条。

蔡风再次叹了口气，抬头望望天空。

天蓝、云淡、风清，阳光依然是那么温暖，几只候鸟划过天空，在优美的影迹之中，蔡风似乎看到了那座遥远的海岛，那个在海边破啼为笑的儿子。

这是一种来自精神上的感应，他感应到在一个遥远的地方，有亲人的呼唤——父亲、妻子、儿子……

是啊，人世间是多么美好，人世间是多么温馨，又何必向往那无法揣度的天道呢？尾声

数月后，大沽渔村。

一艘大船之上，蔡风忍不住再次望了一眼渔村之景。他马上就要离开这个生活了二十多年的中土，实在有些依依不舍之感。

“阿风，你在看什么呀？”凌能丽一蹦一跳地自船舱之中走了出来，欢快如一个小女孩似的问道。

蔡风扭过头来，向她眨了眨眼皮，笑道：“我在看能丽刚才从村口到船上一共留下了多少个脚印。”

凌能丽讶然地笑骂道：“你这呆子是不是吃错药了？自村口到这码头，少说也有一里路程，你又如何能数清我留下的脚印？”

“当然能。你将三步并成两步，本来的淑女步是两步折成三步，而你两步跨出的距离和我两步一样大。我自村口到船上用了一千二百三十六步，你应该只用了一千二百三十五步。因为我迈一步，你迈一步，你比我先一步上船……”

“呵……你竟敢耍我？看我不拎下你的耳朵……”凌能丽听完才知蔡风在耍她，不依地露出一副凶相，老毛病又来了。

“瑞平，叶媚……救我……”蔡风一见形势不好，撒腿就逃。

“发生了什么事？怎么了……”刘瑞平和元叶媚全都从船舱中赶了出来，颜贵琴也探出脑袋，就连胡林（高平义军首领胡琛之女）和叔孙凤也同样探出头来。

蔡风一呆，想不到自己一呼竟唤出这么多美人来，他在一呆的同时，便觉耳朵一紧。

“哟……轻点！”蔡风惨叫一声。

凌能丽这才见众人的目光全都投向她的手，得意之情片刻僵住，忙松开玉手，不好意思地向众女吐了吐舌头，表现出一副娇憨无伦的样子，众女不禁全都掩口哧笑。

蔡风俊脸一红，也干笑几声，厚着脸皮道：“让各位老婆劳师动众，不好意思，大家继续玩……”

“扑哧……”却是凌能丽忍俊不住笑了起来。

“谁是你老婆了？我可还没答应呢！”

“答应什么？”蔡风故作不解地问道。

“答应嫁给你呀……”

“哎，这可是大家亲耳所闻，亲眼所见啊?！到时请大家作证，这可是她亲口说的，哈哈哈……”蔡风立刻把握机会呼道。

凌能丽霎时明白自己中了蔡风的圈套，不由急忙分辩道：“我不是这个意思……”

“老婆，你别说了，我都明白你的意思……”蔡风抢着打断凌能丽的话，大占便宜道。

“你……我不是……哎哟……你这大坏蛋，死坏蛋，尽占人家便宜……”凌能丽越解释越糊涂，气恨之下，绣拳在蔡风的胸膛上使劲地捶打起来。众女看着这一幕，只笑得眼泪直流，凌能丽越是羞愤……在船的另一头，陈楚风和五台老人也不由得为之莞尔。

颜贵琴却转头向仍立于岸上的三子望了一眼，心中也升起了一股暖意。

“你今后有何打算？”三子重重地拍了一下游四的肩头，笑了笑问道。

游四脸上微微闪过一丝黯然之色，望了望浪涛奔涌的大海，半晌才道：“我会去找一个人！”

“找谁呀？你还有事情没有完成吗？”三子不解地问道。

游四的笑容有些苦涩，道：“我也很想跟你们一起前去海外，但我仍欠了一个人的情，或许找到她之后，我们会去海外寻找你们的。”

“哦……”三子似有所悟，以一种奇怪的眼神望着游四，突然神秘一笑，低声道，“是那个被宫纱所罩，只有一张笑脸露出的美人？”

游四大讶，问道：“你怎么知道？”

“嘿嘿，兄弟若有不是之处还请见谅，实是你的画工太好，那样的美人谁都会为之动心，连我也忍不住将她仔细看了一遍，你要打……”

“噗……”游四在三子胸前擂了一拳，笑骂道，“你是不是也动了心？”

“嘿嘿……爱美之心人人有之……哎哟……谁？谁……”三子话才说出一半，突觉耳朵一紧，被重重揪住，只痛得低叫起来。

“是我——怎么，想打吗？”说话的却是颜贵琴。

三子霎时如蔫了的茄子一般，歪着脖子顺着颜贵琴揪住耳朵的手，一脸尴尬地求饶道：“琴妹手下留情，手下留情，松点松点……”

游四闻言不由笑得肚皮发痛，凌通和萧灵更是相拥大笑不止。

“你刚才说的是什么？”颜贵琴质问道。

“我……我还没说完你就来了，我是说朋友妻不可欺，既是老四的心上人，我怎么敢动心呢……哎哟……”三子话未说完又发出一声惨叫，颜贵琴揪得更紧。

“若不是四哥的心上人，那你就欺喽？”颜贵琴不怀好意地问道。

“不，不，我谁都不欺，只欺我的好琴妹……不，不，我说错了，天下女人哪有琴妹漂亮呢？虽说爱美之心……人人有之，可唯琴妹在我……我心中独美，我怎会……会对别的女人多瞧一眼……”三子慌乱之中无可奈何地告饶道，一脸苦相，只让游四笑得眼泪直流。

“这还差不多！”颜贵琴这才松开手，也忍俊不住笑了起来。

三子这才吁了口气，试着大胆地一搂颜贵琴的香肩，颜贵琴并没有挣扎，只让三子心甜如蜜。

"嘿……该起航了……"船上传来了海盐帮水手们的呼叫声。

"噢，就来了!"三子回应道。

"琴妹，你代我们一起向老四道个别吧。"三子轻声哄道。

颜贵琴白了三子一眼，却没有反对，道："四哥，我们这一走，也不知何日才能相见，但愿你早些找到四嫂，也好来海外与我们相聚。"

游四心中一酸，强装欢颜道："会的，我祝你们一路顺风，代我向老爷子问好。"

"一定，你多保重!"三子伸手重重地拍在游四的肩膀上，但另一只手却拍在三子的手背上。

"三公子!"游四低呼一声。

"叫我阿风，咱们是兄弟，别再什么公子、公子的……"说话的却是蔡风……

余 韵

船行一日，已置浩渺的波涛之中，海天一色。元定芳突然问道："风郎，凌姐姐说你那日已经打开了无空道之门，可以登入天道，你怎么不去呢?"

蔡风不由一笑，道："你这小傻瓜，还不是为了你们?我一个人登入天道有什么意思?孤孤单单，凄凄惨惨，即使要登入天道，也要咱们大家一起才好嘛。"

"算你还有点良心!"凌能丽终于赞了蔡风一句。

蔡风耸耸肩，大叫冤枉地分辩道："我一向都很有良心，难道你还不知道吗?"

"那天道究竟是个什么样子呢?"元定芳和刘瑞平有些向往地道。

"这不，这船舱之中就是天道，有哪里会比这里更美好呢?我们那座小岛也是天道所在，世外之桃源，人间之福地，难道你们不这样觉得吗?"蔡风笑着答道。

众女立刻深有同感。

三子仍有些难以释然地道："那天，我见到天空之中，玉阁琼楼，霞光万道，如果大家都去那里生活岂不是更妙？"

"妙你个大头鬼，眼睛所看到的景色的确很美，但那霞光之中也许隐藏着毒蛇猛兽、妖魔鬼怪也说不定呢。"颜贵琴叱道。

三子向蔡风露出一副无可奈何之状，但却只好一声不语。

众人不由大感好笑。

蔡风也笑了笑，悠然道："其实天道不在天，而在人心。当一个人悟透天地之后，天心、人心已合二为一，怀佛心者，则天显佛光，天地祥瑞；怀道心者，则显霞气，天地宁和空灵；怀魔心者，则天透黑气，天地肃杀。天之道，因人而异，因心而异，顺其心也应其心。天空之中所显异象只不过是一种应心而生的虚无幻象罢了！"

众人听得不由傻了，蔡风如此一说，那天道岂不是没有？抑或是人的思想？他们越想越糊涂。

"那烦难大师、天痴尊者还有黄叔叔升入天道岂不是虚无之事？"凌能丽和叔孙凤同时开口问道。

"天道本就是虚无之事，便如同思想一般，是一种抽象得不能再抽象的东西。具体来说，那只能算是一种境界，一种并非每个人都可以达到和理解的境界。其实步入天道的人并非一定要走入其中，而人最终的目的是为了理想。天道只是一种能够使人以为可让生命永存的地方。所以，步入天道者，皆为孤独的人！"蔡风的目光刹那之间变得无限深远。

"孤独之人？难怪阿风不入天道！"三子恍然道。

众人也找不出蔡风的语病，都处于似是而非的感觉中。自古登入天道之人多半是僧、道、剑仙之流，而这些人后来多是看破红尘世俗，无牵无绊。也许，这就是蔡风所说的孤独吧。在这些人的眼中，幸福也许就是天道中那个由心而生的理想世界……想到这里，元定芳不由讶然问道："那天道之门岂不成了世人由现实步入自己理想世界的大门？"

蔡风不由欣慰地一笑，手臂紧了紧元定芳的小蛮腰，赞赏地道："定芳果然兰心慧质，一点即通。不错，天道之门就是理想之门，天道就是理想中最幸福的世界。”

“那风郎何不登入呢?”元定芳和刘瑞平讶然问道。

蔡风幸福地笑了笑，道：“因为现实中的世界和我理想中的世界一模一样，妻儿、父母、兄妹、朋友……这一切的一切，已经让我感到天道不过如此，所以我这一生要与你们相伴于海外。”

众女不由大为感动，虽然她们不知道蔡风所说的天道是否与现实相同，但她们却能深深感受到蔡风那股浓浓的情意。

“可是，步入天道之后，便可得到永生呀?”叔孙凤有些讶异地道。

蔡风洒然一笑，道：“谁说过步入天道可以永生了?”

“他们不是都这么说吗?”众女突然也有所觉悟地道。

蔡风失笑道：“可他们从来都没找到天道之门！追求永生者，永远无法步入天道。所谓的永生，只是精神的永生，肉身始终会受到人体的限制，终有一天会腐烂化为泥土。永远存在的，只是他们不灭的精神和灵魂，还有思想，这才是真正的永生，如果一个人想日行万里，横渡虚空，就必须挣脱肉身的限制。所以说肉身是我们享受生命的根本，也成了我们生命的枷锁。不过，我还是挺喜欢这道枷锁……”

三子如看怪物一般望着蔡风，试探性地问道：“阿风，这是不是你的心里话呢?”

蔡风向三子眨了眨左眼，神秘一笑，反问道：“当你冲不破这生命的枷锁之时，难道不想安慰一下自己？再说我喜欢的就是这种被锁住的感觉。”

“啊……”众人不由大感好笑，失声呼了起来。

三子也为之恍然，愣了半晌，终于发出了一阵爆笑。

“笑这么大声干什么?”颜贵琴大声一喝。

三子的笑声立刻止住，一脸尴尬之色。

“哈哈，这么快就被锁住了，惨哪!”蔡风不由又是好笑又是为三子惋惜地摇了摇头，叹了口气道。

凌能丽见蔡风那似模似样的表情，不由没好气地问道：“很惨吗?”

蔡风没想到这么快报应就来了，愣了愣，干笑着低声回答道：“不，不惨，很幸福，嘿嘿……很幸福……”

众人又是一阵哄笑。

“三子，我们不干，我们现在就登入天道……”蔡风突然一把拉住三子向船舱外冲去。

“哪里去……别走呀……阿风……”

“到家喽……”水手们欢快地呼声在船舱外响起。

当众女冲出船舱之时，蔡风和三子已经踏着浪涛向远处那已清晰可辨的海岛奔去。

“阿风——你回来，否则本姑娘跟你没完……”

“风郎，等等我们呀……”

“呆子，小心些……”

后 记

蔡风归隐后的数年，正确时间为公元528年六月，吐谷浑内乱，沙耶拉暴死，国师桑达巴罕掌权，立二王子沙末金为可汗。叶虚为夺回王位，终不得不退兵，回国争权。域外联军不攻自散，北魏西北部在联军铁蹄之下化为一片漠荒。

七月，葛存远与蔡泰斗及何礼生统领葛家军退出塞外，秉承葛荣与蔡风的意思，不愿去塞外之人，可领去银两他往。在孝庄帝的调节和接受下，葛家军退出关外人数多达五万，其中铁骑四万。

葛家军北出塞外，以游牧为主，在契丹、突厥相助之下，逐渐转移至乌桓山（今辽宁阿鲁科尔沁旗以北），数十年之后与奚族结合，独成一部。

葛荣自后潜修洛阳，以天玄寺为本，另开别派“静念禅宗”，与以达摩为首的少林寺相媲一时，直至隋末唐初，静念禅宗并入少林，自此少林盛极千年不衰。

达摩面壁九年，聚归隐少林的叔孙怒雷诸高手的武学心得，终于悟出《达摩易筋经》，区阳乃一代武学奇才，竟以自身为媒介，创出与《达摩易筋经》齐名天下的《洗髓经》，全身坏死筋脉尽数修复。区四杀与区金也因此恢复武功，但此时他们佛心深种，达摩、叔孙怒雷、区阳、区金、区四杀五大绝世高手倾心修禅、悟武。后在区阳、叔孙怒雷、区四杀相继圆寂后，众人所悟武技由达摩、区金及后自静念禅宗赶来的葛荣共同收集，会同葛荣自身六大绝技，整编出造福江湖千秋百世的《少林七十二大绝技》，终使少林成为江湖门派的龙头，武林之泰斗，也成了世人敬仰的佛教圣地。

蔡风因元叶媚与刘瑞平做主，再娶胡林，而五台老人却在此时为叔孙凤做媒，“逼迫”蔡风在迎娶胡林之时同娶叔孙凤。五台老人之所以如此做，是因为受叔孙怒雷出家前所托，这位脾气暴躁如雷的老人自认为天下虽大，但唯有蔡风才配迎娶他的宝贝孙女。于是，海岛之上再次举行了一次盛大的婚礼，而三子与颜贵琴的婚礼也是在这一天同时举行。

两组新人，相应成趣，蔡风以一牵六，而三子却因为抱回一个大醋罐，只能独一而终……

蔡风自此长居海外，没有踏足中土半步，但却享尽天伦之乐，快活逍遥更胜神仙。

公元528年八月，柳月青兵败被杀，余花侠兵败，只身潜匿江湖，海盐帮同时与各路义军划清界限，继续自己的生财之道。

蔡泰斗和何礼生的副手羊侃和刑果在脱离迁往塞外的葛家军后，移往山东。

十月，二人再次举兵起义，刑果据青州领河北流一带，领兵十万，自称汉王，改元天统。

公元529年六月，刑果所领的义军在济南被魏上堂王元天穆及尔朱兆打败，刑果牺牲。

同年七月，高欢灭羊侃，晋升为第三镇镇长、晋州刺史等职。

公元503年，尔朱兆起兵赶赴洛阳，攻陷洛阳，将孝庄帝掳到晋阳绞死。

同年十月，河西牧子费也头率兵南下。

同年同月，尔朱天光在关陇地区消灭高平义军，万俟丑奴被杀，赫连恩战死，田福、田禄两兄弟保住胡夫人与胡亥西迁避难高昌。

同年十一月，费也头在秀容川大破尔朱兆，进逼晋阳。

尔朱兆向高欢告急，高欢再三犹豫，后在尔朱兆反复求援之下，联兵击败费也头。

同年，高欢升为冀州刺史，统率六镇约二十万流民。这些流民多为葛荣河北义军余众，流入并州（今山西太原地区），穷困潦倒，无以为生，多次举行反抗，都遭到尔朱家族的残酷镇压。

公元531年，高欢率领流民到达山东，占驻冀、殷二州，势力进一步扩大。

同年六月，高欢率领部将攻打殷州城，诱杀尔朱羽生，并上表宣布尔朱一族的罪恶。不久，北魏众臣在尔朱兆的被迫下拥立宗室元朗为帝，设立丞相、都督、大将军、大行台等职。

八月，尔朱兆攻下殷州，却中了高欢的离间计，在广阿大败，接着连失殷、相两州。

高欢于同年九月迁都邺城。

公元532年闰三月（普泰二年），高欢以三万兵士打败尔朱兆二十余万大军，这是中国历史上有名的一次以少胜多的韩陵战役。

同年四月，高欢进军洛阳，废尔朱兆拥立的节闵帝元恭及其傀儡元朗，另立元修为帝，称之北魏孝武帝，高欢为大丞相，掌握北魏实权。

同年七月，高欢兵发三路，亲率大军十万杀向晋阳，尔朱兆仓皇舍弃晋阳，退到北秀容川。

八月，尔朱天光领兵东返，派尔朱显寿镇守长安，宇文泰智破长安，在华阴（今陕西大荔）将尔朱显寿诛之，后尔朱天光被高欢与宇文泰合力绞杀。

同年，魏帝封贺拔岳为关西大行台，宇文泰为行台左丞，领府司马。

公元533年正月，尔朱兆兵败自刎而亡，至此，高欢实现了对蔡风的誓言，彻底铲除了尔朱家族的势力。

公元534年正月，贺拔岳被高欢密旨所杀。宇文泰继任贺拔岳之位，成为另一个军事集团。

公元534年（永熙三年）五月，孝武帝欲起兵讨伐高欢，可是秘密泄露，孝武帝只得轻骑入关，迁都长安，加授宇文泰为大将军、雍州刺史兼尚书令。

同年十月，高欢另立元善为帝，定都邺城，北魏从此分裂成东西两魏。

公元535年，宇文泰击杀孝武帝元修，另立元宝炬为帝（西魏文帝），建都于长安，史称西魏。

东、西两魏的军政大权，分别掌握在高欢、宇文泰的手中。

公元547年，高欢病死，终年五十二岁，其次子高洋于公元550年废除东魏皇帝自立，改国号为齐（因高欢有感齐王蔡风之恩情，其子因而定国号为齐），史称北齐。高欢被其子追谥为献武帝，后改谥为神武帝。

公元556年，宇文泰病死，终年五十岁，葬于成陵（今陕西富平县北），后其侄宇文护拥立宇文泰长子宇文觉为帝，废西魏恭帝元廓，改国号为周，史称北周，追谥宇文泰为周文公。

宇文泰堪称是中国历史上继孝文帝元宏之后的又一位少数民族中的杰出人物。

南梁。

凌通终于成为富甲一方的豪坤，更成为梁朝继陶弘景之后又一神奇人物，娶公主、郡主为妻，在他二十六岁那年达到事业和武功的巅峰，灭南朝魔门后突弃荣华富贵，携着妻儿云游四海。

有人说凌通只是想找到蔡风寄居的海外仙岛，也有人说凌通已步入天道。

但在凌通二十六岁生日之后，他与妻儿再也没有在江湖中露过面。

只不过，也有人说是曾经轰动北魏的游四连同其神秘之妻邀凌通共居深山，包括猎村所有的人。

凌通也如陶弘景一般成了南北两朝江湖中的谜，一个突然舍弃荣华富贵的人本就有些不可思议。

公元549年，武帝萧衍欲突破自身的武道境界，打开“天道之门”，强修帝道第一宝典《广成帝诀》，终引起体内旧疾复发，不治而亡……

同年，侍奉武帝萧衍的两大士卫与《广成帝诀》同时神秘失踪，造成天下第一宝典流落江湖，从而导致后梁终亡国于候景之乱。

——全书完——